北大南门朝西开

李北方◎著

中国人民大学出版社
·北京·

序

汪　晖*

在今天的媒体评论界，北方算是异类。他做过社会调查，但并不是以调查类报道出名的记者；他写杂感评论，不但没有如今媒体文字的脂粉气，更加没有那些貌似嚣张但实质在取媚的文字的味道。他的文字是长短不一、富于战斗性的社会批评和理论批评，或者用当年瞿秋白的语言说，是“社会论文”。北方毫不隐晦地与他所生存的媒体世界斗争，即通过挑战媒体世界的主流观点，揭示事物的真相，也因此，揭示真相的过程也就是批驳他自己置身的媒体世界为掩盖真相而制造的“真相”的过程。但细读其文，才发现相较于他谈吐间的尖锐，他的文字其实是更倾向于对事物及其相互关系进行梳理与分析的。他不像一些媒体知识分子那样，做出一副拒绝理论的样子，原因是大众媒体制造的“真相”常常以“常识”相标榜，没有理论思考便不能揭示这些“常识”不过是某种意识形态的装饰物。因此，与其说他在时政分析中进行理论思考，不如说

---

* 清华大学人文学院教授。

他的理论思考源自追求真相的激情。也正由于此，他的思考不同于学院的理论探索。北方的文章更像是短促突击，针砭时弊，毫不留情；相较于媒体中的大多数评论，他的文章又多了对媒体自身的反思，这使得他的短促突击在针对眼前事件或事实时多了一点多方透视的眼光和历史思考的深度。北方在南方的媒体界幸存下来，多少让人觉得中国的媒体世界尤其是南方的媒体界，尚存一丝生机。

媒体对政治领域的殖民，媒体与资本从结盟到一体化，媒体—资本—权力的三位一体，或许是当代世界最为重要的现象之一。它不但扭曲社会舆论，为某些特殊利益直接地或曲折地服务，而且也导致传统政治逻辑的失效。在西方，媒体的变迁常被一些理论家和政治家视为民主危机的一部分，而中国媒体的多方面扩张却常常被包裹在所谓透明化或民主化的说辞之下；中国的确存在的检查制度或多或少掩盖了传统政治逻辑的失效，并以二元对立的形式掩饰相互之间的实质关系。今天不仅需要区分真相与“真相”，还需要区分反抗与“反抗”。霸权不是单一的权力，而是一个复杂的网络，它渗透在从市场到社会、从国家到地区乃至全球、从资本到“大众”的所有领域，不仅对于各种不同的声音进行排序，而且也用“大众”、“民间”、“社会”等名义对大众、民间、社会的声音进行扭曲和压抑。对于那些经常在大众传媒中夸夸其谈甚至做苦闷沉思状的“批判者”，也必须进行批判与“批判”、反思与“反思”的辨别。

事实上，即便是检查制度，也越来越向着去政治化的方向发展。谈论中国媒体，人们最常谈论的是两个看似对立的方面，即国家对媒体的控制和媒体的腐败，后者其实不过是不同的资本力量（包括媒体自身的利益诉求）对媒体和媒体人的控制的形式而已。在全球化时代，媒体领域不同价值观的斗争不可能停留在一个国家内部，它不可避免地涉及地缘政治和不同社会体制之间的竞争和博弈。这种复杂的局势也在许多领域造就了嚣张与取媚的多面姿态。检查制度的“非政治性禁止”在另一个语境中可以兑换成为最大的广告，这在当代艺术领域早已不是什么秘密。媒体的新角色其实是一个更为广泛的进程的一部分，我曾以“去政治化的政治”概括这个进程，即“政党国家化、政府公司化、媒体政党化、政客媒体化”，或许我们还可以加上一条，即资本及其代理人利用新旧媒体而化身公共舆论的代表，或称“资本力量的公知化”。这几个方面互为作用，互相促成，例如没有“政党国家化”所导致的政党在意识形态领域的去政治化，也难以出现作为其后果的“媒体政党化”现象。在今天的媒体世界里，对言论空间的扩展并不必然地表现为重审自由、民主、人权等绝对正确的大词，而在于像鲁迅那样揭示事件背后的权力关系，说明这些关系对于现实的扭曲、对于普通人声音的屏蔽、对于以不同形式出现的文化暴力的掩饰。在今天，政治性就存在于这些去除了大词装点的、对于实际进程的分析和批判性思考之中。

这是一个媒体的时代，这也是一个需要反媒体的时代。对于许多人而言，事情是否发生了或许并不重要，重要的是媒体能否聚焦于正在或已经发生的事情。在这个意义上，媒体创造“现实”，也必然扭曲现实。今天的暴力发生在现实中，也发生在媒体中。因此，反媒体的逻辑就是击破媒体创造的“现实”，以抵达真相，或至少呈现抵达真相的路径。媒体的改变是全社会的问题，但媒体工作者的思考、辨别能力和道德水准无疑是这一改变的核心环节之一。媒体人如何突破今天的媒体逻辑？已经有优秀的媒体人为此做出了努力，他们中的一些人也因为这些努力而不得不离开媒体世界。因此，除了明察的目光、分析的力度和批判的勇气，还需要坚韧的精神和游击战的技巧。这也是重新政治化的前提。何谓“反媒体”？我以为那就是一种从媒体世界中诞生的、与媒体的主导逻辑——控制媒体的双重逻辑——相反的、能够带动新的政治诞生的能量、实践、观念及其呈现方式。

不记得是在何时、何地第一次见到北方的了，只记得他头发略长，说话激动时，面庞略显明亮。我们有过几次短暂的交谈，但并没有更多的交往。2008 年，他出国深造前，我们见过一面；次年夏天，我到剑桥访问，在伦敦匆匆一面，他欲言又止，有些郁闷。我因此知道：他的桀骜不驯的性格中有沉思的因子。不记得过了多久，在刊物和网络上重又读到他的文章，文字犀利依旧，有时竟有老辣的味道；相较于早期的文章，更多了从实际出发的见地、理论阅读的沉淀和知人论世的阅历。今天的世界何其复杂，又何其需要既不失复杂又不会模糊方向和斗志的声音。对于北方而言，这些文章的结集出版顺理成章，不过是过渡到下一场斗争的界标。岁月流逝，人生易老，但无论何时，那些在耳边嗖嗖而过的响箭，那些响箭击中目标后的颤动，都显示着生命的力量。那是这个世界的真声音，亦即能够在既喧嚣又寂寞的世界里激发更多人——尤其是媒体人——独立思索、坚守信念、追寻真相的声音。

2015 年 7 月 20 日于清华园

目　　录

反思从“话语神话”开始

重新“开眼看世界”

三 中国社会的变动与重构

四 知识的另一种可能性

反思从“话语神话”开始

新启蒙：衰败、修正与超越

经济体制改革、社会利益重新分配带来了社会结构的重新洗牌，也带来了思想界的分化。对中国社会性质的判断和未来道路的选择，思想界有各种各样的回应，有人信心满满、言之凿凿，有人慷慨激昂、跃跃欲试，有人凝眉沉思、上下求索。细审之，这些对时代挑战的回应之间相差何止千万里，各派之间几乎难以找到可以被共享的思想资源。本文试图以新启蒙思想为坐标，对当下的诸种理念做一个简要的梳理和剖析。

1949 年，胡风诗意地写道：时间开始了。这一表述的意思是，一个真正有意义的、光明的、进步的时代到来了，与这个新时代相对应的，是此前的没有意义、黑暗和落后。

为一个时代赋予意义是一种现代的现象，它既是对崭新的历史阶段的概括，也是主观的意识形态建构。这种思维方式在 1978 年之后再次浮现，新启蒙主义的知识分子将属于他们的时代重新划定为现代的时间起点，1949 年以来的革命和建设的那段历史于是就被归在这一起点之前了。

启蒙思想指向的是现代性。现代性思想起源于西欧，是基于其独特的历史经验发展起来的，在这个意义上，它并不具有普遍意义；现代性包含了一种独特的时间意识，它通过与过去的对立来自我确认，现代被塑造为一个突破了不断循环的旧时间观念的新时代；现代性同时还是一个对某种社会形态的承诺，哈贝马斯称之为一个“方案”，即一个在经济、政治、文化等各个方面全面建设新的世界的蓝图。

现代性在世界范围内的传播是殖民主义的副产品，其他地区对现代性的接纳往往是被枪炮征服的结果，伴随着屈辱、激愤和急切，故而接受和学习的过程不可避免地带有盲目性，不加批判地照单全收，在过程上和结果上呈现出错位感。具体表现首先是“全盘西化”，不仅政治、经济、军事等方面模仿西方，文化、习俗等也企图和西方接轨；其次是激进地反传统倾向，反传统有至少两重意味：既通过制造与传统的对立确认现代的到来，也是配合文化上与西方接轨的需求。

这也是 20 世纪初中国启蒙运动的总体特征。事实上，中国启蒙运动的思想构成极其复杂，内部包藏着反启蒙的因素，知识分子群体基本上只是在“全盘西化”和“反传统”的态度下获得了一致感；另外，在当时的国内外历史背景下，中国走上了革命建国的道路，启蒙思潮中断了。这就是后来新启蒙知识分子所感慨的“救亡压倒了启蒙”。

1980年代初重又兴起的新启蒙思潮在态度和思维方式上机械地继承了第一次启蒙运动的遗产：以西方的目标为目标，以西方的道路为道路，《河殇》式的“全盘西化”论受到追捧，传统再次受到检讨和批判。尤其值得关注的是，新启蒙主义者在“现代/传统”二元对立的思维支配下，无视革命和社会主义建设历史中的现代性因素，将其视为“传统”而加以了彻底的否定。

从“救亡压倒了启蒙”的历史概括中可以看出，新启蒙主义关注启蒙甚于关注国家的独立自主，忽视了建立现代意义的民族国家本是现代性必不可少的一部分。这决定了新启蒙思潮的局限，其提出启蒙方案仅限于建立在“国家/市场”或“国家/社会”的二元对立基础上的针对国内议题的安排，漠视中国与全球性政治、经济因素的互动关系，从而为中国加入全球资本主义体系奠定了意识形态基础。这种不完整的视野是以当时中国的相对安定和平的外部环境为背景的，新启蒙主义者们不该忘记的是，这种环境恰是被他们拒斥的革命和社会主义建设时期留下的遗产。同时，因为1949年以后的这一段历史，新启蒙思潮表现出更浓厚的精英主义色彩，对平等的理念予以拒斥。有知识分子将民族主义和民粹主义归结为中国近代思想的两个“精神病灶”，即是这种思想倾向的集中表现。

新启蒙主义者一般被泛泛地称为自由主义者，虽然这两个概念的内涵差异甚大，但在现实中形成了某种程度的相互替代关系。

在1980年代，新启蒙思潮是绝对的主流，虽然涵盖在新启蒙旗帜下的思想取向纷繁复杂，但知识分子群体大体上保持了一致性。这种一致性在1992年之后的激进市场化浪潮下被冲垮了，在社会结构重构的条件下，知识分子的社会基础也重构了。随之而来的是，他们对现实问题的判断以及相应的解决方案呈现越来越明显的分歧，各种思想派别的界限清晰起来。

新自由主义思潮渐成主流，这一思潮宣称接续了新启蒙精神，它不但在公共媒体空间获得了话语的优势地位，也深度影响了官方的决策取向。新自由主义表面上是一种经济理论，但它实际主张的是通过激进市场化对社会生活的方方面面做出安排。在没有市场的领域，它主张通过国家干预创造市场空间，并深信这种市场化可以培育出来一个市民社会，进而自动地实现政治上的现代化。我们在这里可以清楚地看到，新自由主义与新权威主义在逻辑上有着惊人的一致性，实际上构成了互为表里的关系。

新自由主义要求对历史进行重新叙述，特别是对革命和社会主义建设的历史持激进的否定态度，正是在这一点上，经济上的新自由主义与一部分人文自由主义者和一部分政治自由主义者形成了同盟关系，在1990年代深化了在各个领域的话语霸权。

在对新自由主义思潮的各种学理性分析中，论者往往忽视了社会心理层面的因素，而这其实是非常重要的。在新自由主义旗帜下聚集起来的知识分子，大都经历过计划经济年代，对那个时代的平等取向和对待知识分子的方式极为反感，这种心理极大地影响了他们的学术思考和价值取向。于是，他们得以在同一态度的基础上建立起一个阵营，以对“文革”的态度为轴心划定阵营界限，以把对立面树立为绝对的恶为手段确立自身的道德姿态。这种态度越来越走向褊狭的极端，以至于对自由主义阵营中注重平等的传统都无法容忍，温和的罗尔斯主义者也会被扣上左的帽子而被视为异端。

随着中国面临的挑战越来越尖锐化，这一思想流派的解释能力和对策能力的匮乏已经显而易见了，其表述基本上简化为通过“继续深化改革”来解决所有问题，对改革的具体内涵却羞答答地欲说还休。这一思想流派巧妙地利用了国家体制的多重性，利用“国家/市场”或“国家/社会”二元对立的言说方式把自己塑造为民间批评者。但这掩盖不了他们深度介入改革决策的事实，也不能否认他们需要对各种各样的社会问题所负的责任。

2004 年开始的关于国企改革的讨论是新自由主义经济学家遭遇挑战的开始。2008 年开始的世界范围的金融危机发生之后，他们拒绝对其所主张的改革方向做出反思，进一步强化了大众对他们的不信任。与此同时，他们也遭遇了个人道德层面的质疑，比如，激烈批评权贵资本主义的人被指为权贵的一员，激烈反对国企垄断的经济学家却担任大国企的独立董事，等等。

自媒体的兴起严重地削弱了新启蒙主义者的影响力，他们对历史、对现实的僵化解释越来越不能说服别人。被冠以“公知”这一贬义称谓的正是昔日的新启蒙主义者。他们的理论和政策主张虽然还能得到决策层的回应，在媒体上也保持着发声的空间，但在民众中的影响力却不可逆转地衰落下去了。

一个思想流派的衰落，为另一个流派的抬头创造了机会。传统又火热了起来。在政治社会生活层面，传统复苏既是填补价值观缺口的需要，也是价值观缺失的表现。第三代领导人提出的“以德治国”的理念以及后来颇受好评的“和谐社会”理念都带有浓厚的儒家思想的色彩。2011 年初，孔子的塑像一度被树立在了天安门广场上，随即又在争议声中悄然移走。在民间，传统复苏表现为大修宗祠和编订族谱的活动，但需要注意的是，这是与基督教、佛教勃兴相伴随的，到底哪种趋势占上风难以定论。

儒家思想也被引入管理学领域，一些号称国学大师的人教导企业管理者如何在正确地理解人情的基础上发挥员工的最大潜能，不少大学针对企业高管开办了国学班。在大众文化领域，儒文化通过“百家讲坛”走进千家万户，发挥了心灵鸡汤的作用，它告诉大众，遇到不公不要抱怨，要返回你的内心寻找宁静。

在思想界，儒家也很活跃，近年来上升的势头强劲。需要看到的是，各式各样的儒家学说与新启蒙思潮密切相关，一直试图对新启蒙主义的现代性理论起到修正和本土化的作用。

从 1980 年代开始，就有一部分知识分子开始注重传统的价值，他们的目的是从中国自身的传统资源中寻找韦伯所论述的新教伦理的替代物，以此作为中国实现现代化的精神动力。适逢亚洲“四小龙”创造了快速增长的经济奇迹，海内外的一些儒学家将儒家与现代化结合起来研究，另外一些社会学者也从文化的角度研究东亚的社会转型，一时间儒教资本主义的概念变得引人注目。新加坡政府甚至提出了“亚洲价值”的定义。

这一思潮有两个缺陷。首先，它似乎致力于在西方现代性之外寻找另一种现代性，以此纠正新启蒙的西方中心论，但是它并未把现代化和资本主义等启蒙主义的理念本身当作需要讨论的问题，而是当作了不容置疑的前提。其次，儒教资本主义的概念掩盖了全球资本主义真实的生产关系。“四小龙”的高速发展期适逢西方发达国家向后福特主义转型，进入大卫·哈维所概括的“灵活累积”阶段，阶级关系、性别关系也随之重建。血汗工厂的重现、生产中更依赖妇女和儿童劳动力是个全球性的现象，并非东亚儒文化圈所独有，也许儒家传统文化在某种程度上助长了这种生产方式的活力，但把东亚奇迹归结为这一地区的人“热爱劳动”、“注重家庭价值”等，是片面和有误导性的。1997 年东南亚金融危机轻易地就戳破了儒教资本主义的神话。

进入新世纪以来，一个值得关注的思想现象是政治儒学的兴起，政治儒学主张在中国重建“王道政治”，克服政权的合法性危机。政治儒学又可以分为两类，一是与自由主义结合相对密切的“儒教宪政主义”，一是蒋庆代表的被有些人称为原教旨主义的政治儒学。

前一种政治儒学部分地与新启蒙阵营的分化有关。一些极端的新启蒙主义者认为，中国要彻底接受现代性，就必须从根本上进行改造，也就是基督教化，于是他们选择了皈依基督教。有的自由主义者认为这是不可能的也是不可取的，于是转而延伸了儒教资本主义论者从传统中寻找有利于现代性因素的逻辑，用宪政主义的视野重解儒家传统和中国历史。还有一些人首先是儒家，但同时认同自由主义的政治价值。这两类知识分子构成了“儒家宪政主义”流派，但他们却和新儒家一样，不得不面对蒋庆提出的“以西解中”的批判。的确，这一流派的历史阐释难免像当年在教条化的马克思主义的指导下重写历史一样，有削足适履之嫌。

蒋庆的理论之所以被称为原教旨主义的政治儒学，是因为其彻底拒绝西方文化，不承认自由、民主、人权等理念的价值，自成一家地构建了“王道政治的三重合法性”政治理论和“儒家议会三院制”的政体构想。但这一理论的问题在于将构建中国文化的主体性僵化地等同为关闭与西方理论及其他非儒家学说对话的通道，比如，蒋庆也使用“宪政”、“市民社会”等西方社会理论概念，但这些概念在他那里呈现的完全是他自己定义的另外一种含义。

总体上，政治儒学体现了对西方中心主义的现代性理论进行修正的努力，但有两个无法绕过的硬伤。首先，政治儒学的精英主义取向太过明显，在其所构想的理想社会中，有一点是恒定的，即“唯上智与下愚不移”。由此，政治儒学与新启蒙主义一样，对革命和社会主义建设的历史和成就予以漠视，这使得政治儒学与现实缺乏贴近性。其次，今天的中国是一个多民族国家，“多元一体，和而不同”的中国文化在漫长的发展过程中融入了多种文化元素，儒家只是其中的一部分。政治儒学内含的“大汉民族主义”不仅无力凝聚各少数民族，而且具有潜在的解构倾向，更遑论在全球化时代起到维护国家利益的效能了。

1999 年中国驻南联盟大使馆被轰炸是一个有划时代意义的

事件，它让中国人认识到，在“和平与发展”的主流之外，捍卫国家主权、维护国家利益仍是一个现实的问题。2001 年，又发生了中美南海撞机事件。此后，由于反恐战争牵扯了美国的精力，虽然中国又获得了一段时期的和平发展的环境，但这个世界上的战乱从未平息过。

从总体上看，中国的经济发展取得了令人瞩目的成果，但问题也堆积如山：对外面临在全球化时代维护国家利益的任务，需要与多个邻国处理领土争端；对内面临国家统一议题和边疆地区的分离主义倾向，作为经济增长的副产品的区域发展不均衡、阶层分化严重、民生问题等也都对国家的长期稳定繁荣构成威胁。

在新的历史条件下建立一个对纷繁复杂的中国情况的理解框架是时代提出的对中国知识分子的挑战。近年来，伴随着“中国模式”的讨论，一些知识分子以多年来与新自由主义的论战为基础，以“中国文化论坛”、“文化：中国与世界新论”书系等为主要平台，贡献了一批有价值的思想成果。比如，他们注重重建中国历史的连续性，对新启蒙思潮和政治儒学割裂的历史形成了批判，代表性的作品包括甘阳的“通三统”说和韩毓海以中国为中心、在中西交互的过程中构建的大历史叙述；他们还努力超越民族主义的逻辑，对包纳了多元族群的中国进行整合性的叙述，典型的成果有赵汀阳的“天下体系”论、王铭铭对中国文明“中间圈”的研究和汪晖的“跨体系社会”说等。

这个知识分子群体尚无清晰的边界，其理论成果尚不能说具备了系统性，但他们的工作完成了对已走入死胡同的新启蒙主义的超越，从思想层面回应了当代中国面临的最紧迫的问题。这一思潮的特征姑且简单归纳为三点。第一，它突破了“中国/西方”二元对立的思维模式，把中国置于世界历史的范畴中进行历史叙述，重建了中国的主体性地位，同时在尊重和交流的基础上展望国家间的关系；在互动的关系中考察现代性的形成，挑战了西方现代性不言自明的神圣地位。在这一视野中，现代化、资本主义、民族国家、民主等概念都不再是前提，而是需要重新探讨的问题。第二，它突破了“国家/社会”、“国家/市场”二元对立的思维模式，有清晰的“国族”意识，注重社会良性运转基础的国家能力的建设，同时避免了国家主义、大汉民族主义等误区，在交流中看待中国的多族群共存，以平等参与的公民政治作为社会问题的根本解决方案。第三，它是开放的和对话的，激活并融合了传统的思想资源，也大量借鉴西方的理论，搭建了一个具备了在沟通中继续完善的可能的理论框架。在这个意义上，这种中国叙述是真正面向未来的。

而新启蒙主义者通过他们惊奇的眼光看到的是，这些昔日论辩的对手竟然成了“中国模式”的阐释者，仿佛他们的心血无端被人窃取了。他们甚至没有能力发觉这些同行已经远远地走在了前面，这正是他们自我封闭和没落的表现。

（2012 年）

公知与伪士

鲁迅期望他的文章“速朽”，而且“朽腐”要“火速到来”。他的意思是，希望他所批判的黑暗面和他的文章一起被埋葬。但是，鲁迅的期待仍未实现，我们仍然可以从他的思想里源源不断地重新发现批判的思想资源。被鲁迅批判得最多的是两个群体：一个是普通人，即一般所说的“国民性批判”；另一个是知识分子，即鲁迅定义的“知识阶级”。在鲁迅看来，知识分子的责任至少包括两个方面，首先是同情平民，其次是批评权势，永远不安于现状。

在当下，那些活跃在公共空间中、有能力影响主流舆论的知识分子所表现出来的思想倾向，表面上看是符合鲁迅对知识分子的责任的标准的。但是，鲁迅对知识分子的剖析不止于此，青年鲁迅在《破恶声论》一文中通过分析知识分子的精神结构提出了一个重要命题：“伪士当去，迷信可存，今日之急也。”借助鲁迅对“伪士”的批判，并深入分析当下时代的具体历史情境，不难发现存在大批这样的人。

《破恶声论》作于1908年，鲁迅决定“弃医从文”后不久。在寻求强国梦的过程中，当时很多知识分子从西方学习和引进各种理论和学说，也有一些人努力从中国传统中发掘思想资源，所以当时的中国存在各种各样的启蒙的声音。但鲁迅看到的，是一个“寂漠为政”的无声的中国，是一个“万喙同鸣，鸣又不揆诸心”的了无新意的虚假思想繁荣，他期望打破这种包裹在“恶浊扰攘”的表象下的死寂。

鲁迅设定了一个判定声音真伪的标准，即观点是否来自内心的信仰，是否是“内曜”和“心声”的表达。“心声”能够让我们远离“诈伪”，“内曜”则可以破除我们自身的黑暗，只有遵从内心的召唤，发出自己的声音，才能实现“人各有己”，进而实现“群之大觉”，即从个体的觉醒扩展到民族的觉醒。有一些知识分子，内心没有自己的信仰，随波逐流，扮演启蒙者的角色，什么时髦宣扬什么，其本质是“掣维新之衣，用蔽其自私之体”，这种人便是“伪士”。他们表面上当然也装作有信仰，但他们所秉持的，鲁迅称之为“敕定正信”，即强势者所规定的意识形态观念。这里的强势者，不仅指政府，也包括强国所代表的强势文化。

相对应的，鲁迅将迷信视为“古之先民”的形而上的需求的产物，是发自内在的“心声”的表达，也是“一切睿知义理与邦国家族之制”——理论认知和社会制度——的基础。扮演启蒙者的“伪士”们以进步的名义攻击迷信，就造成了一方面没有带来真正的思想，另一方面使得中国的固有的传统资源趋于“新绝”，这才造成了“寂漠为政”的局面。正是在这个意义上，鲁迅提出“伪士当去，迷信可存”的命题。

反观中国当下的知识分子群体，鲁迅对“伪士”的批判是有相当的启发性的。

在1980年代，以刚刚起步的普惠式的改革为背景，知识分子再次以启蒙者的姿态出现，当时的知识分子群体具有相当高的一致性，在倾向上大都是泛自由主义者。1990年代初重启市场化改革之后，中国的社会结构和利益格局开始重构，知识分子群体的分化也开始了：有的退回学术机构成为学院派；有的与官方紧密合作，共同推进改革；有的顺应市场经济的趋势，在文化市场上浮沉，将知识变现。在后两类知识分子中，有些人经常在媒体上出现，参与公共事务的讨论，为公众所熟知。他们与一些后来崛起的媒体界人士和以媒体为主阵地的体制外知识分子，共同构成了一个被称为“公共知识分子”的群体。随着利益格局的分化日趋明显，公共知识分子的立场也呈现对立的局面，尖锐程度随着现实的变化而加剧，所谓“新左派”与“自由派”的论战就发生在公共知识分子之间，对改革的共识破裂也主要表现在他们的态度分歧上。

在分化与激辩过程中，“公共知识分子”的语义在媒体的塑造下发生了微妙的变化，越来越多地被用来指称那些被视为“自由派”的人士。到最近几年，在微博等新型媒体的参与下，一个新的概念被创造出来，即“公知”。“公知”虽是公共知识分子的简称，但内涵和所指均不等同于公共知识分子，后者至今仍是一个中性的概念，“公知”则带有明显的贬义。“公知”是指共享一种话语体系和理论资源的一类人，不限于以知识生产为职业的知识分子，也包括官员、商人、作家，甚至是演员。他们的思维和话语方式姑且称之为“公知范儿”，这是源自 1980 年代启蒙话语，在过去的若干年里不断被卡通化、脸谱化的一种言说方式。

“公知范儿”同样是一个松散的概念，在此，姑且归纳出两个争议可能相对小的思维定式：第一，批评体制，“一切归到体制上”，但拒绝对体制的复杂性做出分析。这是他们很多讨论的起点，也是最终的依归，论据和逻辑的使用服从于这个目标。与此相联系的理论话语包括改革、市场化、私有化等。第二，借用学者刘擎的话说，“离开美国就无法思考”。但这个美国是一个被高度抽象化的美国，如何理解“美国”，取决于体制批评的需要。由于这个原因，美国霸权的国际后果和美国社会呈现出的 1%与 99%的对立不会进入“公知”们的视野。与这个取向相关的理论话语包括民主、全球化、普世价值等。

“公知”们之所以在近年遭遇污名化的境遇，是因为在各种各样的社会矛盾空前复杂和尖锐的背景下，“公知”们用预先自我设定为真理的框架去套所有问题，失去了解释世界的能力。由于“公知范儿”对那些理论概念的使用存在曲解，故而对“公知”的批评不能等同于对这些理念的批评。

这些知识分子在媒体空间里具有相当大的影响力，但其思维方式充满了对基本事实的漠视和逻辑上的纰漏，并非认真思考的结果，其言说中听不到“心声”。另外，有些知名“公知”在改革之前的年代曾是计划经济的坚定拥护者，但在 1980 年代却摇身一变成了市场经济的旗手。如鲁迅在《关于知识阶级》的演讲中所说的，“真的知识阶级的进步，决不能如此快的”。这些人本质上不过是拿了各派的理论来做武器的人，内心缺乏真的信念，驱动他们前进的不过是两个字：自私。

“公知”的道德形象建立在其批评姿态之上，其指向是“体制”。表面上看，这符合鲁迅提出的知识分子应该“不安于现状”的标准，也仿佛听从了爱德华·萨义德的“对权势说真话”的召唤。但是，他们并不同时具备萨义德所谓的“放逐者和边缘人”的特征，而是事实上的局中人。这是由“体制”的复杂性决定的。中国的渐进式改革并未与前改革时代决裂，而是在原有的基础上进行的，这就使得“体制”具有双重性：一方面是“前改革体制”存留在政治和意识形态领域；另一方面是“改革体制”逐步扩张，市场经济从无到有，如今已经占据了绝对主导的位置。两种“体制”之间存在相互依存的关系，同时也存在张力和对抗，共同构成了所谓的“体制”。

1980 年代的启蒙话语体系留下了一个负面的遗产，即传统/现代、中国/西方的二元对立的思维模式。经由传统/现代的对立，改革前的历史被视为“传统”的，需要扬弃，改革才意味着现代中国的真正开端。这种思维模式被“公知”发扬光大，对他们而言，妖魔化前改革时代和推动改革构成了互为表里的关系，乃至在他们的理论和思想上表现为一个有趣的对比：政治观念保守，贬低近代中国以来所有革命性的政治实践，把中国迈向现代的希望回溯到清末的君主立宪尝试；经济观念激进，主张全面推行市场化、私有化为取向的改革。

由此可以看出“公知”与体制的真实关系，他们是支持“改革体制”的，有的人就是“改革体制”的有机组成部分。他们在批评体制的时候，真实的指向是“前改革体制”，真实的目标是为“改革体制”的空间扩张服务，但他们在批评的时候，刻意忽略体制构成的复杂性，从而达到掩盖其真正目的的效果。体制批评的具体技巧可以大体分为两种：一、通过对“前改革体制”的抨击，为改革的进一步推进制造舆论；二、在“改革体制”带来的问题凸显出来时，通过笼统的体制批评将原因归为其他因素的掣肘，将改革引发的问题转化为进一步改革的理由。

总之，“公知”式的体制批评以将问题推给“前改革体制”为出发点，落脚点最终归结到“深化改革”上面。与此同时，他们拒绝对“改革”做出明确的定义。为了更清楚地表明这些知识分子与体制的暧昧关系，可以举两个例子。首先，2001 年《读书》杂志刊发了高默波的《书写历史：〈高家村〉》一文，由于该文对“前改革体制”进行了正面的评价，引发了一批知识分子的反弹和“围剿”，最终导致了“体制”的介入；其次，2006 年发生的关于改革共识的大讨论，同样是这些知识分子以“否定改革”的罪名对批评者展开攻击，呼吁“体制”介入，为争论定调，并最终如愿。

“公知”式的体制批评是徒具其表的，其中立性的表现无法遮蔽与体制的一体关系，“在野”的姿态不能改变“在朝”的事实。与此同时，这些知识分子所秉持的理论话语貌似新颖、客观，实际上不过是“改革体制”的“敕定正信”而已。

中国/西方二元论模式是一个始于近代的主题，复苏于1980年代，后来逐步被简化为中国/美国的二元论模式，成为“公知”们的另一大理论武器。在这个思维定式中，美国成了西方的唯一标本，政治、经济、文化各个领域的改革都以美国为参照系，不但第三世界的经验被彻底排除，连欧洲也无论进入关注的视野。比如，PM2.5、校车等公共事件均因为与美国经验之间建立了联系而快速推进，一个值得玩味的细节是，国产校车的外观甚至都模仿了美国的校车。

把美国的今天视为中国的明天，是用一种虚幻的线性进步的时间观念来理解发展，“中国落后美国若干年”这类说法即是此时间观念的反映。这种理解方式忽略了国与国之间共时性的空间联系，无视中国和美国同处于世界资本主义经济链条上的不同位置的事实以及两国间存在的剩余价值输送关系。在这个意义上，美国与“改革体制”是无法相互独立地理解的，“公知”式的体制批评和对美国的态度其实是一枚硬币的两面。这种思维方式下的美国是一个被想象出来的国度，危及全球的金融危机和社会高度不平等引发的大规模社会运动可以全部被忽略不计，不仅在中国没有引发足够的反思，而且美国经验——包括直接促发了金融危机的金融衍生品交易——依旧被当作模仿的模板。这简直是不可思议的。

对“公知”而言，美国还是判断是非曲直的终极标尺，于是霸权、帝国主义等概念被取消了。过去若干年内发生的多场美国主导的战争，明显缺乏事实和法理的依据，但主流舆论以“人权高于主权”的论调轻描淡写地带过，却对战争造成的更大规模的人道主义灾难视而不见。“公知”们争相做“一夜美国人”的表现不禁让人想起鲁迅一百多年前对“举世滔滔，颂美侵略”的情景的慨叹。这种情形出现的原因，鲁迅认为是“自屈于强暴久，因渐成奴子之性，忘本来而崇侵略”。百年近代屈辱史和改革开放后面对西方而产生的震撼的杂糅，使得很多人自觉屈服于社会达尔文主义的逻辑，将强势霸权等同于文明。同样地，这种文明概念不是来自“内曜”和“心声”，同样是强权规定的另一种“敕定正信”。

中国要走向大国崛起，在国际关系上做到“秉持公道，伸张正义”，需要走出中国/美国二元论的思维陷阱，破除这种对美国的美化和顺从。这就要求中国的知识分子“收艳羡强暴之心”，“反诸己也，兽性者之敌也”，即真诚地面对内心的召唤，拒绝强势者规定的不合理秩序，找回自尊自强和同情弱者的精神。

（2012 年）

自由的 B 面

自由，这个词语镌刻在现代性的神坛上，熠熠放光。

“自由!”在电影《勇敢的心》中，苏格兰民族英雄威廉·华莱士用尽最后的力气发出了这一声呼喊。该场景所昭示的精神力量指引无数后来人为之浴血奋斗，如英国学者罗伯特·杨所言，人们可以在 1789 年法国大革命和《联合国人权宣言》发表的 1948 年间找到一条清晰的线索，是为自由、民主、博爱的理念针对专制、反动、种族主义等逐步胜出的过程。

与自由主义紧密关联的理念包括民主的代议制政府、建立在认同基础上的政治、对财产权的保护、言论自由、结社和宗教信仰的自由等，这些共同构成了现代政治摄人心魄的光明一面。

每一件事物似乎都孕育着它的对立面，这符合马克思对现代的深刻洞见。其实，自由也不例外，除了经常被颂美的光明一面，自由还与征服、侵占、暴政、奴隶制、殖民主义、帝国主义这些负面的理念和暴行紧密相联。我们姑且将前者称为自由的 A 面，那么以自由的名义压迫，就是它的 B 面，这一面是长久以来被回避、被掩盖的。

伦纳德·霍布豪斯说，“现代国家是一种独一无二的文化的特殊产物”。这个论断表明的是，现代政治是一个知识的构建。现代思想有不同的理论和知识体系，所描绘的政治图景有所不同，但共享一些基本的前提。自由主义便是诸多现代政治理论的一种。

现代政治文化首先承认主权国家的神圣性，主权国家意味着一国的事务由本国决定，不容他国干涉。主权国家体系出现在欧洲，由 1648 年威斯特伐利亚和约奠基，但其扩展经历了漫长的历史过程，一直到二战后的民族解放运动期间才得以在世界范围内确立。

其次，现代思想为主权国家的内部划分出了三个相互独立又关联的场域：国家（state）、市民社会和市场，分别是政治的、社会的和经济的。国家的职能本规定为维护秩序，保证市民社会和市场的正常运转；国家的权力接受市民社会的制约。

市民社会既具备包容性，也有排斥性；在不同的理论分野中，市民社会的范围是不同的。对市民社会的范围界定，就是对有权利参与政治的主体的范围界定，也是对哪些人才是“自由人”这一关键性问题的回答。根据伊曼纽尔·沃勒斯坦的说法，现代政治思想可以据此划分为保守主义、自由主义和激进主义三大阵营。保守主义将政治的主体限定为贵族等特权阶层；自由主义视野中的市民社会仅包括拥有资产和受过教育的人，即资产阶级；而包括社会主义在内的激进主义思想主张将政治开放给所有人。

自由主义是在对抗中世纪黑暗的绝对主义政治和封建主义的过程中发展起来的。为了拓展政治参与的空间，自由主义秉持了普遍主义的姿态，它主张普遍的人的权利，以此对旧的政治势力进行打击。故而历史地看，自由主义是作为一种解放性的思想登上历史舞台的。

但是，自由主义内在地具有保守性的一面，从资产阶级的立场出发，它关注的核心是财产权的保护，所以天然地对大众抱有敌意。这个特性使其在现实中对“人”的范围持有狭隘的理解，比如，霍布豪斯在《自由主义》中怀旧式地谈到希腊城邦，认为城邦是一个“自己统治自己，只服从一些生活中的规章”的自由人的联合体，“我们如今正在辛辛苦苦满腹狐疑地力求恢复的理想，在古希腊的生活条件下自然而然地就实现了”。在这里，霍布豪斯刻意回避了一个基本的事实：古希腊城邦是个奴隶制社会。面对奴隶制社会高谈自由，我们不禁要问：这是谁的自由？

较早建立起代议制民主政治的国家早期都对选举资格根据财产和受教育程度等条件进行了严格的限定，这清楚地体现了自由主义的排斥性。另外，契约论者将奴隶制理解为自由立约的结果，早期的自由主义者大都对奴隶制持支持态度。将压迫与自由混为一谈，这使得自由主义在面对不平等的经济社会问题时缺乏分析和批判的能力。

殖民主义是压迫的集中表现。在利益的驱使下，宗主国以武力征服殖民地，实行野蛮的专制统治，镇压反抗，根据出身、种族、肤色等确定人的社会关系。表面上看，殖民主义实践与自由理念完全相悖，但实际的历史进程却表明，自由主义是殖民主义最有力的意识形态提供者。以英国历史为例，从 17 世纪开始，自由主义和殖民主义同步发展，在英国国内的自由主义政治发育成熟的过程中，一个以野蛮征服和暴力统治为基本特征的“日不落帝国”也建立了起来，二者的相辅相成在 19 世纪中期达到高峰。

一个生动体现自由主义和殖民主义关系的事例是，同为英国自由主义巨匠的詹姆斯·密尔和约翰·密尔父子都曾在东印度公司工作过，而且为东印度公司服务是约翰·密尔一生从事过的唯一一份全职工作。1827 年，英国威廉·本亭克勋爵在赴任印度总督前的晚宴上对詹姆斯·密尔说：“我要出发去印度了，但我不是印度总督，你才是印度总督。”

在 1857 年印度民族起义被英国政府残酷镇压之后，知名的自由主义者大多对镇压表示支持，包括密尔父子、边沁、麦考莱勋爵等。后来，约翰·密尔就此写道：“文明国家对彼此的独立和民族地位所负有的责任，对那些视独立和民族地位为邪恶或至多为有问题的善的国家是不适用的……这可能是对伟大的道德原则的冒犯，但野蛮人没有组成国家的权利……”

英国国内不乏反对殖民统治的声音，但发声者是埃德蒙·柏克这样的保守主义者和社会主义者。可以归为自由主义谱系的反对殖民的意见来自亚当·斯密等经济学家，但他们反对的理由并非殖民统治违背了自由的神圣理念，而是殖民是一种不经济的方式，炮舰保护下的“自由贸易”才能使英帝国获得最大的利益。

这并非说自由一定导致压迫，也不是说自由主义天然与殖民主义是一体的。自由主义者有另外一个看待殖民的视角，印度裔学者乌代·马塔总结道，英国的自由主义者视印度为一块蒙昧的处女地，一个巨大的启蒙价值的试验场，殖民是一个传播自由、教导理性的过程。自由主义者并非看不到暴政，而是更多地看重自由教育；或者说，更多地强调自由教育，以遮蔽暴政。

在这个视角的指引之下，殖民主义的理由和形式被丰富了。与废奴运动和殖民主义相关的态度转化是一个代表性的例子。对奴隶贸易和殖民主义，当时的自由主义者大都持支持态度，在二者消亡的历史中，基本上看不到自由主义作为一种理论和政治运动所起的作用。最初的反对来自纯粹的人道主义者，他们既反对奴隶贸易，也反对殖民。前者率先产生了效果，在人道主义者的努力和其他因素的配合下，英国于 19 世纪初率先废止了奴隶贸易。

如果就此认为反殖民主义会成为下一阶段的奋斗目标，就想当然了，实际情况是，奴隶贸易的废止在自由主义的逻辑下成了英国进一步殖民扩张的理由：其他国家还没有废除奴隶贸易，故而英国只有拥有更多的殖民地，才能保护更多的土著免于成为奴隶贸易的牺牲品。这就是所谓的“保护性殖民主义”的论调——征服和占领是为了保证他人的自由。

这种“以自由的名义压迫”的逻辑一直延续到今天。持续不断的局部战争以推翻暴政、传播自由和民主的名义打响，战争背后对资源的掠夺、对地缘的控制被刻意遗忘了。至于那些成千上万的战争中的死伤者，不过是自由的必要代价。

如马塔所言，自由主义在帝国内部将没受过教育的人、没有资产的人、妇女等排除在政治之外，对殖民地则实现集权统治，二者是一脉相承的。由此，我们不能将自由主义带来的排斥性和压迫性简单地视为权宜性的政治策略，还需要看到其背后有完整的哲学依据作为支持，即始自洛克的家长作风和教化论。

自由主义认为，良好的生活是符合自然法的生活。法律是众意的表达，是自然法的体现，法律保障每个人的自由，对个人而言，遵守法律便获得了自由。故而文明社会需要人对法律的理解和遵守，即约翰·密尔所谓的“理性的人的负责任生活”。

理解和遵守法律需要理性，理性的能力虽然是天赋的，但得学习才能掌握。理性的发育程度构成“自由人”的界定标准，那些理性尚不健全的人由于没有能力约束其意志，暂时不配享有自由。他们就是被排除在政治之外的人，是需要他人管理的野蛮人。

在洛克看来，学习和培养理性能力的第一场域是家庭。在《政府论》（下篇）中，洛克单辟一节，题为“论父权”，将父亲与统治者的角色相比照，认为父亲有义务担负其培养孩子理性的基础责任。如此，家庭教育就变成了政治的重要组成部分，培养孩子的理性、对尚不具备自由缔约能力的孩子进行管教，既是父母的家庭义务，也可以视为培养政治主体的公民责任。

洛克的这一思想被后来者不断引申，以亲缘关系隐喻政治成了自由主义的一个主题。在密尔等人的笔下，印度人就被描写为孩子，相应地，英国占据了现代文明发展的最高峰，责无旁贷地应该承担起父亲的责任，在印度尚未摆脱蒙昧状态之前其不应享有自由。这是英国人统治印度的理由，也是责任，殖民主义的暴政不过是教育的手段而已。印度的民族起义于是被视为逆子的反抗，必须予以坚决的惩罚。

边沁的态度虽没有这么坚定，但内在的看法也和密尔是一致的。比如，一方面，他谴责大革命后的法国在对内对外政治上的双重标准，另一方面，他又认同文明等级论和英国文明的至上地位。他怀疑印度人是否有能力理解自由，“权利宣言能译成梵文吗?”他问道。

马塔指出，自由主义秉持一种父爱的姿态，一种融合了成熟、家庭关爱、对指导他人的能力的潜在自觉、强制（有需要的情况下）的奇怪混杂。这种混杂在其他因素的作用下，会迸发出巨大的破坏性力量，19 世纪末的法国就在极端民族主义情绪的支配下，掀起了瓜分非洲的狂潮，堂而皇之的名义是法国的“文明使命”——法国有责任向落后国家传播先进的价值观。

法国的殖民扩张吸引了其他列强的跟进，为殖民辩护的意识形态也花样翻新，“文明使命”很快被“白人的负担”说所超越，后者成了此类意识形态说辞的最高级表达。

西方列强竟然成了殖民主义的受害者！不得不说，这是自由主义在理论创新方面的一个奇迹。

表面上，自由主义主张普世性的人的权利，原本这是一个策略性的主张，却构成了自由主义自我瓦解的因素。当奴隶们以争取自由为口号奋起抗争的时候，没人可以否认自由主义理念在其中所起到的激励作用。但是，在奴隶翻身得解放、殖民地获得独立的历史进程中，真正起作用的并非自由主义，而是激进主义思想和政治。

我们不能说自由主义在其根源上就是殖民主义的，或者自由一定意味着压迫，这取决于在具体历史情境下的人对理论资源和斗争因素的运用——自由既可以是解放性、革命性的口号，也可以被僭越为压迫性的理念。

对于自由主义对英帝国的长期支持，马塔将其阐释为：自由主义对理性盲目崇拜，使其不具备处理不熟悉的经验的能力，从而将其他的人类经验都视为暂时性的、应该被改造的。这个看法是柔和的，这可能是由其作为生存在两种传统的夹缝中的印度人身份所决定的。对西方的激烈批评更多地来自西方内部的激进一派。美国神学家雷因霍尔德·尼布尔便有过这样的评断：

> 对多数有文化的人来说，理性的力量仅仅让他们比普通人发明更多的借口，为战争的歇斯底里和国内政治的癫狂开脱。所以他们成了战时最恶劣的撒谎者。

（2012 年）

致命的自负与致命的失败

在《昨日的世界》一书的开头，斯蒂芬·茨威格这样写道："倘若要我今天为第一次世界大战前我长大成人的那个时代作一个简明扼要的概括，那么我希望我这样说：那是一个太平的黄金时代。"

那个黄金时代正是西方历史上著名的"百年和平"的晚期。当时的欧洲上流社会享受富足，迷信进步，以为这样的好日子永远不会有尽头。如茨威格所说，欧洲弥漫着"一种巨大而又危险的自负"，抱定了一种"以为能阻止任何厄运侵入自己生活的深刻信念"。

但是，100 年前的 6 月，萨拉热窝的一通冷枪结束了这个妄想，一战随后爆发。英国外交大臣格雷说，灯光在整个欧洲熄灭。一战结束后不过 20 年，又爆发了以欧洲为中心、最终将全球都卷入其中的二战。这是西方文明制造出的骇人的野蛮。

相比翻检战争的各种耸人听闻，更有意义的是讨论黄金盛世何以骤然崩塌。

茨威格生于 1881 年，那时候，自由竞争的资本主义其实已经终结，帝国争霸已经开始，后来被引爆的“火药桶”已经在蓄势了。通过作家的记述可知，在一战爆发前，这一切甚少渗入普通人的日常生活，宏大的历史变迁也没有进入年轻茨威格的视野。他在回顾一生时（《昨日的世界》写于二战期间），也只写下了对失去的美好往昔的哀叹，却没能给出解释。

民族主义的狂热，加上政客们的短视与愚蠢，破坏了自由贸易、市场机制和国际均势，最终导致世界大战的悲剧——这是当年流行的解释，这种说辞到今天也还有市场。但这是浅薄之见。要理解世界大战的发生，我们需要借助更深刻的理论家的思考。有两个人的意见特别值得借鉴，一个是列宁，一个是卡尔·波兰尼。他们都没有就战争谈战争。

“百年和平”的起始伴随着自由市场制和自由贸易体制的成形，时间为 19 世纪的第一个十年。但到了 19 世纪 60 年代，自由竞争就开始走向垄断了。列宁在《帝国主义是资本主义的最高阶段》中用翔实的统计资料说明，19 世纪末，西方资本主义国家的生产、金融资本的集中到了极高的程度；在这种新形态的资本主义体制下，资本家为了攫取更高的利润，开始向国外输出资本，由此发展起资本家的瓜分世界的同盟，划定各自的势力范围，以垄断替代竞争；进而，列强开始瓜分领土，直至将世界瓜分完毕。

列宁没有直接谈论一战，但他的逻辑清楚地暗示了战端何以被挑起：世界瓜分完毕，不代表事情的完结，为了取得更有利的资本积累的条件，列强随时会企图重新瓜分世界；目的是两重的，既是为了扩大自己的势力范围，也是为了瓦解对手的霸权。于是，各国走向战争便不可避免。

相比把战争的原因简单地归结于政客的民族主义狂热，列宁的深刻之处在于指出了是制度，而不是人的主观因素在起着支配性的作用。这个制度就是资本主义。资本主义意味着资本的无休止积累，资本家要不停地获取利润，一切都要为此目标服务。在列宁的分析中，从自由竞争走向垄断是一个自然的发展过程，因为垄断可以获得比自由竞争更高的利润率。在自由竞争的时代，西方大国的政客是反对殖民的；在垄断时代，政客们转而鼓吹帝国主义，瓜分世界是为了维持垄断地位。

列宁特地指出，资本家瓜分世界，并不是因为他们的心肠特别狠毒，而是因为集中已经达到这样的阶段，使他们不得不走上这条获取利润的道路。或许可以说，资本家也受到资本积累规律的“剥削”，所以，求得解放的途径是打碎资本主义的生产关系，而不是简单地把矛头指向作为个人的资本家。

列宁的框架是严格的阶级分析。他把资产阶级视为资本主义社会起绝对支配作用的核心，工业资本与金融资本之间、金融资本与政府之间实现了“人事结合”，资产阶级控制了国家机器，使国家的行为完全顺从于资本家的利益诉求。那些鼓吹帝国主义，认为通过帝国主义的垄断同盟可以达到永远和平的知识分子，他称之为资产阶级雇用的“文丐”。在这个视野下，资本主义国家的统治精英——经济的、政治的、文化的——以资本家为核心实现了整合，战争的发动服务于资本家攫取利润的需求。这大体就是列宁的理解。

波兰尼并不接受马克思主义的阶级分析法，他认为没有任何一个阶级会只代表自身的利益，一个只追求自身利益的阶级也无法获得成功。

在波兰尼那里，起决定性作用的是一种信念，即对自律性市场乌托邦的追求。这个信念起源于 18 世纪下半叶亚当·斯密出版《国富论》，到 19 世纪 20 年代，它已经紧紧地抓住了统治欧洲的精英集团，无论工商业界人士、政治家还是知识分子，都将其奉为圭臬，把实现这个乌托邦作为使命。

从一种书斋中的理念到统治集团的意识形态，这个过程如何完成呢？恐怕仅从思想史的角度来解释是不够的，但是任何解释都难免带有神秘主义的色彩。凯恩斯的带有这种色彩的论断，可以作为一个佐证：“经济学的思想，无论其正确与否，其力量之大往往出乎常人意料。实际上统治世界的，也就是这些思想而已。许多实干家自以为不接受任何观念形态的影响，却往往早已当了某个已故经济学家的奴隶。”

自律性市场乌托邦的主要特征有二：第一是将“图利”作为人类行为的最根本的动机；第二是将经济活动的所有要素都交给价格机制自动调节，这就要求把劳动力、土地和货币都变成商品。波兰尼的反驳是：首先，人类学的研究表明，在工业社会以前的时代，追求利润从来没有在人类的动机中占有特别的位置，它纯然是一个肇始于斯密的现代神话；其次，劳动能力是人的有机组成部分，土地是自然的一部分，作为购买力表征的货币是由银行或国家财政部门提供的，它们都不是为了销售而生产的商品，而是“虚拟商品”。

因此，为了推进这个乌托邦，就不得不借助大规模的国家干涉措施。波兰尼一针见血地指出，如果任由事物自然发展，根本不可能出现自由市场。在这个意义上，市场经济今天不是、过去也不是所谓的“自发秩序”。经济自由主义者反对的干涉措施，只是妨碍市场自由运作的措施；对相反的国家干涉，他们一直是乞求着的。

将劳动力、土地、货币这三者变成商品，意味着要创造一个脱离社会约束并凌驾于社会之上的市场机制。波兰尼把这个机制比喻为“撒旦的磨坊”，“把土地与人的命运委诸市场等于毁灭土地与人”。社会为了自我保护，便不得不以各种方式发起对自由市场的“反向运动”。

自由市场是个乌托邦，它从未实现过，也不可能实现。它的每一步推进都伴随着国家的管制，也遇到社会的抵抗，自由市场越发展，对抗就越激烈。这个“双重运动”构成了现代社会动荡的根源——不仅一战，而且二战也源自这里。

茨威格对黄金时代的回忆给了黄金一席之地，他写道，“我们的货币——奥地利克朗，是以闪光发亮的硬金币的形式流通的，因而也就保证了货币的不变性”。

在波兰尼看来，自律性市场机制最重要的原则就是金本位制——黄金是具有价值的特殊商品，作为流通手段，它的供应应该由市场自动调节，国家不该也无须干涉。金本位原则是如此的神圣，以至于它几度崩溃，又几经重建，一直到布雷顿森林体系解体才被彻底放弃。

根据经济自由主义的假设，如果全世界都通过以黄金为锚的自由贸易联结起来，人类将自动获得福利的提升与和平；如果市场出现不均衡，那么市场也会通过自我调节得到恢复。斯密反对殖民主义，他认为这是不必要的，因为可以通过贸易打败竞争者。这种观点一直延续到垄断资本主义的兴起，在一个世纪左右的时间里，主张殖民主义的人会被视为旧时代遗留下来的怪物。

可惜这种完美只停留在附加了无数假设的理论层面。自由贸易良好运行的前提是各国同为地位差不多的主体，但事实上各国的情况不同，自由贸易注定导致不均衡的出现，不均衡实际上又无法通过市场自行解决。金本位制下，在自由贸易中处于劣势的国家将承受黄金储量的净流出，这会导致该国的信贷紧缩。如果该国以增加赤字的方式刺激经济，就会出现通胀，汇市下跌，进一步刺激黄金外流；为了捍卫金本位制，制止黄金外流，只有一条路可走，那就是通货紧缩。但通货紧缩意味着削减支出、工资下跌、工厂倒闭等等一系列的由社会承担的后果。

自律性市场于是顺理成章地导致了保护主义，一个旨在排除国家干预的制度设计恰恰强化了国家干预的需要。这个趋势强化了兴起中的民族国家，使之成为社会的保护者。德国率先走上了这条道路，建立起高关税壁垒、工业领域的卡特尔组织，在全社会建立保险制度，同时对外高压殖民。保护主义的壁垒迫使其他出口国将目标转向缺乏保护的弱小国家，进而开始抢占殖民地，这是为了顺利地将贸易网延伸到这些地区，让那些落后国承受社会动荡的痛苦。

波兰尼与列宁的一个不同在于，前者把垄断也看作是社会自我保护的结果，因为生产组织也受到自由市场起伏的影响，一旦公司倒闭，既意味着资本家的损失，也意味着工人的失业。

以自由市场开始，以经济帝国主义结束。19 世纪末 20 世纪初帝国主义瓜分世界的狂潮是以自由贸易之名而实行的，目的是在各自的势力范围内让自由贸易得以继续。斗争发展到极点，就只能以战争解决。

一战把“百年和平”取得的成果打得粉碎，却没有打碎经济自由主义的顽固与自负。

一战结束后的第一个十年中，西方的精英统治集团按照导致了战争的经济自由主义教条进行重建。当时普遍的信念是只有重建 1914 年以前的体制，才能重建繁荣与和平。在指导性的教条中，最重要的还是金本位制，连新兴的社会主义国家苏联都毫不犹豫地加以遵循。波兰尼说，金本位制是当时的信仰，重建金本位制是当时国际合作的象征，“就这一点而言，在胡佛与列宁，丘吉尔与墨索里尼的言辞中很难发现他们之间有何分歧”。

金本位制下的货币稳定需要各国黄金储备的相对均衡和稳定，但是一战后各国经济上收支的不均衡比以前更加明显了，这一方面是自由贸易导致的，另一方面是政治原因导致的，即战争赔款。在黄金流动更加不稳定的条件下重建稳定货币，无异于一个不可能完成的任务。

但是，神圣的教条告诉统治精英，为了重建货币，为了重建自律性市场，一切代价都是值得的，这个代价包括通货紧缩带给社会的无穷无尽的痛苦，也包括牺牲掉自由政体。于是，历史的反讽就呈现了出来：为了重建自由市场，经济自由主义者强力支持国家加大干预的力度，包括由政府规定工资和物价，赋予政府各式独裁主义的权力，这恰恰牺牲了自由，也为进一步牺牲自由铺平了道路。

在这种情势下，法西斯主义崛起。波兰尼说："如果有一个政治运动是因应于客观情势之需要，而不是偶然之原因的结果，那就是法西斯主义。"他的意思是，由于顽固坚持经济自由主义教条导致的挫败，产生了法西斯主义生长的土壤——大众宁可牺牲自由，以换取免于被市场失败所冲击的保障。

法西斯主义不是某种特定文化和传统的产物，它作为市场机制失败的产物，出现在受到市场体制冲击的多个国家。它在德国最"成功"，因为一战后德国在战胜国强加的苛刻赔偿条件下所受的灾难最为深重。

一直到今天，还流行一种浅见：一战是帝国主义的争霸战争，没有正义性可言；二战则是反法西斯的正义战争。这种认识隔断了相距仅 20 年的两次世界大战，言下之意是把法西斯主义当成了凭空而来的邪恶，全然无视法西斯主义是对市场社会的反弹。的确，法西斯主义走得太远了，它犯下了骇人听闻的罪行，以至于被用来承担所有的历史罪责；真正需要被拷问的却逃脱了。

二战后，经济自由主义又复苏了，自律性市场再次被重建，布雷顿森林体系重新确定了金本位制。一直到1970年代中后期，资本主义经济运行良好，西方的社会治理取得了长足的进步，催生了规模庞大的中产阶层。

这是自由市场有效性的证明吗？恰恰相反，这是对市场加以合理制约的结果。这个阶段的资本主义要面对社会主义阵营的竞争，不得不采取了诸多的社会保护政策，建立起了福利社会，以消除自由市场的负面作用。历史表明，这样的实践是有效的。

待到社会主义溃退，新自由主义抬头，形势开始逆转。冷战结束，苏东阵营解体之后，新自由主义更是凯歌猛进，把所有地区和人民拖入了"撒旦的磨坊"，全然不顾施加给人和自然的负面后果。

这个过程伴随着对社会主义历史实践的污名化。新自由主义的祖师哈耶克用"致命的自负"来形容社会主义，他认为自由市场是自然形成并扩展的，并非人为设计，社会主义对其的改变注定要失败。

哈耶克的观点根本不是什么有新意的创见，只是马克思批判过的19世纪资产阶级经济学家论调的简单翻版，那些人"认为只有两种制度：一种是人为的，一种是天然的。……所以说现存的关系（资产阶级生产关系）是天然的，是想以此说明，这些关系正是使生产财富和发展生产力得以按照自然规律进行的那些关系。因此，这些关系是不受时间影响的自然规律。这是应当永远支配社会的永恒规律。于是，以前是有历史的，现在再也没有历史了”。

波兰尼的研究说明，自由市场完全是人为创造的，其存在和扩展一刻也离不开国家干预。而社会主义，按波兰尼的说法，“是工业文明的先天倾向，以超越自律性市场，使自律性市场服膺于民主社会”。社会主义是对资本主义的批判，没有资本主义的失败，也就不会有社会主义的诞生。社会主义实践的历史挫折有其原因，但决不能作为资本主义天然正确的论据。

以自然和理性的名义将人造的自由市场神化，哈耶克所代表的精神才是十足的“致命的自负”。新自由主义曾再次宣称历史的终结，这已经被证明是错误的了。历史没有终结，相反，历史在重演。

新自由主义的自由市场机制没有了金本位制——布雷顿森林体系于 1973 年解体，各国不必再受通货紧缩的苦头，但货币发行失去了黄金这个锚，通货膨胀就无可避免了。经济危机是财富转移的过程，危机之后各国印钞票救市则加剧了通货膨胀，通胀是变相的征税，相当于第二次财富转移。社会在这个过程中受到伤害，这才有了以“占领华尔街”为代表的全球性抗议运动。

过度的市场化造成社会的动荡和对立，只能通过国家的进一步加大干预来应对，最终受到损害的是民主和自由。比如，美国以反恐为名对普通公民的监控行动，预示着民主政体向威权主义的演变；欧洲在经济危机后出现未经选举而上台的技术官僚政权；在中国，维稳成了国家工作的重中之重。需要补充的是，恐怖主义也是新自由主义的产物，但其行为的残暴吸引了所有的注意，使得拒绝反思其成因成为可能——这简直是对待法西斯主义的态度的翻版。

这是一个危机四伏的年代。回首百年前，历史能告诉我们什么呢？回答应该是，统治这个世界的精英们如果还不能放下“致命的自负”，仍可能再次遭受致命的失败。不过，这里的“致命的自负”是要还给哈耶克的。

（2014 年）

普世主义：强权的说辞

普世主义是当下国际政治领域和思想讨论空间内无可回避的一种思潮和修辞手法，它将某些价值理念定义为“普世的”，相应地，另一些价值理念是落后的、应该被普世价值替代的。参与政治性辩论的人，要准备好应对这样一个诘问：难道你不认同普世价值吗？这可以是一个问题，也可以是终结讨论、为对手定性的一个策略。

普世价值是一组能动的概念，指向一个被规定了的方向，其作用不是阐释世界，而是改造这个世界。关于普世主义的讨论与国际关系和民族国家内部各种政治、经济、社会关系的安排紧密相关，在这个“世界向何处去”、“中国向何处去”等问题仍存在巨大商榷空间的时代，对普世主义进行一番辨析是必要的。

普世主义（universalism）是指那些在任何情况下、任何时间都适用于所有人和所有事物的概念或准则，其内涵依具体情境而有所不同。普世主义是一个松散的“筐”，可以容纳任何符合此类倾向的思想。最初，普世主义是指具有普世适用性的宗教、哲学理念，比如基督教，它相信每个人都是上帝的造物，且将可以或者将通过耶稣获得救赎，无论它所面对的个体是否是基督教的信徒。

普世价值（universal values）这一概念本身具有模糊性，至少可以区分其两重含义：第一，根据以赛亚·柏林的理解，普世价值是“绝大多数人在绝大部分地方或情境下，在几乎所有的时候，都共享的那些价值观，无论是有意识地赞同还是表现在其行为中”。在这重含义中，普世价值是所有人都认为有价值的价值，判断标准是全球范围内的实践。世界上有这种普世的价值吗？在19世纪，人类学家们就带着这个任务去寻找，结果发现，无论是在现代社会还是在原始部落，最显著的可以被共享的价值观是“乱伦禁忌”。此外，还有研究者从实证层面开展过调查，发现在不同社会中，普遍接受程度较高的价值观包括权力、成就、享乐等。第二，普世价值是指人们有理由相信其有价值的价值观。阿马蒂亚·森从这个层面来理解普世价值，他认为，即便现在有很多人不认同甘地的非暴力理念，但人们有理由认同它。在这里，普世价值就不限于其字面的含义，而是指那些值得被普世推广的价值理念。

在当下的语境中，普世价值这个词是在第二层含义上被使用的，普世主义者推崇的是民主、自由、人权、自由市场等一系列政治、经济理念，他们认为这些价值观终将在文明的冲突中胜出，一个美好的人类社会的实现依托于这些价值观念普遍被接受和被贯彻。

既然普世价值不是以其普世存在的事实而被认可，那么随之而来的问题是，为什么一些而不是另一些价值观被视为普世价值？决定一种价值观成为普世价值的标准是什么？

普世主义的哲学基础是文明等级论，纯粹的文化相对主义者不可能接受世界上有所谓的普世价值。那么，文明是否有高下之分？如果一个人的判断没有完全被意识形态所支配的话，就会对此问题做出肯定的回答。举例来说，印度教有一项称为“萨提”（Sati）的习俗，男人去世之后，其遗孀要在火葬的时候跳入火堆殉葬。1829 年，英国殖民政府下令禁止了这一习俗。在包括苏丹在内的一些非洲地区，有给女子施行“阴蒂切除术”的传统，1946 年也是英国殖民政府将其废止。这些传统是野蛮的、不人道的，从客观的立场出发，即便激烈的反殖民主义者，也无法孤立地反对殖民政府对此采取的强制措施。

那么，先进的、高尚的价值观是否在现实中始终能取得优势地位，压倒落后的、鄙俗的价值观念呢？答案是否定的。让我们用对劳动的不同看法作为例证来说明。劳动在西方的观念中，一向是被鄙视的，是用来忍受而不是享受的。亚里士多德就认为，公民不能是体力劳动者，公民必须有闲暇来发展其美德和从事与公民身份相符合的活动，而为了达成这个目标，就需要拥有奴隶。在基督教传统中，劳动的伦理价值是负面的，劳动本身不是好东西，只是减轻罪恶的手段。这种对劳动的态度在其他地方也是普遍存在的。原广西壮族自治区副主席徐炳松因贪污被查处后，就说过希望能给他十几亩地，他愿意当农民，种田赎罪。

对劳动的鄙夷借由经济学理论获得了神圣化的地位。经济学最重要的出发点之一是“经济人”假设，将人视为理性的、自利的、逃避劳动的经济主体，倾向于以最小的付出获得最大的收益。经过约翰·密尔、亚当·斯密、大卫·李嘉图等经济学大家的理论塑造，人的属性被定义了。

但是，英国人类学家奥利弗·哈里斯向我们揭示了另外一种对劳动的认识。哈里斯于 1970 年代在玻利维亚的安第斯山脉进行了田野调查，在当地的农民身上看到了与“经济人”截然相反的人性。那里的农民视劳动为美德，在他们的文化里，劳动并非被赋予了价值，相反，劳动就是价值本身。劳动于他们是节庆般的活动，人们穿上最好的衣服，一起下到田间劳作。基于对劳动的热爱，他们发育出了完全利他性的人格，不时有城里人前来与他们进行交换，用很少的代价换取他们大量的产品，但他们并不感觉到吃亏，而是以怜悯的眼光看待这些可怜的不会劳动的人。

显然，“经济人”是对人性的歪曲抽象，人类学、社会学等学科对此进行了猛烈的批评，证明人的本性并非如此狭隘，但都不能阻挡从“经济人”假设出发的一整套自由市场制度设计按照其面目塑造了我们的世界和世界观。这种扭曲的“普世的”人性观还随着市场的扩张侵入到非经济的领域，结果是自利的行为得到奖赏，利他的行为受到惩罚。

劳动是财富创造的源泉，是推动历史进步的动力。显然，安第斯山区的农民对劳动的看法更高尚、文明程度更高。问题是，为何这种价值观不能成为普世价值、雷锋精神不能成为普世价值，反而是鄙夷劳动、好逸恶劳的“经济人”理念大行其道？道理不言自明，价值有高下之分，但决定哪种价值观成为“普世价值”的因素，不是价值本身的高度，而是其他因素。“经济人”假设脱胎和发展的历史，正是资本主义狂飙猛进的历史，正如马克思所论述的，资本需要“按照自己的面貌为自己创造出一个世界”，资本对世界的创造就包括符合资本扩张需求的人性。

有了这层视角，便容易理解普世价值以及那些与普世价值紧密相联的政治话语的实质。伊曼纽尔·沃勒斯坦一针见血地指出，普世主义乃是权力的说辞。西方国家领导人、主流媒体和知识分子将普世主义作为推行其全球政策的依据，他们将世界视为善的力量与恶的力量争夺的场域，西方是善的化身，其主张和行动（哪怕是明显错误的）反映的是不证自明的普世真理。问题是，人权、民主、西方文明的高高在上，自由市场的无可避免等理念都不是自明的，需要认真审慎分析，抽离出其中有害的因素。这并非是说“普世价值”都是错误的、不好的东西，而是要了解权势者所高扬的普世主义在本质上是片面的，我们需要警惕普世主义说辞背后不平等的权力关系。

沃勒斯坦归纳了当今国际政治生态中西方国家诉诸普世主义

的三种表现形式：泛欧洲地区领导人追求的政策目标是保障人权，进一步说，是为了保障民主；文明冲突的话语，假定西方文明优于其他文明；对市场作为科学真理的确认，各国政府除了接受和实行新自由主义经济学之外“别无选择”。

在达至此阶段之前，西方普世主义思潮经历了漫长的发展历程，这一历程与帝国主义、殖民主义的形态演进相契合。普世主义作为一种殖民主义的知识，承担着帝国主义、殖民主义的意识形态功能。美国学者尼古拉斯·德克士概括道：“在一些地区和人民被殖民之前，他们需要被标记为‘异质的’、‘他者’、‘可以殖民的’。”普世主义从两个方面服务于这一目标：一方面，它被用于整合西方帝国主义国家内部的力量，为对外扩张提供合法性基础；另一方面，它被用于麻痹殖民地国家的精英群体，制造一种“长期而言对被压迫者有利，哪怕短期内要承受代价”的幻象，以制造认同。

沃勒斯坦将普世主义的演进大致划分为三个阶段，或者说三种形态，当今的普世主义话语正是这三种形态的综合体。

第一，文明对野蛮的干预。在 15、16 世纪，西方殖民主义者在面对征服对象时，优越感首先来源于宗教。在没有形成自己的文明、没有文字、奉行偶像崇拜和活人祭祀等陋习的美洲大陆原住民面前，自命为“上帝选民”的西班牙人觉得高人一等，并以改造美洲原住民的野蛮作为其野蛮入侵和杀戮的充分理由。但殖民主义的残暴也在西班牙国内引发了反思和讨论，在讨论中最终占据了上风的是支持殖民扩张的观点，理由是印第安人是低等人种，即便他们不愿意也必须接受西班牙人的统治，唯有如此才能阻止印第安人的暴行，为天主教牧师传播福音提供便利等。沃勒斯坦认为，这场发生在16世纪的最初的关于普世主义的讨论为后来所谓文明国家对其他国家的干预确立了四条最基本的理由：他人的野蛮；终止伤害普世价值的行为；保护无辜者；使传播普世价值成为可能。

这可以见于英国驻印度总督柯曾勋爵1905年的一个辩白："帝国的目的是为正确而战，摒弃不完美、不公正和鄙陋……记住上帝将你的手放在他的犁上……将犁铧在你的时代向前推进一点，感觉到你在千百万人之中留下了一丝正义、幸福或繁荣，留下了一丝人道或道德尊严，一丝爱国主义情操，一丝启蒙的曙光或责任。这些都是此前并不存在的。这就够了。这就是英国人在印度的正当理由。"这也见于2003年5月1日美国总统小布什在林肯号航母上宣布伊拉克战争胜利时的讲话："在这场战争中，我们为自由和世界和平而战。我们的国家和盟友为此成就而骄傲，是你们，美国军人们，实现了这一目标……无论你们走到哪里，都传递着希望的讯息，一个既古老又崭新的讯息……"这一套说辞的生命力仍旧强大，在利比亚、叙利亚、伊朗问题上，西方国家重复的还是这一套被重复了几百年的老调。

第二，东方主义。当殖民主义在扩张的途中遭遇到东方的古老文明，如中国、波斯、印度等文明时，原本那一套粗浅的普世主义理念就不够用了。因为这些古老文明有悠久的历史和典籍、成形的官僚体系，也创造了可观的财富，简单地将其归为"野蛮人”的类别是行不通的，西方需要一种新的认知方式来定位和这些“高等文明”的关系。

在征服与被征服的关系中，是不会给文化上的平等留有余地的。西方需要一种将所谓东方“高等文明”纳入以西方文明为金字塔塔尖的等级体制之中的解释体系，于是逐步发展出了一种被通称为东方主义的思潮。这种思潮将东方塑造为西方的他者，东方文明虽有了不起的成就，但在发展的道路上遭遇了阻碍，无法像欧洲启蒙文明那样找到通往现代性的道路，东方的现代化使命只有在西方的帮助下才能完成。这一思潮建立起了西方对东方进行殖民统治的意识形态基础。对沦为西方殖民地的地区（印度是最典型的代表）而言，精英群体起初大都被普世主义的承诺所折服，在现代化这一目标的引诱下接受了事实上的西方化进程。但历史的发展并未给殖民地带来真正的平等，同时，西方的民族主义、自由主义思潮也为殖民地的觉醒创造了条件。终于，在二战后的民族独立大潮中，传统的殖民主义土崩瓦解，东方主义的普世主义历史也告一段落。

第三，科学普世主义。沃勒斯坦将其称为最精致的一种为强势者辩护的意识形态，因为它为自身涂抹上了价值中立的色彩，从而使自己看起来与文化无关，也与政治无关。科学普世主义得以存在的基础是科学与人文学科的分野，后者被分工专司探索“善”和“美”，而在知识体系的竞争中取得了压倒性优势的前者，则垄断了对“真”的阐释权。科学普世主义所宣称的是，“真”的取得有赖于科学方法论的应用，故而这是一种客观的真理，终将为接受它的社会带来福祉。

科学普世主义赋予了自由市场无上的地位，为精英统治（meritocracy）构筑了道德基础，它成功地用全球化替代了帝国主义、新殖民主义等概念，遮蔽了世界体系中不公正的一面。在美国财政部、国际货币基金组织、世界贸易组织等机构的推动下，新自由主义经济政策被以普世真理的面貌推广到全世界的每个角落——科学不承认第二个真理，故而这些角落的国家“别无选择”。有些国家深受此类政策的祸害，但这可以用一套客观的标准解释为必须接受的市场竞争的结果，而非政治的操控或其他原因的结果。

不可否认，很多披着普世主义外衣的价值观是进步的，甚至曾经是革命性理念。但是，这些价值的传播和实践无法脱离政治生活中的权力关系，普世主义在绝大多数时候被强势者所利用，变成了一种压迫性的文化工具。

比如自由、平等、权利等自由主义的核心价值观，既在一定的历史条件下起到了激发受压迫人民反抗殖民统治的积极作用，也长期作为殖民统治的辩护词而存在——英国统治印度就被解读为传播自由和平等的过程。19 世纪末，法国率先引领了瓜分非洲的狂潮，冠冕堂皇的理由就是法国应该担负起其天赋的“文明使命”（civilizing mission），以暴力的手段为落后民族提供先进的法国文化，这一理由迅速地被其他欧洲国家所接受。

同样，人权也是个好东西，却被美国和北约所窃用，成为推行霸权的工具，用以摧毁社会主义国家的成就，以不惜损害第三世界国家的主权的方式巩固美国的霸权利益。若干场战争以保卫人权的名义而发动，结果是使数以百万计的人丧失了更基本的经济和社会权利。有批评家将此行径称为人权帝国主义，这是恰当的。

塞缪尔·亨廷顿指出，在西方的原则和西方的实践中间存在巨大的鸿沟，虚伪和双重标准是普世主义的代价。他尖刻地描述了西方普世主义的虚伪："民主是要推动的，但不能让伊斯兰激进主义者上台；防止核武扩散针对伊朗和伊拉克，但不针对以色列；自由贸易是经济增长的良方，但农业不包括在内；人权对中国来说是个议题，对沙特阿拉伯则不是；对富油国科威特的入侵遭到迎头痛击，对贫油国波斯尼亚的侵略则无人过问。认真思考的话，认为非西方国家应该接纳西方价值观、体制和文化的观点的言下之意是不道德的。"

普世主义还往往沦为强权的最后一块遮羞布。起初，小布什政府发动伊拉克战争的借口与普世价值毫无关系，但后来，当初的所有理由都被证明是谎言后，美国人只好拾起那个不新鲜的论调：至少美国给伊拉克带去了民主。普世主义的说辞就成了强盗行径最后的避难所——哪怕有千百万人丧生，西方至少有通过暴力手段教会他人自由的权利。

普世价值被操控、被扭曲、被滥用的根源是不平等的世界权力关系。沃勒斯坦把迄今为止所有的普世主义统称为欧洲的普世主义，他认为，问题不是质疑世界上到底有没有普世价值，而是我们还不知道普世价值是什么。普世价值不是被给定的，而是被创造的。沃勒斯坦提出一个命题：我们应该追寻真正的普世的普世主义（universal universalism)。这有赖于一个权力平等的世界格局的出现，而这个动荡的世界向何处去，将决定我们是离这一目标越来越近还是越来越远。

（2012 年）

普世主义的终结

中国人对世纪之交的科索沃战争印象深刻，因为 1999 年 5 月 8 日以美国为首的北约轰炸了中国驻南联盟大使馆。也正是在那场以制止人道主义危机为名、以违反国际法的方式发起的对一个主权国家的狂轰滥炸中，我们从西方听说了一个理论创新：人权高于主权。

伴随着科索沃战争的炮声隆隆，由 17 世纪中期的威斯特伐利亚体系确立的主权神圣原则轰然倒塌，从此不再构成西方对他国明里暗里地进行干涉的障碍。西方向世界出口民主、自由、人权等普世价值的道路变得通畅了，伊拉克、阿富汗、利比亚先后尝到了炮舰的滋味，“颜色革命”、“阿拉伯之春”等“民主运动”相比之下则显得平和多了。

普世主义不是什么新东西，它的起源可以追溯到殖民主义早期，数百年来经历过若干变种。每一次变身，事实上就意味着普世主义的一次终结，但它总能像在莲藕上复活的哪吒一样，以一个新的姿态重现人间。当下我们看到的，只是普世主义的最新形态。

万变不离其宗，普世主义充当强权的意识形态的功能从未改变。这么说并非否认普世主义的理论价值，而是指出不能因此对其政治功能视而不见。比如，民主无疑是一种值得追求的价值，但当民主成为霸权的工具时，味道就变了。

我们清楚地看到了西方是如何定义民主的：首先，要有符合民主程序的选举；其次，通过选举上台的必须是西方的政治代理人。在这两点中，后者的重要性要远远高于前者，如果达不到这个标准，那么就不是民主，或者是民主的倒退；相应地，如果已经达到了这个标准，那么是否民主根本不会成为一个值得关注的议题。可以参考一下美国前总统富兰克林·罗斯福的名言：他（注：指尼加拉瓜独裁者索摩查）可能是个婊子养的，但他是我们的婊子养的。

西方近年来发展出了一套成熟的出口民主的模式。首先，在不听命于西方的国家组织大规模的抗议，并在示威者和当局对抗的混乱中制造流血事件，然后集结各方压力迫使当权者下台，紧接着就是由西方观察员监督下的选举，产生亲西方的政权。如果这个过程进行得不顺利，或者新政权建立起来之后运作中出现了偏差，那么就得再来一遍。在强大的舆论机器配合下，这个流程被称为民主的发展。

尚处于未完成状态的乌克兰危机完美地演绎了这个模式。

2004 年，乌克兰已经经历了“橙色革命”，“民主”了一次；但那一次出局的亚努科维奇在 2010 年又被选上了。亚努科维奇算不得一个反西方的人物，只是在倒向西方的路上走得比较犹豫而已，这就足以构成了在乌克兰再次实现“民主”的理由。中央电视台对一位示威者的采访表明，示威和夺权是通过金钱收买组织起来的；网络上的图像资料清晰地显示，罢免亚努科维奇的议会投票是由少数人操控全部投票器完成的。

这个阶段受到了西方的欢迎和鼓励，普世主义的舆论机器也还能正常运转。但西方只猜到了开头，却没有猜到结局：克里米亚闪电般地完成了公投和加入俄罗斯联邦的过程。西方的愤怒不难理解，于是立刻把普世主义的说辞扔进了垃圾桶，指责克里米亚独立违反了乌克兰宪法，乌克兰的主权必须得到尊重。

这是多么戏剧性的一幕！2008 年西方操纵科索沃通过公投宣布独立，完全没有理睬塞尔维亚关于主权需要得到尊重的呼声，当时俄罗斯坚决反对科索沃独立，至今没有承认科索沃是一个主权国家；待到俄罗斯复制了西方的做法，西方就立刻捡起了沾满鞋印的主权大旗。看了各方在联合国辩论的新闻，小伙伴们都惊呆了：这帮家伙一定是把发言稿拿混了！

鲁迅曾经说过：“无论古今，凡是没有一定的理论，或主张的变化并无线索可寻，而随时拿了各种各派的理论来作武器的人，都可以称之为流氓。”这一次，西方亲手撕破了普世主义的伪饰，露出了“流氓”的底色。在这个意义上，普世主义再次以破产的方式而宣告终结。

但有两点需要指出。首先，普世主义在形式上的终结不能等同于其在实践上的终结。普世主义在乌克兰破产仅仅是因为碰到了普京这个强大的对手，在没有遇到有力的阻碍的地方，它仍将阔步前行。委内瑞拉已经被锁定为下一个出口“民主”的对象国，抗议和流血冲突的前奏已经上演。“颜色革命”的类型片是否能在委内瑞拉顺利上演，仅仅取决于力量的碰撞。普世主义在乌克兰遭遇的尴尬丝毫不会影响西方在其他地区的作为——在霸权的世界里，没有道德的立锥之地。

其次，普世主义作为霸权的意识形态的终结不应等同于其作为一种价值理念的终结。世界上应该也可以存在值得不同民族共同追求的“普世的普世主义”，但这个目标实现的可能性只能在霸权终结之后出现。

（2013 年）

反思从“话语神话”开始

二三十年前，从国外学成归来的人，大都志得意满，觉得有义务给国人指点迷津。邹恒甫 1980 年代中从哈佛毕业的时候，他的导师杰弗里·萨克斯就豪迈地对他说，要是不给个部长干的话，就别回去了，于是他去了世界银行。到了今天，情况发生了大逆转，留学回来的人预期降低了很多，而且因为离开国内太久，完全跟不上形势的变化，得到处跟别人请教国内的问题。

从 80 年代开始，官方和思想界基本上接受了“以西方为师”这一前提，更具体地说，是“以美国为师”。于是，逐步形成了一系列的神话化了的霸权话语，公共空间里随处可见“西方/美国如何如何，而中国如何如何”、“西方/美国如何如何，所以中国应该如何如何”这类句式，语气一般是不容置疑的。对西方和对美国的解读是否符合实际，完全可以不是问题。

具体而言，学美国老师的什么呢？学政治体制的话，无论实操还是论说都有困难，那就学经济体制吧，也就是学市场经济。逐渐地，市场不再是需要讨论的问题之一，而成了讨论问题的出发点；邓小平说计划和市场都是经济手段，但这个论断被修改了，建立市场经济体制成了改革开放的目的；任何形式的政府干预都可能成为批评的对象，一个“干预市场”的罪名就是批评的充分理由。

2008年以前，用不容置疑的口吻谈论市场经济虽然是不严谨的，但还算说得过去；而金融危机之后还这么说，就值得怀疑了。阐释世界需要理论的指引，而理论也需要随着现实的变化而不断更新。形势变了，如果理论的发展没跟上，就会出现错位，中国的知识界目前就处于这样一种混乱的状态，80年代以来形成的各种“话语神话”还在大行其道，仿佛世界从来没有发生过变化一样。

金融危机标志着“市场神话”的破产，也是纯粹自由竞争市场体制的危机的集中表现。80年代以来，西方就一直在去管制化，格林斯潘在退休前就说，金融衍生品市场连他都看不懂了，这样的市场还不足够自由吗？纵观历史，经济危机从来都是在政府管制最放松的条件下出现的，而且挽救危机的一向是政府干预，从30年代的凯恩斯主义到最近的欧美大规模救市，市场还没有证明过它有能力修复自身的缺陷。在事实面前，仍然坚持“市场神话”是可疑的，这只能说明对市场的毫不质疑是一种政治话语，而不是思想话语。

“市场神话”是有害的，在市场机制的问题集中爆发之后不借机反思而是盲目坚持，正在给未来埋下隐患。金融危机是金融衍生品过度泛滥导致的，但中国恰恰在危机之后推出了股指期货等衍生品；金融危机源于美国房地产泡沫的破裂，但中国随后却进一步吹大了房地产泡沫，以至于不得不用强硬的手段对房地产市场进行限制，防止泡沫破裂后出现经济硬着陆。这些问题都需要时间消化，需要付出很多的代价。

我们需要坦诚地面对现实，更新我们的理论，反思“话语神话”，直面我们的未来。当市场告诉我们它会失灵的时候，不要再盲目地搞市场拜物教；当西方的民主体制呈现空洞化的危机，政府濒临破产的时候，不可以再把“西方如何如何”当作讨论的前提。市场经济本身自有其可取之处，但我们至少应该回到邓小平，发挥其作为资源配置手段的积极作用，对其可能导致的负面效果有足够的警惕，把市场当作一种经济手段，而不是把市场当成什么绝对的真理。

世界瞬息万变，我们没有理由不立足实际进行反思。

（2012 年）

人与制度，哪个重要

我们经常听到一种说法：现在社会上存在的问题都是制度造成的，好的制度能使坏人变好，坏的制度能把好人变坏，所以解决问题要从改革制度入手。

这种很少遭遇挑战的观念流行甚广，影响颇深，已经成了很多人进行分析和批评的出发点。但这个说法事实上存在严重的缺陷，首先，它对制度做了本质化的假定，忽略了制度是流动的、不断演进的这个基本的事实；其次，它假定制度是能够自我执行的，而忘记了制度原本就是人的创造物，也只能通过人的主观能动性得以实现。再退一步说，如果这个论点成立，现行的坏制度已经把所有人都变成坏人了，那么何谈对制度进行完善呢？

2012 年夏天，美国最高法院大法官斯蒂芬·布雷耶在清华大学法学院做了一个演讲，他所谈到的对思考制度与人的关系大有裨益。美国的法治被公认为好的制度的典范，它是如何得来的？这正是布雷耶先生试图阐释的问题。在他勾勒的美国法治的历史轮廓中，充满了斗争和妥协，我们从中更多地看到的是人对制度的作用。

宪法的最终解释权归属最高法院，这一理念是美国建国者们的共识，但没有写入宪法，只能在《联邦党人文集》中找到踪迹。1801年，大法官约翰·马歇尔以高超的政治技巧，通过“马伯里VS麦迪逊”案为最高法院争取到了违宪审查权，丰富和法制化了制度，为法治从理念走向实践奠定了基础。

演讲最值得深思的部分是布雷耶对“小布什VS戈尔”案的看法。众所周知，小布什是靠美国最高法院的判决赢得了总统选举的，这次判决也开了最高法院介入此类政治争端的先例。作为参与做出判断的法官之一，布雷耶（他支持戈尔）的感慨是，他很欣慰美国民众接受了这个结果，没有上街闹事，没有拿起棍棒和刀枪进行抗争。他没有提到的一个重要信息是，戈尔接受了判决结果，并呼吁他的支持者平静对待。

这说明，即便在法治的条件下，最高法院的判决仍不是天然具备权威性的，大法官们对判决不受欢迎、不被执行是有心理准备的。事实上，民主党方面有充分的理由拒不接受判决，从而使美国的民主、法治陷入僵局，甚至出现第三世界民主中常见的暴力结局。没有发生此类情况，决定性的因素是戈尔及其阵营的主观选择。

与此案例形成鲜明对照的是，美国最高法院的判决在历史上多次遭遇拒不被执行的情况。1857年的“斯科特VS桑福德”案是一个典型案例。当时的坦尼法院判定黑奴不属于美国公民，那个判决在废奴浪潮已经兴起的背景下遭遇广泛抵制，最有力的抵制来自美国总统林肯。最高法院一度因为这个判决名声扫地，后续引发的争议成了美国南北战争爆发的导火索之一。

这些例子提示我们，法治是在各利益攸关方的选择、权衡、妥协之中曲折前进的，是一种在流动中寻求平衡的制度。戈尔尊重最高法院的判决，林肯违抗判决，但他们都能成为受人尊重的人物，是因为他们都将美国作为一个政治共同体的核心利益置于最重要的位置。

讨论人和制度的关系，有必要对精英和大众做出区分。精英创设制度，好制度的出现基于负责任的精英的负责任行为。大众绝大多数情况下是制度的客体，是受制度影响和支配的，坏的制度把人变坏这个说法对他们来说是适用的，而这种情况即便出现了，责任也在精英。

反观当今中国那些一味抱怨制度出了问题的人，他们并不是毫无影响力的人，他们就是制度制定的参与者、决策人，或者是“坏制度”的得益者。直接地说，这样的人正是中国的精英人群。在我们看清制度与人的关系时，他们将二者简单对立的目的也就浮现出来了：不过是推卸责任，为自己的不负责寻找借口而已。

（2012 年）

市场能保证的自由

弥漫在我们这个时代的空气中、牢牢控制着大多数人思维方式的是这样一种新自由主义的理念：自由、民主、人权等政治价值应该被推广和实践，但这些价值观的实现必须且只能经由市场来完成。对市场的高度依恋和迷信，是新自由主义之所以为“新”的根本特征。

市场被赋予这层道德内涵是通过对“市场”的田园牧歌式的想象完成的。这里有必要对两种“市场”概念加以区分：一、在自然演进中形成的、作为真正的“自发秩序”的市场，即原初意义上的集市；二、现代意义上的市场经济。第一种意义上的市场在任何经济中都存在，但并非包含市场的经济都可以称为市场经济。如卡尔·波兰尼所做的区分，市场经济指的是一切社会关系嵌入其经济体制的社会经济形态，而在“包含市场的经济”中，市场是嵌入其社会关系当中的。

第一种意义上的市场可以视为人类聚居的产物，是人的社会生活的自然延伸，我们也可以称之为人类学意义上的市场。在偏远地区，这种市场仍在某种程度上得到了延续，比如以赶集等形式存在，虽然内在逻辑已经不可能完全相同。这样的市场有两个典型的特点：首先，它是“熟人市场”，不仅承担着人们进行商品交换以满足生活需要的功能，而且也是社区的一部分，是人们的社会生活发生的所在；其次，这类市场上的经济交换原则不是孤立地和绝对地存在的，更不是重构社会关系的力量，而是被置于其他社会关系的控制之下。

自由的价值只在人与人的社会性联系中才能得到体现，对漂流到荒岛之上的鲁滨逊而言，讨论自由是无意义的。市场之所以被奉为体现自由、保障自由的机制，据说是因为市场交换最能够体现自由的精神：买家和卖家具有同等的地位，交易在自愿的基础上发生；信息充分而透明，使欺诈和压迫没有存身之地。

但是，这种对市场与自由的关系的新自由主义想象是基于人类学意义上的市场生发出来的，在现代市场经济的条件下，这些想象已经完全不成立了。市场经济的规模不断扩展，从一地到一国，如今已发展到全球的范围，这就给市场经济打了一个明显的印迹：匿名性。当我们在超市购买一件商品时，我们并不了解它的生产过程，也不知道谁是生产者；当我们在收款台结账的时候，看起来是在与收银员进行交易，但实际的交易对象是谁，我们可能根本无从知晓。

在市场经济中，参与者的地位和权力高度不平等，而且市场机制也在持续地创造新的不平等；同时，信息的自由流动和透明也是不可能实现的，某些人对信息的更多占有会很容易地转化为对其他人的权力优势。在大规模市场经济条件下，对市场的描述已经沦为意识形态化的建构，那些不考虑现实的约束而空谈市场对自由的保障的论调，是彻头彻尾的资本和权贵的文化武器。这种新自由主义的意识形态的目标是摧毁国家在劳动力市场上对个人权利的保护、打破垄断恢复自由竞争的努力，以及公民享有福利的权利等，是自由的真正敌人。

市场经济能保障的自由，如迈克尔·桑德尔所言，只不过是消费主义的自由，也就是我们作为消费者买什么、不买什么的自由。这是对自由的简化，也是对人的尊严的贬低。我们的保障和拓展个人自由的奋斗，需要包括对市场经济负面效应的批判，而首要的就是破除市场意识形态的光环。

（2012 年）

挽救市场社会

一位辗转各地打工的湖北朋友第一次来到北京，想在首都找个事做。下了火车，他做的第一件事是前往毛主席纪念堂参观。他后来跟我抱怨，纪念堂的工作人员竟然叫卖鲜花，卖花就卖了，干吗要吆喝呢？作为一个在劳动力市场上浮沉的打工仔，他不是不明白，也不是不接受市场的规则，但他认为，毛主席纪念堂是个严肃的场合，菜市场式的叫卖不应在那里存在。

每到长假期就会出现景区涨票价的现象，有的景区表示，如果别的地方涨而自己不涨，会显得档次不够。无论是自然风光还是人文景观，均属全国人民所有，按理不应收费，即便收费也只应以满足日常维护的需要为准。可是，景区管理者理直气壮地学习了奢侈品的定价规则。一个新段子说，李白要是活在今天，没办法写他那些歌咏大好山河的诗了，因为门票付不起啊。

这就是今天的社会现实，市场无处不在，市场思维无孔不入。市场本是一种经济运转的机制，只应与人的经济生活相关，但它攻城略地，冲击了其他一切领域，将整个社会变成了一个市场社会。

按卡尔·波兰尼的说法，市场社会是一个“社会关系嵌入经济之中，而非经济嵌入社会关系中”的社会。经过数十年的新自由主义全球化的狂飙猛进，如今整个社会的市场化程度早已远超波兰尼当年所见。

在市场社会中，一切都可以物化，都可以变成商品进行买卖，比如一个美国妇女以 1 万美元的价格将额头卖给了某公司，将该公司的网址纹在上面；市场社会中的事物首先以其作为商品的一面而被认知，然后才是其他属性，比如对很多人来讲，居所首先是某个档次的房子，其次才是家。

市场社会培育的是“占有性的个人主义价值观”，将其带入家庭、教育、健康等市场逻辑本应止步的领域，侵蚀着人与人联系的传统纽带，把社会推向瓦解和冲突的方向。

中国人的家庭历来具备生产性和消费性双重作用，具有经济功能的一面，但在市场社会出现以前，家庭成员间的关系不是以利益为中介的。AA 制夫妻、婚前财产公证这种事对老一辈人来说恐怕闻所未闻，以这种方式组建的家庭恐怕难有和睦与恩爱。

教育的目的本是树人，是传承文明，是构建民族认同，却被异化为一个大市场，学校不再是培育人的所在，成了劳动力加工厂，教育的神圣性就无从谈起了。

市场逻辑在医疗领域造成的危害最大。医患关系与市场思维格格不入，患者的行为方式实际是反市场的，患者不会跟医生讨价还价，为了寻求心安，患者倾向于选择价格高的药品和服务。相应地，医生需要以非市场的行为逻辑去回应，秉持“医者父母心”，这样才能有良好的医患关系。当医疗也产业化了，就等于医生单方面撕毁了默契，把患者当成了榨取剩余价值的源泉。在这种情况下，一旦有矛盾爆发，就不只是经济层面的矛盾，而是表现为更大的矛盾。

市场社会是不好的，因为它扼杀一切美德，把各类社会关系都庸俗化为金钱的逻辑。用迈克尔·桑德尔的话说，这是市场逻辑对其他社会关系的殖民。我们应该敢于想象一个更好的社会：善于利用市场经济，从而经济丰裕；同时为市场划定严格的界限，不是什么都可以用钱买到，比如尊重和荣誉，也不是什么都能够出卖，比如尊严和良知。

打破市场社会对人性的钳制，将伦理、道义和美德重新召唤回公共话语之中，是批判的知识分子义不容辞的责任。

（2012年）

被听到的权利

伦敦的海德公园有一个“演讲角”，在世界各地诸多“演讲角”中，这一个发源最早，也最有名。每周日下午，都有若干演说家站在自带的凳子（或其他什么东西）上高谈阔论，口才好、声音大的能吸引数十人驻足倾听，也有人门前冷落，只有寥寥数人捧场，或者干脆就争取不到听众。

这样的“演讲角”早就失去了思想传播和辩论的实际意义，变成了一个“非物质文化遗产”。听众多是游客，把它作为伦敦的一个景点；那些演说家呢，八成也是现实中的失意者吧，那些政客、主流学者有谁还会在今天跑到“演讲角”去发言呢，他们只在电视上对着亿万人“循循善诱”。

但我们可以通过“演讲角”更直观地理解言论自由的理念：思想的场域就像一个市场，只要每个人都有充分的表达自由，各种不同的声音就都会被听到，真理将通过交流和碰撞最终胜出。

这样的言论自由理念产生于大众传媒兴盛之前，它在以街头演讲和咖啡馆交谈为主要交流方式的社会条件下是成立的，不同的意见持有者虽然能力和天赋上有差异，比如口才好坏、思维符合逻辑与否甚至嗓门大小，但他们在影响力上的差异不至于太大。每个自由的思想表达者，都会有大致差不多的“被听到的权利”。

这仍是我们今天理解言论自由的主流方式，不幸的是，很多人没有意识到或者拒绝承认：这样的对言论自由的理解早就过时了。正如内嵌于社会网络的市场不等同于充满了垄断和信息不对称的市场经济，掌握了现代化信息传播技术的时代的言论自由也与早前的言论自由在内涵上有了天壤之别。

传播手段是言论的放大器。进入大众传媒时代，公共领域就出现了“再封建化”，谁的声音能够以最大功率的喇叭被传播，取决于金钱和权力。在这样的条件下，即便每个人的言论自由都得到保障，但绝大部分人的“被听到的权利”也被压制了，成为“沉默的大多数”。而“被听到的权利”是言论自由的题中之义，失去了它，言论自由的道德根基也就瓦解了。

无疑，互联网给了普通人更多的发言机会，但在实际效果上，互联网并未使这种张力得到缓解，相反，它让言论自由和“被听到的权利”之间的矛盾更明显地凸显在我们眼前。互联网也许让普通人有了更便捷的渠道发泄不满，却无法形成让底层的诉求进入讨论中心的常规机制，网民通过围观进行反腐、扳倒“表哥”这种事具有很强的偶然性，不可复制，无法持续。再对比一下微博上的那些“大 V”和草根，还有什么能更清楚地说明

“被听到的权利”的不平等呢？

美国学者欧文·费斯提出，国家有责任介入言论自由领域，培育全面、公开的辩论。国家的责任是“试图通过确保把各方的意见都呈现给公众，来为集体性的自治建立根本性的前提条件”，手段不限于简单地增强弱势群体的势力，甚至可以为了听到另一些声音而压低某一些声音。在这个意义上，国家不一定是言论自由的敌人，更可能是朋友。

我们的主流媒体的所有权属于国家，有这样的责任，也有承担责任的能力。但某些媒体的表现是不尽如人意的，原因可能是多方面的：首先，对言论自由的理解过于陈旧了，远跟不上时代的变迁；其次，媒体已经“重新封建化了”，它们关心的不再是公共讨论的质量，而是充当某个势力的代言人；再次，编辑记者们的选题大都是盯着互联网找出来的，被“大V”们牵着鼻子走了。

（2012年）

中国年的烟花火

又一个年过去了，一个充满希望的春天向我们走来。从耳边淡去的，是从除夕绵延到正月十五的鞭炮声声，空气中的火药味道也慢慢地散尽了。这声音，这气味，连同年前年后的相聚与别离，共同构成了年的氛围。四季一个轮回，过年的体验是我们的生活中不可分割的一部分。

过年离不开鞭炮。“爆竹声中一岁除，春风送暖入屠苏。千门万户曈曈日，总把新桃换旧符。”这是很多人小时候就背过的古诗。此外，过年期间的新闻也离不开和鞭炮相关的话题，诸如因鞭炮引发的事故、放鞭炮造成的垃圾和空气污染等。近年来城市的空气质量下降明显，雾霾天气增多，而放鞭炮无疑会加重污染，于是对鞭炮燃放的管制、个人对鞭炮消费的态度等难免会成为公共话题。

客观地说，此类讨论是必要的且有益的。对这一问题的公共关切明显地影响了鞭炮的消费，比如，从除夕到初五北京的鞭炮销售量比去年同期下降了45%。相应地，因鞭炮燃放而引起的事故也呈现大幅下降。既不减损过年的味道，又让年过得相对更洁净、更安全，是一个不错的局面。

但在关于此问题的讨论中，总是会掺杂着一些莫名其妙的论调，一些随时准备启蒙他人的“公知”每逢过年就要捡起普世价值的棍子舞弄一番，他们反对燃放鞭炮，但理由是放鞭炮不符合现代文明的标准，是鞭炮声侵害了其他人享受宁静的权利，甚至是“外国人无论如何也弄不明白”。于是，他们的结论是，中国人要学习做理性公民，主动摒弃放鞭炮的“陋习”，从而获得一种与文明更接近的生活方式。

看到这种腔调的感觉，无异于在年夜饭中吃出苍蝇。很难找到有人彻底地反对理性、反对启蒙的价值，但这不表示支持理性和启蒙价值的人就有权利将其绝对化，当作攻击其他一切价值的大棒子。启蒙主义预设了传统与现代、科学与迷信、西方与非西方等一系列的对立，这一原本就有缺陷的思维模式被一些“公知”进一步歪曲简化，变成了中国的一切都是不好的，一切传统的习俗都要抛弃。这就走到了令人生厌的自我贬低的虚无境地。

如果追根溯源的话，过年本身就是迷信的产物。“年”是传说的一种怪兽，放鞭炮则是为了吓跑它。如果把理性主义的观点贯彻到底，那么不单放鞭炮应该摒弃，连年也不应该过了，因为过年可以解释为全球华人在同一时间搞的一场迷信的狂欢。

鲁迅说过，迷信是古之先民“神思美富”的产物，是人的形而上的精神需求的延伸，它进而发展为我们的文化，成为我们的生命的一部分。亨廷顿在“9·11”之后追问“我们是谁”，这个问题也是美国人以外的其他族群要面对的。能够定义“我们”的，不是科学，不是理性，而是我们的习俗和文化。

这个年，我一个鞭炮也没放，因为早过了对鞭炮感兴趣的年纪；我也对一些城市出于节俭和环保等原因取消元宵焰火晚会的决定表示赞赏。我相信有很多的朋友会分享这些感受和意见，但我们也许会在未来的某个阶段重新找回曾经的乐趣，那便是在有朝一日念叨着“新年到，新年到，姑娘要花，小子要炮”的歌谣，带着孩子或者孩子的孩子享受中国年的烟花火。那里不仅有PM2.5，更有快乐和内心的宁静。

让那些不知所谓的“伪士”聒噪去吧。

（2013年）

重新“开眼看世界”

发展的悖论和风险的失衡

对进步和发展的迷信与迷恋是现代社会的主要特征之一。以电子行业为例，能持久地成为关注焦点的是这样一类话题：苹果公司是否在后乔布斯时代失去了创新力？老牌企业柯达破产给了其他企业什么教训？众多厂商涌入智能手机市场，是分享盛宴还是制造泡沫？等等。

但现代化还有它晦暗的一面：发展意味着资源的消耗和垃圾的生产。电子行业的大发展、电子产品飞速地更新换代的另一面，是海量电子垃圾的制造。而这个问题只有偶尔才会被提及——无论在官方的发展主义话语体系中，还是在大众传媒的社会呈现中。

发展及其后果是同一个过程的两面，其重要性是同等的，对后果的漠视不意味着它的消失。风险只是在悄然堆积。

让我们想象三个场景：一、富士康的单调、压抑、消磨青春的生产线；二、大都市里一尘不染的苹果商店和穿梭的客流；三、中国的清远，或者尼日利亚、印度的某个拆解废旧电子产品的角落，那燃烧着的火焰、饱含毒素的浓烟以及被伤害的土地与生命。

这些场景的空间存在是分立的，处于相互隔绝的世界；它们所表征的意义也被呈现为分立的，甚至是对立的：第二个场景是消费社会的缩影，它象征着喧嚣的繁荣和无限可能的未来，这被塑造为现代社会的主流；其余的都被视为发展的代价，是需要在发展中加以解决的"问题"，只是社会政策的对象，就被赋予的重要性而言，恐怕连个支流都算不上。

这一人为的分割和对立是资本积累逻辑支配下的产物，它突出了进步的一面，掩盖了另一面。事实上，这两个方面是不可分割的，综合起来才构成完整的工业化过程：电子产品是工业化的结晶，电子垃圾则是工业化的排泄物，中间的消费环节正在变得越来越短；有多少电子产品被推向市场，就有多少电子垃圾被制造出来。有粗略统计称，美国每年废弃 3 000 万台电脑，欧洲每年废弃 1 亿部手机。联合国开发计划署预测，一些国家产生的电子垃圾量将在十年内呈现 5 倍的增长，比如印度。中国也已经成为电子垃圾产出的大国。

目前，得到再循环利用的电子垃圾仅占总量的 15%左右，这还是一个比较乐观的估计。通常的处理方法是填埋和焚烧，电子垃圾中包含的大量的塑料、重金属等有害物质由此进入空气、土壤和地下水。对于从事这个行业的人而言，他们的神经系统、血液以及肾脏等器官都会受到严重的损害。

电子垃圾的高速堆积和相关联的环境后果，是技术革新推动的电子产品行业的繁荣直接带来的。智能手机和平板电视等革命性进步，大规模淘汰了旧有的产品；为争夺市场，新产品不断推出，加上“计划报废”（planned obsolescence）等策略的纯熟运用，电子垃圾的生产速度大大加快。

电子垃圾只是现代工业所制造的剩余物中的一种。从更广阔的视野来观察，在现代化制造的光鲜表面下，全世界同时笼罩在现代化带来的阴影之中。从切尔诺贝利到日本的福岛核事故，再到几个世纪以来的工业化所催生的气候反常，在松散的意义上讲，所有人都是发展的反作用力的受害者和潜在受害者。

安东尼·吉登斯和乌尔里希·贝克等社会学者将这种社会形态称为风险社会。贝克对此的定义是，“一种应对由现代化自身诱发和带来的毒害和不安全的系统性方法”，他认为风险社会的首要危害便是环境问题。如果说前现代社会的风险是由于人类缺乏对自然的控制而发生的，那么在风险社会，风险正是人类理性的产物，是人通过工业化对自然的控制日趋完美的结果。贝克认为，工业化已经走到违背其自身逻辑、超越了界限的地步，开始了自我消解的过程。

从现代性反思的角度看待电子垃圾及相关议题，我们就得承认，这不是个靠发展就可以解决的问题，因为它正是现代化的制造物。

虽然环境风险等是全球性的，是针对每个人的，但风险的承受并非平均分布的。贝克认为，风险社会的核心议题之一是权力的分配与风险的分配之间的关系，即谁是决定风险分布的决策者，谁是风险的承受者。

绿色和平的人士做过一个实验，他们将定位装置放入一台旧电视机，追踪其流通轨迹：在被送到伦敦的一个回收点后，这台电视机先是经过了数十天的等待，然后被装进集装箱运送到非洲，最终，它在加纳的一个二手电器市场上被找到。

如果我们将废旧电器的流通过程和电子产品的生产与贸易流程联系起来，就会得出一个相对完整的工业品全生命周期的全球流通路线图：随着西方向发展中国家的产业转移，原材料生产和加工制造在发展中国家完成，工业制成品通过贸易流向发达国家，随后，废旧产品再流回发展中国家，被直接拆解或在二次利用后拆解。对发展中国家而言，这大体上可以描述为一个“两头（生产和回收处理）在内，中间（消费）在外”的过程。

沃勒斯坦曾指出，资本在进行积累的过程中至少将三项成本外部化了，即自然资源消耗的成本、基础设施建设的成本、废旧产品回收处理的成本。工业品全生命周期的流通过程清晰地展示了全球化的权力关系以及这种权力关系决定的不平衡的成本分担，以及不平衡的风险分布。发展中国家以透支环境和人力为代价，承担了发展的大部分成本和环境风险。

根据《巴塞尔公约》，部分欧洲国家禁止向发展中国家输出电子垃圾；美国由于没有批准该公约，故而可以以“合法的”方式将50%～80%的电子垃圾运送出去。即便在这么做违法的国家，电子垃圾还是得以在二手商品贸易的掩盖下被大量运送至中国、印度、巴基斯坦以及一些非洲国家。对外转移电子垃圾的动机是明显的，自 1990 年代起，一些欧洲国家、日本、美国的一些州开始建立电子垃圾循环利用体系，但相对于这样做的成本，将电子垃圾输送到发展中国家进行消化的成本不足十分之一。

中国从 2000 年开始禁止电子垃圾进口，但并未得到严格执行。在其他电子垃圾接收国，对该问题的本质和严重程度的认识还尚未达到中国的水平。对这些国家从事该行业的人来说，动机也是明显的，从电子垃圾里提炼出的金属和其他部件是一笔可观的收入。仅在印度德里，就至少有 25 000 人在从事这个行业。

电子垃圾拆解的效益是暂时的，与长期的环境风险相比较，是彻头彻尾的得不偿失。这是全球化的权力结构以表面上符合市场规律的方式对成本分担和风险分配做出的安排：首先通过不均衡的发展方式和分配方式将一些国家的大部分人置于贫困的位置，再通过提供“发展机会”的方式将风险转嫁给他们。

这个趋势会如何发展？这种不合理的格局是否能够得以改变？贝克认为，面对风险社会，有三种选择：否认、漠视、转型。他期待的是第三种，他将风险社会称为第二现代性，呼吁整合性的反思，呼吁对民主进行改造，让民众和政府、专家一起参与决策。但是，对风险社会的反应非常有可能是这三种选择之外的：某种程度的直面，不过是以喜剧化的方式。

垃圾与现代艺术的关系密切。这并非简单地说现代艺术就是垃圾，而是说现代艺术通过与垃圾建立起联系，影响着人们看待垃圾及其相关议题的方式。垃圾是现代艺术常见的创作材质，在很多现代艺术场馆，都有用垃圾制作的艺术品，究其创作初衷，大概也都是对现代性的反思，或者体现对环保的呼吁。有意思的是，现代艺术的最大推动者正是西方的财团资本。摇滚乐以现代的批判者姿态出现，何勇有一首歌名为《垃圾场》，这样唱道："我们的生活/就像一个垃圾场/人们就像虫子一样/在这里边你争我抢/吃的都是良心/拉的全是思想"。但是，如果你看过这首歌的光怪陆离的 MV 和演出现场，便知这种批判事实上是被纳入了生产垃圾的现代工业体系的。

这是非常典型的而且也极其成功的"面对"问题的方式。它的成功之处在于，以这种戏谑性的直面，消解人类所面临的危机的严肃性，将现代化内生的风险化约为一个可以一笑而过的"问题"，为资本积累的继续扫除障碍。

这种看待问题的方式是有害的。从电子垃圾问题及其所昭示的风险出发，正确的方式应该引入革命性的思考，至少应该反思两个问题：一、现代化本身，是否能够开辟另一种不以资本积累为核心目标的发展方式，让发展回到满足人的需求这个基本的要求上面来，同时切实改变对资源和环境造成巨大压力的做法；二、在全球化持续推进的进程中，不合理的全球权力关系能否得到改变，以便扭转不合理的成本和风险的分担关系。

（2012 年）

资本主义还有未来吗？

2008 年年底，英国女王伊丽莎白二世到访伦敦经济学院，向一干经济学家提出了一个问题：为什么没人意识到危机的到来？后来，她又给英格兰银行行长打电话，问了同一个问题。于是，英国人文和社会科学院召集顶尖专家专题研讨，以回复女王陛下的询问。后来，这些专家给女王的答复是，有一件事每个人都忽视了，那就是系统性风险（systemic risk）。

这是一个极具反讽性的回答，一大批最聪明的人竟然不约而同地忽视了那个最重要的因素。这可能吗？可能的答案是，不可能。最危险的那个因素不是被忽略了，而是被刻意掩盖了，直到无法掩盖的那一刻，也就是危机爆发的时候。

资本家是这样一群人：他们将一定的资本投入市场，组织起劳动和其他要素，通过一定的技术和组织手段生产出产品，在市场上以高于成本的价格销售，获取利润。资本家不会将利润全部用于消费，而是将一部分利润再次作为资本投入生产，以获得更多的资本。

作为一种生产方式，资本主义最根本的逻辑是资本的无休止累积，其他一切都要为此让路。这意味着，资本追求增殖的冲动是盲目的、无止境的、以增长为导向的，而增长的目的并不是为了满足需求，而是进一步的增长。这导致了资本主义经济体系的持续扩张。有研究表明，自 1750 年以来，资本增殖的速率约为 3%，如何消化这新增的 3%正是资本主义要解决的第一大难题。消化资本剩余顺利的时期被定义为繁荣期，无法消化剩余、增长乏力的时期则被定义为危机，即经济衰退期。

纵观历史，资本主义的发展呈现波浪式前进的态势，学界称之为康德拉捷夫长波，分为 A 段（繁荣期）和 B 段（停滞期），一个周期为 50～60 年。一种流行的观点认为，决定经济周期的是技术进步，革命性的技术发展会带来新的增长点，引发经济繁荣，当市场达到饱和之后，就进入停滞和衰退的周期，直到下一个技术革新将经济带出低谷。根据这种理论，此轮危机是信息技术的带动作用衰竭导致的，接下来，世界要指望清洁能源技术创造下一次高速增长期了。

两位美国学者写了一本书，梳理了过去 800 年来的历次危机，书名叫作《这一次不一样》。他们悲哀地指出，人类从未从过去的失败中吸取教训，政策制定者和投资者在每个经济周期中都盲目相信“这一次不一样”，从而走向了下一次危机。但当有很多人谈论“这一次不一样”时，表达的是另外一种意思，即此轮危机深重到不可解决的地步，资本主义不会再像以前那样找到从低谷重回高峰的途径。

这一次资本主义经济危机的原因是什么？各种说法可谓五花八门。有人说是人性的弱点导致的，华尔街的贪婪引发了过度的金融投机，美联储前主席格林斯潘就持这种看法。有人认为是体制的原因，监管缺乏，解决的途径在于重新梳理监管体系。有的经济学家认为危机根源于错误的理论，现在是时候回归凯恩斯主义了。在德国和法国，有人将此归结为文化的原因，他们说危机是一种“盎格鲁-撒克逊”病毒，但很快他们就发现无可避免地被危机影响。

本文介绍两位批判性社会理论家伊曼纽尔·沃勒斯坦和大卫·哈维的观点，他们的理论从更高的理论视野对此轮资本主义危机的本质进行了解读，有助于我们理解资本主义的结构性危机和资本主义的未来。

沃勒斯坦是“世界体系分析”理论的奠基人，他的基本看法是资本主义的发展走到了极限，进一步扩张的动力已经衰竭殆尽。沃勒斯坦提示，要区分假定的市场和真实的市场，现代经济学意义上的纯粹市场只是一种意识形态式的说辞，不仅从未存在，也不会被允许存在。资本家是最不喜欢自由市场的人，在自由市场上，竞争会使利润接近于零，使资本累积变得不可能。资本累积只能通过垄断实现，虽然纯粹意义上的垄断也难以建立，但通过国家的干预，多头垄断或准垄断的格局是可以实现的。资本主义的危机就是垄断的危机，走出危机的希望在于创造新形式的准垄断。

资本累积的能力取决于两个方面的因素：销售价格和成本。由于一定程度的竞争存在和有效需求的限制，资本家不可能随意制定价格。要想保持足够高的利润率，就需要尽可能地控制成本。沃勒斯坦将成本归纳为三大类——人力、生产投入和税负，而在他看来，成本增长是一个不可扭转的过程。两方面的作用挤压着资本积累的能力，构成了资本主义的结构性危机。

沃勒斯坦认为，资本主义在二战后进入了一个新的康德拉捷夫周期，在1970年前后达到顶点，进入周期的B段，典型标志是生产活动的利润率降低。如今，世界仍处于这一轮周期的尾声。这一个B周期持续的时间更长，根据沃勒斯坦的论述，有以下几个原因：首先，美国财政部、美联储、世界银行、国际货币基金组织等连同欧洲和日本的机构携手干预市场，支撑着世界经济度过了若干次危机。其次，大量资本从生产领域进入金融领域，通过投机获得高额回报。再次，在新自由主义全球化的进程中，大量生产活动向边缘地区转移，暂时性地降低了生产成本。从人力成本的角度看，发展中国家存在大量农业人口，提供了廉价的劳动力，同时，生产转移带走了发达国家的工作岗位，加剧了工人的竞争，压低了发达国家的劳动力价格；从生产投入的角度看，发展中国家对生产的监管力度低，以环境破坏、自然资源枯竭等为代价给了资本家将成本外部化的机会；从税负的角度看，发展中国家往往以税收优惠为筹码争取资本的流入。

经过数十年的全球化，资本主义经济体系又遇到其增长的极限，一度被逆转的成本上升的趋势再次抬头。全球化的伴生物是城市化，最初转移到工业的农业人口将逐步在城市定居，其劳动力再生产的成本随之提升，资本家必须要面对工资增长的现实；发展中国家不能无限制地容忍环境破坏和资源浪费，一部分此前被外部化了的成本需要支付；而税收同样要随着税收优惠期的结束和发展中国家建立公共服务体系的需要而增加。

沃勒斯坦说，新自由主义全球化虽然一度从三方面都降低了成本，但始终未能将成本控制回 1945 年的水平。而新一波成本上升的趋势，将使资本主义生产的利润空间挤压殆尽，严重威胁到资本累积的能力，这会使资本主义成为一个“不值当再玩下去的游戏”。这不是说资本主义在过去一些年做得不够好，相反，资本主义做得太好了，以至于穷尽了未来的发展空间。

对 1970 年代新自由主义浪潮开始以来的资本主义形态的演变，哈维做出了卓越的概括，对这一轮经济危机的本质做出剖析，也预言了不乐观的未来。

二战后，资本主义世界出于防止危机再次发生的动机，建立了一种以大规模生产和大规模消费相结合为特征的经济社会机制，这种机制来源于老亨利·福特的管理实践，学术界根据他的名字将其命名为福特主义。福特主义有强烈的国家干预色彩，通过对宏观经济形势进行控制，避免经济的大起大落。

资本增殖的速度是惊人的，不用为资本剩余的消化问题而焦虑的时间总是很短暂。历史表明，从一场战争的破坏中恢复平均只需要 10 年；在德国，1951 年的工业生产能力就已经超过二战之前了。

消化资本剩余主要通过两个向度，即空间和时间。在福特主义的黄金时期，资本很幸运地拥有扩张的空间，美国经历了工业生产和居住的城郊化过程，南部和西部高速发展，出现了新的工业中心。对外方面，欧洲和日本的重建为资本提供了更广阔的空间，建立起了“边缘福特主义”生产方式。在时间向度上，体现为大规模基础设施的投资和建设。到了1970年前后，资本再次遇到了市场饱和的问题，即资本剩余无法得到有效利用。二战后开始的资本主义发展的黄金时期在这个时候终结了。

世界随后迎来了里根-撒切尔时代，新自由主义政策登上历史舞台，在撒切尔“别无选择”的宣言中，全球化的进程也开始了。新自由主义全球化这一进程即便在哈维看来也有难以解释之处，智利等国家是在美国的干预和裹挟之下加入了，中国则是自主地选择。更多国家加入全球化，为资本的转移提供了新的空间。

为维持资本累积的正常速度，新自由主义政策破除了福特主义生产方式，一种新的、被哈维概括为“灵活累积”（flexible mode of accumulation）的生产方式浮出水面，也有人将其称为后福特主义。这种生产方式的特点包括强调信息技术的使用、以细分市场定位替代大规模生产、对劳动力素质要求提高、破除劳动者的组织化等。

在全球化的大环境下，“灵活累积”体制最直接的后果表现为：劳动者地位的下降，劳动的时间和强度都有增加，经过长期斗争得来的权利逐步丧失。已经被工业化大生产时代淘汰的家庭作坊式生产体系复苏，在纽约这样的国际性大都市中也出现了血汗工厂。

新自由主义时代的资本主义具有清晰的野蛮化倾向。据世界劳工组织估计的数据，世界范围内有超过 1 200 万的强制劳动力，也就是奴工；另有数据估算，全球有 7 000 万左右人口从事不同性质的卖淫活动，还有更多的人处于有工作和失业的中间位置。总之，新自由主义全球化创造了一个庞大的“下层”。

1970 年代以来，OECD（经合组织）国家工资占 GDP 的比重持续下降，美国的实际工资水平则在过去的 40 年间没有增长。这就导致了有效需求的不足，向老百姓发信用卡成了应对问题的方法，美国家庭的平均负债从 1980 年的 4 万美元增长到 2007 年的 13 万美元。房地产市场的次贷危机就是在这样的背景下发生的。

哈维还提出了“劫掠式累积”（accumulation by dispossession）这一概念，指少数人通过剥夺本属于公众的资产集中财富和权力的现象。“劫掠式累积”更清楚地表明了新自由主义进程的野蛮化，哈维将其与马克思描述的资本原始积累相比较。“劫掠式累积”的方式主要包括以下几种：

私有化。将原本属于公共所有的财产变为私人所有。

金融化。资本主义国家放松监管，使金融体系迅速发展，成为财富再分配的主要手段之一。哈维概括说，自 1980 年代以来，西方国家确立了不惜一切代价保卫金融机构的原则，所谓救市政策清楚地表明了这一点。

操控危机。美国财政部、世界银行、国际货币基金组织联手在弱国制造危机，逼迫弱国破产，再通过提供政策框架让弱国再次遭受损失。1970 年代以来，全球范围内发生了大大小小超过 300 次金融危机。

战争。通过战争以及相配套的霸权机制，占有资源，打开市场。

新自由主义时代的资本主义通过种种方式维持了资本累积的速度，但其“利润私有化，风险社会化”的基本取向积累下了严重的后果。最突出的表现是贫富差距的剧烈分化，现如今的世界要面对的不仅仅是 20%与 80%之间的财富悬殊，还有前 20%中的 1%和其他 19%的分化。

如同深重的债务危机一样，资本主义本身已经在解决危机可能性的时空向度上过度透支。哈维预言，新的危机仍将发生，而且时间间隔会越来越短。正如我们已经看到的和即将看到的，危机无法消除，只能是进行“地理上的转移”。

“未来不会像过去那样了。”这是哈维对资本主义未来的基本判断，世界将更严重地分化，美国的霸权地位也不会如过去那样牢固。可以预见，未来的世界将充满动荡、危机和更频繁的战乱。哈维认为，要解决资本主义的问题，首要的任务是改造思维方式，如果大学里继续教“新自由主义的垃圾”——如同那些忽略了系统性风险的经济学者一样，那么就不会有任何的希望。落到现实中，需要改变的是处置资本剩余的方式，将其社会化，服务于社会目的，而不是继续追求增殖。

沃勒斯坦预言，资本主义世界体系还有40～50年的寿命，这将是一段令人不悦的时间，之后将出现分野，有两种可能的发展方向：一种是以更强的等级制、压迫性为特征的世界体系，一种是更加倾向于平等和正义的世界体系。沃勒斯坦表示，他更倾向于后一种。

当下的中国不也是在这两个方向间抉择吗？

（2012年）

重读《菊与刀》及其他

一个像欧洲一样联合起来的亚洲，一个以共同货币、自由贸易区和某种超国家的治理机制更紧密地联系在一起的亚洲联盟，是很多有识之士的梦想。日本前首相鸠山由纪夫提出过建立“东亚共同体”的设想，但这一意见随着短命的鸠山内阁的结束而搁浅。然而，在亚洲研究的知识分子群体间，关于这一话题的讨论持续存在。

什么条件是这一看似天方夜谭的设想成为可能的前提？又是什么因素在阻碍亚洲的融合与合作？显而易见，决定性因素是日本与其他曾遭受日本侵略的国家的关系。在这里面，中日关系又是最重要的。2002 年中日建交 30 周年之际，一个 5 000 人左右的中国友好观光团前往日本，日本则组织了人数达 13 800 人的观光团回访，声势浩大。然而，在中日邦交正常化 40 周年的时候，因日本政府“国有化”钓鱼岛的闹剧，中日关系跌至冰点。

中国人需要了解日本这个对手，这是弄清楚中日关系为何频繁遭遇障碍和发展出正确应对策略的前提。

周作人曾说："外国人讲到日本的国民性，总首先举出忠君来，我觉得不很得当。"他认为，日本国民性的优点是"富于人情"。他写下这些话是在1925年，到了抗日战争时期，他开始困惑了：他一向视为"明净直"的日本民族缘何对待中国却只有"黑暗污秽歪曲"，只有离奇的恶意？日本学者吉川幸次郎告诉周作人，这是因为他太注重日本文化里的中国部分了，太看重文的一面，而忽视了武的那一面。

这种杂糅是日本国民性的一个体现，也提示我们，对日本的观察应该尽可能的全面。总体上看，日本人的性格中有善变的特性和深刻的矛盾感。他们既可以彬彬有礼，也可以残暴不仁；既顽固保守，又对新事物充满兴趣；既喜欢纵情声色，又可以为义务而舍弃一切享受；既有深刻的存在感，又伴随着深刻的幻灭感，二者黏合为一种独特的悲剧性的审美观。大江健三郎所谓的"暧昧的日本"恐怕是对日本国民性最深刻的洞察。暧昧意味着说不清、道不明，意味着幽暗的矛盾性，意味着由信仰而生发的方向感的缺失。

"把国家和国人撕裂开来的这种强大而又锐利的暧昧"（大江语）最强烈地体现为，或者说来源于，日本在东西方之间的犹疑和徘徊。一方面，日本历史上从中国文化受益良多，却没有学到中国文化的精髓；另一方面，近代以来的日本彻底倒向西方，奔向现代化，却没有彻底实现现代化的目标，而是走上了畸形的军国主义的侵略道路。

康有为曾敏锐地指出，皇统“莫大于日本焉”。忠与孝的根深蒂固，是日本文化的典型特点。美国人类学家鲁思·本尼迪克特以“忠”来解释日本人在日本投降前后呈现的截然相反的状态：在战时宁死不降的日本人，在天皇的投降诏书下达之后，立即就接受了战败的现实，并向美国占领者表示出了足够的友好。

日本的忠孝观念源自中国，却与中国有极大的不同。以“忠”为例，首先，中国皇帝自称“天子”，日本天皇则自称为天，且万世一系。在明治维新前的封建时期，天皇在近 700 年的时间里处于被幕府架空的状态，但历任幕府将军并未动过“彼可取而代之”的念头。其次，日本封建时期的“忠”，指的是对主君即直接的人身依附者的忠诚，武士忠于大名，大名忠于幕府将军。“忠君”是明治政治家们的创造，出于团结和动员的需要，他们将国民的忠转移到了天皇身上。本尼迪克特睿智地指出，中国文化虽讲忠孝，但忠孝之上还有“仁”这一更高的价值准则，忠于皇帝的前提是皇帝施行“仁政”，否则人民就有权利揭竿而起。日本却忽视了“仁”，忠与孝变成了对天皇和父母无原则的服从。可以说，忠孝到了日本，沦为了愚忠愚孝。

对西方的学习也不彻底。西方的现代化进程不仅包括工业化和殖民主义，也包括人的解放，日本只学习了前者。1870 年代，日本派出了一个庞大的代表团遍访欧美，学习先进经验。在德国，代表团拜见了俾斯麦，俾斯麦对他们说：“方今世界各国，皆以亲睦礼仪交往，然此皆属表面现象，实际乃强弱相凌，大小相侮。”明治政治家们闻听此言，有豁然开朗的感觉。大久保利通在给朋友的信中说，听了俾斯麦的话，觉得日本大有希望了。与此同时，明治政治家们对西欧的政治体制毫无兴趣，认为这种人民与统治者进行战争的模式不适用于日本。回国之后，他们颁行了第一部宪法，把天皇推上了神的位置。这是一件具有讽刺意味的事实：日本现代化进程的重要组成部分竟然是“忠君”。

暧昧的另一个体现是，日本人既向前看，也喜欢向后看。推翻幕府的明治维新打出的旗号便是“王政复古”，时至今日，保守的日本政客还喜欢许诺带领人民回到一个美好的过去。

日本还是罕有的未经历社会革命的发达国家，可以说是现代化国家中封建残余因素最多的。病态的社会结构导致病态的行为，学者孙歌就从《东史郎日记》中读出，日本军队中军官对士兵的残酷欺压，是日军对平民施加暴行的根源之一。直到今天，日本人依旧受到辈分、年资、性别等因素的压抑，日本青年加藤嘉一就说，如果不是在中国混出了点名气，以他的年龄资历是万无可能在日本报纸上写评论的。

日本思想家加藤周一将日本文化称为杂种文化，也有人将日本文化称为洋葱头文化，一层层剥去，却没有自己的内核。由于没有自己的方向感，“脱亚入欧”的日本在明治维新后的时代沦为英国在亚洲的枪手，二战后又沦为美国在亚洲的鹰犬，成了“脱亚入美”。这种唐突和彷徨不但给亚洲其他国家的人民带去了灾难，也把灾难引到了日本人民的头上——日本成为唯一被原子弹轰炸过的国家。这是日本的悲哀。

理解日本的战争行为和对战争的态度，“忠”是极其重要的维度。“忠”是日本发动侵略战争时进行战争动员的中轴，如本尼迪克特指出的，日本人在天皇的号召下投身战争，是为了“让天皇安心”；一旦战败，日本人就立即放下武器，投身到新的事业之中，理由仍旧是“让天皇安心”。

本尼迪克特的分析进一步指出，日本人缺乏抽象思辨能力以及善恶观念。日本的伦理学历来否认德行包括同恶进行斗争，而且日本人认为，他们天性善良，不存在干坏事的可能性，也就不需要诸如“仁”这种道德律令来进行约束。另一方面，日本人将履行由于忠孝所产生的义务作为人生的最高任务。如此，日本人就成了不受道德约束而只为意志支配的行动者，在他们的眼中，行动只有成功与失败之分，而无正确和错误的区别。

日本人对待侵略战争的根本态度是，他们承认从前的道路失败了，现在需要换另一种方式取得国家的振兴，使日本在世界上取得“恰当的位置”。这种转折间不包括对此前发动侵略战争的反思和忏悔。此种历史意识的形成，有赖于“忠”的意识和作为“忠”的载体的天皇的存续。二战结束后，日本天皇没有作为战争的最终责任人受到惩罚，并且通过新宪法确保了在日本国的象征地位。相应地，那些参与了战争的日本人以儿子、丈夫和父亲的身份重新回到社会之中，心安理得地开始了新的生活。

与此同时，盟国没有在战后参照对德国的模式对日本进行占领，而是沿用了日本的管理机制，一批战犯在战后担任高官。这使得发动战争的政治结构和社会结构得以延续，日本战后首任首相币原喜重郎的就职演说清楚地表示了这种延续性："我们自古以来，天皇就把自己的意志作为国民的意志。这就是明治天皇宪法的精神，我所讲的民主政治可以认为是这种精神的体现。"

日本进步的左翼势力薄弱，无力对日本的国体产生影响，加上日本在战后很快卷入了冷战格局，并且靠朝鲜战争的订单快速恢复了经济，从而催生了保守的政治格局的坚固化。对日本战争历史的维护和美化是这一政治格局重要的意识形态工具。

自从保守主义的自民党失去执政地位以后，该党强化了对历史问题的右翼立场，以此作为争取选票的宣传工具——2012 年底，自民党夺回执政权，部分可以视为这一策略的成功。另外，相对温和的日本政治势力不具备突破历史认识和现实政治局限的潜力，鸠山由纪夫虽然主张以"友爱"精神处理与亚洲邻国的关系，却还是把美日关系作为外交的轴心看待。即便如此，鸠山内阁还是在美国的压力下短命而终。

人们经常把日本和德国在历史问题上的态度进行比较。我们应该了解两国的不同，德国是西方文明的发源地之一，德国文化历来既有"西方"的成分，也有"反西方"的成分，二战后，德国人将纳粹历史解释为一段歧途，认罪和民主改革则被认为是向正常状态的复归。也就是说，德国认罪并不存在文化上的障碍，不对德国的民族认同感构成实质的威胁。日本则不同，他们的文化没有提供这样的回旋空间，日本人如果彻底改造其体制并承认侵略历史是错误的，那么日本就失去了作为一个政治共同体继续存在的前提。

本尼迪克特通过名著《菊与刀》提出了战后保存日本体制的建议，也预见了日本重新走上军国主义道路的可能。在书的结尾，本尼迪克特写道："现在日本人认识到军国主义已经失败。他们还将注视，军国主义在世界其他国家是否也在失败。如果没有失败，日本会再次燃起自己的好战热情并显示其对战争如何能做出贡献。"

在派"自卫队"参加伊拉克战争之后，日本实际上已经突破了战后"和平宪法"的约束，没人知道日本会在这个方向上继续走多远。中国方面常说，以史为鉴是中日发展友好关系的前提，只有以史为鉴，才能面向未来。但日本有可能做到诚实地面对历史吗？对此，我们应该清醒地认识到，这是很难的。日本会重蹈历史的覆辙吗？答案是，这是非常可能的。这应该成为我们对日交往的基础认识，那些形形色色的对日新思维之类的浅薄之见，是应该抛弃的。

1943年的开罗会议期间，罗斯福曾向蒋介石提议，战争结束后以中国为主对日本实施占领。蒋介石拒绝了此建议，称日本战后的国体应由日本"新进的觉悟分子来解决"。后来，蒋介石又放弃了日本的战争赔偿。这些行为包含了所谓"以德报怨"的良好愿望，却是建立在对日本的错误理解之上的错误决定，因为"以德报怨"只会让日本对历史问题更加心安理得。

中国和日本之间存在着一种复杂的情感。日本被认为属于儒家文化圈的一部分，日本历史上向中国学习了很多，对此中国人多少有些骄傲和自负，两国邦交正常化以后，来访的日本青年代表团被中国媒体称为新的“遣唐使”，就是这种心理的反映。同时，中国人因为日本不能正视历史而对其怀有某种程度的敌意，对日本的现代化程度和精致的工业产品则抱有一丝尊敬。

相应地，日本对中国有一定程度的谦卑，但更多的是近代以来形成的心理优势。日本的这种心理优势包裹在现代、进步、文明的外衣之下，妨碍着两国对同一历史的共同理解。这便是日本学者小岛洁所言的日本人的“知识结构”问题。

日本被迫对西方开放门户以后，选择了在发展道路上模仿西方，同时也在对世界的理解和阐释方面学习了西方的话语体系，“脱亚入欧”就是这套新的话语支配下的结果。“脱亚入欧”当然不是从地理意义上说的，而是源于西方关于“先进的欧洲”和“落后的亚洲”的对立认知。欧洲和亚洲作为地理单位，其近代以来角色的巨大反差源于近代以来西方的知识构建，这一过程又与文化想象密切相关。欧洲因为率先实现了工业化、在单一民族的框架下形成现代国家而被定义为进步的，相应地，亚洲由处于前工业化时代的多民族帝国组成，故而是落后的。日本的“脱亚入欧”在经济上体现为选择了工业化道路，政治上表现为接受了西方民族主义的扩张逻辑，一步步走上了侵略的道路。

从“脱亚入欧”到后来的“大亚细亚主义”（李大钊将之视为大日本主义的变名），日本始终以自诩为进步的形象出现在被侵略的亚洲国家面前。以侵华战争为例，在“进步的日本”和“落后的中国”双重想象的作用下，日本就把侵略自我正当化了。日本拒绝面对历史，这也是原因之一。这种日本式的“知识结构”如今仍然存在，只不过换了一副面孔。例如，在南京大屠杀问题上，日本一再以“学术性”、“规范性”为标准，对30万死难者这一数字提出质疑，制造一种这样的假象：连死难人数都靠不住，那么屠杀的存在就也靠不住了。这就遮蔽了更重要的问题，也引发了更严重的问题。

这种隔阂是可以消除的吗？日本的沟口雄三先生尝试在中日学者之间建立“知识共同体”，但他不得不痛苦地承认，“交流”和“共有”是有差别的，要“共有”，就得有自觉存在的共有知识的主体。显然，中日两国是无法形成这样一个主体的。这也表明，中日之间的根本矛盾，即对历史问题的认识，是难以解决的。

以上分析有笼统地将日本（人）视为一个整体的倾向，在现实中，日本人的构成更复杂，中国人对日本人的看法也更全面和辩证。正是在这个空间中，中国才有撬动两国关系的可能性。

很多文艺作品反映了中国人将日本人区分看待的自觉倾向。比如不同版本的《霍元甲》都突出表现了日本武士和日本政客之间的差异和矛盾：前者代表爱好和平的人民，代表真正的武士道精神，后者代表肮脏的政治和阴谋诡计。再比如电视剧《闯关东》，浓墨重彩地表现了一个普通的日本人与中国人的情谊，他因为后来被日本政客利用而陷入道德上的困境，最后在挣扎中以死解脱。在这样的叙述中，日本人与中国人没什么两样，本性都是纯良正直的，军国主义和政客才是恶之根源。

在真实的历史中，我们看到了真正的“以德报怨”的民间基础。日本投降后在中国留下了为数众多的遗孤，他们中不少人被中国家庭收养。收养日本遗孤的家庭中甚至包括这样的极端个例：在日据时期，有怀孕妇女遭到日本警察殴打导致流产，从而失去了生育能力，却在战后收养了日本孤儿。

这种全面辩证看待问题的方法在外交领域也有长期的体现。在实现邦交正常化前的一些年，中国政府以阶级分析的方法指导对日外交，取得了不错的成果。用周恩来的话来概括这个过程就是，“先从中日两国人民进行国民外交，再从国民外交发展为半官方外交，这样来突破美国对日本的控制”。建交后，以民间外交的形式开展的交流广泛而深入，青年代表团的互访、各种文化团体的互访频繁，与经贸关系一起构成了一条相对独立于官方交往的纽带，为钳制日本政客的倒行逆施发挥了积极的作用。这种多层次外交基于这样的历史认识：给中国造成灾难的“是日本军国主义，而不是日本人民。我们知道日本人民是勤劳的、勇敢的、智慧的”。

近年来，这种阶级分析的方法在外交领域越来越弱化，导致了中日交往中形式单一化，可供回旋的弹性空间变小。鉴于日本根本的政治利益，经济关系的“热”根本不足以确保政治关系“不冷”，于是教科书问题、靖国神社问题、钓鱼岛问题交替出现，两国关系日益简化为刺激—反应的模式。我们要做好两国关系滑向更糟糕局面的准备。

（2012 年）

德国认罪的心理结构

20 世纪的历史见证了人类发展历程上最迅猛、最辉煌的一页，同时也见证了最野蛮、最黑暗的篇章。在这一个百年历程的前一半中，发生了两次世界大战；在战争的发源地欧洲，战争导致了欧洲民族国家体系的两次崩溃。是什么导致了欧洲国家在对外政策上如此严重的失误，以至于听任它们的利益和野心以及政治上的观点分歧将其拖入两次破坏力巨大的战争之中？这个问题一直吸引着后来的历史学者，以至于这方面的著作汗牛充栋。

在 20 世纪的后半叶，欧洲国家的关系经历了一个剧烈的转折，从互相残杀转而走上了联合的道路，在一体化的道路上一路狂奔，从初期的经济联合体发展成为一个政治共同体，通过联合行使某些方面的国家主权，使欧洲变得像一个邦联式的“国家”。21 世纪的初期，欧元区成为了现实；《申根协定》使签约国的边界事实上已经消失；欧盟宪法草案在法国和荷兰遭到否决，对欧洲统一进程造成了挫折，但这并未消泯欧洲统一的理想，欧盟还在持续扩大。从 2008 年开始的资本主义世界的金融危机对欧洲一体化进程构成了真正的威胁，但这不妨碍对一个问题的讨论，即欧洲国家的和解与联合如何才成为可能。

如果为世界大战的发生寻找到最终的责任承担者并使其不可能再为害世界这一点不可能，即再次发生世界大战的隐患没有消除，那么就连和平共处都将是不可能的。那么，谁来承担两次大战的罪责呢？答案是确定无疑的：德国。将战争的发动归罪于德国的侵略显得顺理成章，如美国学者戴维·卡莱欧指出的，为什么德国竟然变得如此富有侵略性一直是历史、文化、社会和经济分析等广大领域的一个课题，而“德国人自己就是这种理论最热心、最富想象力的构建者之一”。

如果德国人对 20 世纪的灾难史的认识仅仅停留在对本民族侵略性的发现和检讨，停留在对“德国有罪论”或“德国例外论”的制造的参与之中，那么德国对历史的认识或许将彻底陷入虚无，永世抬不起头来，更不要说承担起欧洲统一的领头羊职责，重新融入世界，做一个负责任的大国了。事情显然不是这样，否则就难以理解德国总理施罗德在受邀参加诺曼底登陆 60 周年庆典上的表态：“我非常高兴纳粹德国战败，纳粹德国应该战败。我不是以战败国身份，而是以被解放国家新首脑的身份参加这个庆典”，也难以理解 2006 年世界杯期间德国街头忽然涌现出的铺天盖地的黑红金三色旗——德国人虽然不像其他国家的人民那样乐于标榜自己的身份，但其内心深处对作为德国人的自豪感还是存在的，遇到一个合适的时机就会爆发出来。

经历了战乱和悔罪的德国人必须重新找到自我，建立本民族的信心赖以牢固确立的根基。这个过程是相对漫长的，从 1945 年之后，分裂的德国在被占领的状态下走过了近半个世纪，在这段时期，德国意识的重建和延续主要发生在联邦德国。战争刚刚结束后的一些年，德国人普遍接受了“德国有罪论”，因为在二战期间，纳粹在秘密状态下建立了集中营并进行大屠杀，德国的普通民众被蒙在鼓里，直到战争结束，集中营工业化屠杀的真相才被暴露出来。在这种超出了常人想象力极限的人间惨剧的震撼下，德国人终于明白，他们曾经支持过的纳粹是个什么样的政权，并陷入了深深的悔罪意识无法自拔。联邦德国的首任总理康拉德·阿登纳注意到这个问题，并深表忧虑，因为一个意志消沉的民族是没有办法继续向前走的，于是联邦德国曾发动过一场揭批希特勒的运动，目的就是将二战的反人类罪恶完全归结到希特勒的鼓动和策动上，同时达到为当时走过战争年代的普通德国人进行“脱罪化”的目的。虽然在汉娜·阿伦特这样的追击“平庸的恶”的思想者看来，每一个曾生活在纳粹政权之中的人都脱不了干系，但是作为政治家的阿登纳通过将一切后果归结到“极端的恶”的身上，为德国重新成为一个正常的国家铺平了道路。20 世纪五六十年代，联邦德国在“马歇尔计划”的巨额援助下开始了经济上的起飞，其首任联邦经济部长路德维希·艾哈德的社会市场经济大获成功，经济上的成功为联邦德国政权提供了合法性基础，大大地缓解了联邦德国的阶级和宗教矛盾。在政治和经济因素的双重作用下，德国意识复苏。在 20 世纪 50 年代，联邦德国曾进行过若干次民意调查，人们被问到德国历史上最成功的时代是什么，很多人当时的回答是 1914 年以前的旧帝国，也有些人认为是第三帝国的战前时代。但从 20 世纪 60 年代开始，大部分人开始认为联邦德国就是德国历史上最成功的篇章。

德国重新回归正常国家行列的工作可以说是在 1990 年 10 月 3 日最终达成的，这一天，在四大占领国的允许下，民主德国按照法律程序加入了联邦德国，两德正式完成了统一，并且恢复了完整意义上的国家主权。当天在柏林音乐厅举行的国家大典上，联邦德国总统魏茨泽克说："整个德国有史以来首次在西方民主社会中找到自己永久席位的一天来到了。"这等于宣告，德国与西方国家的关系不再是战败国和战胜国的关系，而是作为一个"归队者"与英、美、法等国肩并肩站在了一起，敌对者所在的位置才是自己真正的故乡。对抗的历史蜕化为背景。

魏茨泽克的表态是一个政治性的宣告，形式的意义大于实质的意义。德国能否真正脱胎换骨，从与"西方国家"持续对抗到加入"西方国家"的行列，有赖于德国人民心理基础的深层次转变，即如何认识德国与"西方国家"的关系问题。其中，起关键作用的是知识分子。在一战和二战之后，德国分别面临了这同一个问题。第一次，德国选择了在老路上继续前行，"有教养的中产阶级"和大部分知识分子将魏玛共和国的民主制度视为"外来的"、"被战胜国强加的"政治体制，并以促成纳粹主义登台作为这种抵制心理的最终表达；第二次情况完全不同了，德国不但在政治体制上接受了战胜国的改造，在思想上和观念上也毫无保留地接受战胜国的那一套，知识分子比政治人物更积极地与德国过去的思想传统决裂。至少有两个原因促成了这个显著差别的出现：一、纳粹对犹太人和其他“不值得生存”的人群进行的大规模工业化的屠杀挑战着人类想象力的极限，给德国人的心理震撼极大，以至于无法再回避。一战可以视为帝国主义之间争夺霸权和利益的战争，作为战败国的德国没有必要认为自己在道德上低下，所以当时大多数的德国人不但不认罪，而且不甘于认输，于是宣扬“生存空间论”的希特勒可以在上台初期被视为给德意志民族带来希望的那个人。而二战就完全不同了，大屠杀的残酷让德国人没有任何选择余地地全盘接受了战争罪行，并在此基础上顺带对一战的战争罪责也承认了。二、相比一战结束后，协约国对德国进行的领土割占、军事限制、海外殖民地剥夺等严苛举措，二战后西方国家对德国就好得多了，不但没有对德国进行再次盘剥，而且通过“马歇尔计划”对联邦德国进行了大规模的经济援助，帮助联邦德国迅速恢复，在废墟上崛起。这让德国人将其视为伙伴，而非敌人。

即便有此背景，德国对西方国家的政治体制和价值观的认同也不可能是完全被动的，这种心理转变的基础只能从德国自身的历史中去寻找，而不是外部。没有任何一个成熟的民族能够承受完全接受一个“外来的”政治文化的重负，哪怕这个“外来的”文化来自朋友。这是德意志民族放下历史的包袱继续前进的基础。在众多为今日德国的政治体制和政治文化寻找历史合法性的努力中，洪堡大学当代史教授海因里希·奥古斯特·温克勒做出了他的贡献，在两卷本著作《走向西方的漫漫长路》中，温克勒致力于证明一个逻辑：德国不但一直是西方文化的一部分，而且还是西方价值观的主要奠基者，德国具有热爱自由民主的传统，这种传统是德国传统固有的乃至非常重要的一部分；只是在历史的进程中，德国由于一系列的偶然背离了西方，并最终发展为与西方价值观念进行对抗，但这并非不可避免，纳粹不是德国历史发展的必然，只是一个悲剧性的错误。如果这个逻辑成立，那么德国对战争罪行的忏悔、在政治体制和政治文化上对西方无条件的开放就不再是个被动的过程，而是主动向真我的回归；不是一个被胜利者改造和强加的过程，而是对自身历史资源的重新发现：原来两次世界大战不是德国文化与西方文明的冲突，而只是德国文化中反西方那部分传统与西方文明的对抗。也许用一个可能不恰当的比方更能直观地说明，德国文化是一个“人性”和“兽性”并存且一度被“兽性”主导的文化，如今“兽性”终于被驯服，“人性”的光辉重新普照。这就要比阿登纳深刻得多了，在此心理基础之上，德国人便可以在彻底对历史进行悔过的同时，却能做到心安理得、不迷失自我。

在中文语境中，“西方”的含义大部分是地理的，我们通常用西方来指代欧洲和北美，但其政治和文化上的含义也是显而易见的，比如曾经被中国人称为“西天”的印度就不被认为属于西方。在温克勒的概念体系中，“西方”（the West）是个规范化的概念，也有某种程度的地理含义（针对广袤的东方而言），但更重要的是政治和文化上的意义。西方，在 20 世纪以来意味着以法治、分权、代议制政府和人民普选权等为主要特征的政治制度，另一个侧面则是基于多元主义和个人主义之上的文化含义。以此为标准考察德国的历史，可以发现诸多反西方的因素，德国实际上走过的是不同于西方的另一条道路。第一次世界大战期间，德国作家托马斯·曼发表了《一个不问政治者的看法》，将德国文明与西方文明对立起来，可以说为几个世纪以来的德国与西方的歧路做了一个宣示和总结。

温克勒从源头上追寻德国为“西方”的形成所做的贡献。更广泛的西方概念可以从中世纪神权和世俗权力的分离找到起源。在 11 世纪，德意志国王和罗马教廷发生了严重的争夺权力的冲突，这一拉锯式的斗争持续了 100 多年却最终没有分出输赢。1122 年，皇权和教权进行了和解，达成了沃尔姆斯宗教协定，其核心宗旨是主教们由教皇授予教职，而领地和特权仍由皇帝授予。经过百年的争斗，教皇并未实现教权高于皇权的目标，皇权也没有恢复对教皇的控制。双方力量相当，形成了某种均势，于是达成了这一历史性的妥协。在与教皇进行斗争的时候，德意志王国耗费了过多的国力，致使其对德意志诸侯的控制力减弱，皇权与诸侯权力的关系也发生了变化，权力分立也出现在皇权和诸侯权之间。这一前现代的权力分离为后来的政治哲学家们，如孟德斯鸠和洛克的世俗权力——立法权和司法权——的分离提供了历史背景。

从这个意义上讲，德国的历史进程奠定了西方文明的根基，但这个不仅在文化上属于西方而且缔造了西方的国家后来却没有采纳启蒙运动的政治成果，反而在反西方的道路上一骑绝尘。温克勒将其归结为旧式精英的阻挠。由于路德的宗教改革，各教派之间发生了激烈的争斗，在普鲁士建国之初，来自霍亨索伦家族的统治者皈依了路德宗新教，于是邻国由于信奉新教而遭到驱逐的教徒纷纷移居普鲁士，使普鲁士成为一个移民国家。普鲁士的臣民不但在政权上接受了邦君的主宰，还仰仗其作为新教信仰的保护者，这其实是一次历史的回潮，已经分离的世俗权力和信仰的权力再次统一起来，普鲁士的统治者的地位就得到了强化。普鲁士王国建立了“开明的”专制主义的传统，通过一支常备军和一个有效的税收系统将权力集中到国王手中，市民阶层和资产阶级是依附在国王的羽翼下成长的。19 世纪初期，普鲁士进行了著名的施泰因-哈登贝格改革，这是一场成功的改革，虽然只在普鲁士的国土上进行，但具有全德的意义。这场针对普鲁士落后腐败根源的旨在改变社会性质的深刻改革，源自国王和上层阶级的推动，于是有教养的中产阶级把这次改革作为一个标志铭记下来，即来自上层、来自君主的进步要优于来自下层、来自大众的进步。这个意识在接下来的历史发展中保持了连续性，部分导致了 1848 年革命的失败，也可以部分解释魏玛共和国期间有教养的中产阶级的精神状态——他们视希特勒为德国传统的保护者而选择了支持他。第一次世界大战的发动则是旧精英为了保全自己的统治地位的一次挣扎，俾斯麦给了德国男性普选权，这在当时是非常进步的制度，却遭遇了所谓“错时的民主化”的尴尬，政府不对普选产生的帝国议会负责，而是对皇帝负责。一战前，社会民主党在议会中占有越来越多的席位，这让保守的精英阶层倍感紧张，他们不希望政府被置于议会的制约之下，而希望强化政府与皇帝的联系。发动第一次世界大战，部分是保守派为了遏制国内民主派的兴起，维持前民主体制而做出的选择。温克勒致力于从这一独特的德国道路中寻找德国热爱自由、民主的传统，如德国国旗上的黑、红、金三色是 19 世纪早期在反抗拿破仑战争中学生运动的标志，黑和红是 1832 年为争取德国的自由和统一的民主派联盟汉巴哈大会的标志。

德国人独特的、背离启蒙思想的历史哲学也是不可忽视的。德裔美国学者格奥尔格·伊格尔斯概括道："现代没有几个国家的职业历史学家曾经像 19 世纪和 20 世纪的德国历史学家那样在自己的研究中有意识地受一种历史观的引导。"这种被称为"历史主义"的历史观的要旨在于对启蒙运动形成的理性和人权观念的拒斥，它拒绝规范化的概念，拒绝启蒙运动提出的普世价值，认为政治制度是不可移植的，德国不需要向其他国家学习。它反对自由主义功利色彩的国家观，即认为国家是为联合起来的人民谋求利益和福祉的工具，它认为历史是个有意义的过程，而国家本身就是目的，现存的权威体制代表着道德力量，社会的伦理体系奠基在权力之上。这种历史观念有着鲜明的反民主的特色，支配了几代德国精英的头脑，他们将德国文化和西方文明视为完全对立的传统，并据此为德国在第一次世界大战中的角色辩护，并且使二战前德国以民主的手段取消民主成为可能。直到二战后，这种历史观才被克服，用温克勒的话说，这是西方的概念第一次在德国获得正面的含义。哈贝马斯则在 1986 年参与德国历史学家辩论的时候这样总结过：“对西方政治文化的无条件开放，是战后时代的智识上的成就，是我们这一代人可以引以为豪的。”

二战后，传统的历史观终于在德国寿终正寝，但历史学家们无法回避的一个问题是，必须为纳粹政权如何成为可能提供合理的解释。一些保守的历史学家认为，纳粹集权和大屠杀并非德国特有的现象，与斯大林主义和意大利法西斯主义一样，同属现代大众社会的现象，这与民主德国的共产主义历史学家将纳粹视为垄断资本主义的产物、是一种国际现象有相近之处。还有些纳粹时代之后出生的历史学家以另一种方式重拾“独特道路论”，认为德国走过了一条不同于其他西方工业化国家的道路，他们从结果开始，以否定的眼光重新审视整个德国历史。

所有的历史都是当代史。与这些后纳粹时代的历史观相比，温克勒的视角应该说更具时代性，更能适应当代德国人的心理需要。将纳粹视为现代大众社会的现象而非德国特有的，这种观念不会得到其他国家的认同，尤其是深受纳粹伤害的国家，这会给世人留下德国对历史的反省不够彻底的嫌疑。而彻底否定德国走过的历史道路，就切断了当代德国与历史的联系，无异于自掘坟墓。以规范化的西方概念和德国与西方的关系作为切入点来考察历史，则不但为今日德国政治文化寻找到了合法性的根基，也为积极和全面地看待德国的历史进程提供了可能性。将德国历史作为一个整体看待，才能做到既对历史彻底反省，又能以一个正常国家的身份在世界上发挥作用——纳粹是德国历史的一部分，所以德国人对此负有责任，但纳粹是德国历史中反民主一面的极端形式，现在这一面已经翻过去了，德国掀开了新的民主篇章。这就为德国人解开了套在颈上的历史枷锁，不回避过去，同时不耽误拥抱未来。如此解读德国历史显然要比简单地跟希特勒、跟纳粹政权划清界限，推诿罪责要高明得多，因为跟纳粹划清界限和为纳粹历史负责并存，在逻辑上是讲不通的。

借鉴温克勒的框架来审视中国的近邻日本在历史问题上的态度，可以看清德日两国缘何在对待战争罪责上表现大相径庭。日本历史上没有这种民主与反民主的双重性，战争失败后找不到另一个可以依归的根基，同时政治家不仅没有勇气斩断历史，还需要历史团结民众向前进。历史在何处？寻来寻去，只能到供奉着甲级战犯的靖国神社里去找了。

（2007 年）

模糊的“东部”：德国式图解历史

后人总是企图为发生过的历史事件赋予意义，但历史阐释并非凭空而来，而是受到诸多现实因素的制约。发生在1990年的国家统一无疑是德国历史上最重要的事件之一，但德国人是如我们惯常认为的那样将其阐释为民族大团结的胜利吗？当然不是，由于其独特的历史，德国人对国家、民族等词语保持着警惕并尽量避免使用。这是一种混合的心态，既表示对历史的反省，也避免其他欧洲国家重新对德国抱以戒备之心。

经过多年冷战的准备，柏林墙在被推倒的那一刻就注定要成为一场战斗胜负见分晓的象征，即西方对东方的胜利、资本主义对社会主义的胜利、民主对专制的胜利。这种阐释方式并没有随着时间推移而弱化和消退，一个抽象的“东部”被丑化，不但背负了历史的罪责，也成为德国现实的负面问题的根源。与此同时，原民主德国留下的痕迹则逐步被抹去。共和宫的拆除可以视为一个标志性的动作。

柏林最有名的菩提树下大街，西起勃兰登堡门，向东绵延约两公里。在街的尽头，一侧可以看到古老的柏林穹顶教堂、博物馆岛，另一侧就是共和宫曾经矗立的位置。共和宫原为民主德国议会的办公场所，始建于 1973 年，1976 年建成使用并对公众开放。共和宫是一个巨型的火柴盒式建筑，外观为古铜色的玻璃墙，由于处于街道的转弯处，共和宫实际上截断了菩提树下大街自西向东的视线，被认为是民主德国政府在冷战期间的有意之举。共和宫是一个短命的建筑，实际上只使用了 15 年。1990 年 9 月，民主德国议会在共和宫最后一次召开会议，决定加入联邦德国，同时决定将共和宫关闭，共和宫自此进入了废弃的状态。2003 年 11 月，德国联邦议院通过决议拆除共和宫，并在原地重建柏林城市宫。拆除工作于 2006 年 2 月开始，2008 年年底完成。

对一些人而言，共和宫是民主德国专制制度的象征，但对于老一代的东柏林人来讲，共和宫更多地象征着高品质的城市生活。偌大的建筑物中，只有一少部分是供议会使用的，大部分被用做餐厅、戏院、音乐厅，甚至还有个保龄球馆。这里曾经是东柏林娱乐生活的中心，人们在共和宫可以享用到各种外国风味的美食，在这里举行婚礼和各种庆典。由于大厅使用了 1 001 盏灯笼作为装饰，共和宫又有“埃里希（注：前民主德国领导人昂纳克的名字）的灯具店”的绰号。共和宫的历史与一系列有影响的文化事件相伴随。1983 年 10 月，来自联邦德国的著名的反共摇滚歌星乌都·林登博格意外地被允许在此开演唱会，并演唱了一首讽刺昂纳克的歌曲——《开往潘库的特别列车》（注：潘库为东柏林的一个地名）。

“非常好的建筑，很漂亮。”电影工作者哈依达·胡伯为共和宫的消失感到惋惜和愤恨，他对我说这个话的时候，拆除工作正在进行之中。从外观来判定共和宫的话，胡伯毫无疑问是个少数派，无论支持还是反对拆除共和宫的德国人，绝大部分认为这是一个难看的建筑。比如，年轻的德国记者马库斯·雷蒙在邮件中说：“我很高兴共和宫在消失，仅仅因为它是个差劲的建筑，一个在柏林中心的可怕的东西。”

在西柏林长大的胡伯还有另一个理由对共和宫表示欣赏，即在一个“人民的建筑”中将政治的和日常休闲的功能融合起来。在议会大厦中吃一顿晚餐这等事，今天在任何国家都是鲜见的。

根据德国政府的计划，共和宫消失后，曾经坐落在这块地方上的一个建筑——城市宫——将重新被兴建起来。始建于1443年的城市宫（Berliner Stadtschloss）原为普鲁士国王的冬季行宫。帝国体制在一战后被推翻后，城市宫被改造为博物馆。这座巴洛克风格的城堡在二战中遭到了炮火破坏，到了1950年，民主德国政府将其作为“普鲁士军国主义”的标志拆除，并在原址上建起了共和宫。民主德国政府的这一行为曾广受批评，被称为“文化上的弑父”。

德国官方的解释是，重建城市宫是为了与附近的柏林穹顶教堂等建筑更好地协调，体现德国的传统建筑特色。但问题在于，现在的人只知道城市宫的外观，而不了解其内部的结构，所以即便重建，也只能做到在外观上的相似。所以有评论说，城市宫的重建更适合在迪士尼乐园进行，而不是德国首都的中心。如何重建、重建的巨大费用如何解决，在共和宫被拆除了几年之后，这些基本的问题还都没有明确的回答。

更重要的问题也许是，如果说民主德国拆除城市宫是对历史的破坏，是一种“弑父行为”，那么现在的德国政府是不是也在干同样的事情？

拆除共和宫是德国联邦议会做出的决定，既然上升到国家的政治决定，就不可能师出无名。当年关闭共和宫和后来的拆除，理由都是同一个：在建筑材料中发现了石棉。石棉是 20 世纪七八十年代在德国广泛使用的建筑材料。在发现石棉对人体健康有害后，所有使用了石棉的公共建筑都进行了清除的工作。共和宫也不例外，到 2003 年德国联邦议会决议拆毁时，共和宫的内部早就被掏空，只剩下了一个空架子。但并非所有的使用了石棉的公共建筑都遭到了拆除的命运。

“这是个谣言，我不会相信。”德国建筑师菲利普·奥斯瓦尔特斩钉截铁地对我说。其实多数人都认为石棉是拆除共和宫的一个借口，但这并不影响他们或支持或反对这个决定。奥斯瓦尔特生在联邦德国，他坚决反对拆除共和宫，并组织了一个反对运动企图阻止决定的通过。他认为，人们觉得共和宫难看，主要归咎于多年来的人为忽略。但对于共和宫这样一个历史建筑而言，难看与否不应该成为问题的关键，也有很多人认为柏林穹顶教堂难看，但这不能作为拆毁的理由。奥斯瓦尔特认为，共和宫是一个有趣的建筑，代表了那个时代的建筑语言，也代表了 20 世纪的德国历史，是德国分裂的标志。从一个建筑师的角度，他认为应该对这个建筑进行重新设计，使它与菩提树下大街上的其他建筑更好地融合，而这个决定应当交给建筑师来做。

在这一点上，洪堡大学的哈特马特·霍斯曼教授持大致相同的观点。他认为共和宫在审美上是丑陋的，柏林的中心、也是德国的中心，应具有某种标志性功能，共和宫显然无法承担这种功能。但粗暴地拆除共和宫是不对的，理想的选择是把它变成一个混合式的建筑物，重建城市宫的外形，同时容纳共和宫作为其一部分。“对有些人而言，这是个对共产主义过去的进犯行为；对有些人而言，这是对一个纠正的纠正。”霍斯曼教授认为，建筑的含义随着时代的变化而变化，关于共和宫的争论被过度政治化了。

如果不政治化，那么如何解释这些已经发生的和将要发生的变迁？奥斯瓦尔特就是一个很政治化地看待这个问题的人，他将共和宫的消失称为“标志性的谋杀”，在这场谋杀中，建筑被等同于意识形态：城市宫等于普鲁士，普鲁士等于军国主义，干掉它；共和宫等于民主德国专制，干掉它。推动拆除共和宫的这一代德国政治家，出生于 20 世纪五六十年代，由于经历了柏林墙的建造，所以大都痛恨民主德国，东部的政治家对此的推动更起劲。所以，这“并不是西部消灭东部那么简单，这是一代人的问题而不是东西部的问题”。

柏林在 20 世纪的经历，其多样性和戏剧化恐怕没有其他城市可以相比，从外观上看，这是一个凌乱的缺乏统一感的城市，因为每个时代都在这里留下了它的足迹。如今，在柏林同样可以找到纳粹时代的建筑，而且德国外交部和财政部的办公大楼就在其中。这个问题被奥斯瓦尔特提出，作为反对拆除共和宫的一个论据："你们怎么可以一边拆毁所谓的独裁时代的建筑，同时政府机构却在纳粹建筑里办公，这两个现象不该同时出现。"

同为纳粹时代标志的建筑的，还有奥林匹克体育场，即柏林赫塔队的主场，同时也是 2006 德国世界杯决赛的举办地。这座体育场是希特勒为了举办 1936 年的奥运会兴建的，在体育场后面，希特勒还开辟了一大片场地作为纳粹举行规模浩大的阅兵和群众集会的地点。全世界数十亿人通过电视直播看到的奥林匹克体育场虽经多次修缮，功能已经与当年不可同日而语，但外观上却几乎完全保持了原貌。体育场前面有两个高耸的石柱，分别名为勃兰登堡塔和普鲁士塔，对比今昔的照片，除了普鲁士塔上的纳粹标志不见了，不见其他差别。二战后，该体育场长期作为英国占领军的司令部，占领期结束后，也曾因为纳粹色彩经历了存废的争论，但最终得以保留。

但最具代表性的纳粹建筑已经倒塌了。在距离柏林的新中心波茨坦广场不远处，有一大片废墟，为原纳粹党部和盖世太保等特务组织的所在地。这个地方计划修建一个纳粹时代的展览馆，但由于资金问题，至今只有一个简陋的露天展览。

仿佛是一个对照：作为 20 世纪德国的两个时代标志的建筑难逃被拆除的命运，而人们却能够同其他的建筑物"建立起一种新的关系”，如柏林电视塔，这个民主德国政府搞的形象工程，如今已经被当作柏林的地标接受了。

以局外人的眼光看，共和宫的存废之争无疑混杂着德国人意识中的东与西的较量，可是这种紧张关系在现实中已经不再存在。我曾要求德国同行马库斯·雷蒙讲几个关于民主德国人的段子来听听，这位生在联邦德国的帅气小伙儿抓着头发认真地想了老半天，终于想到一个他小时候看过的讽刺漫画：一个从衣着打扮上看显然是来自东部的妇女举着一根黄瓜说，这是我的第一根香蕉。此外，他就再也想不起来了。也就是说，对民主德国人的嘲讽在德国文化中是鲜见的。

德国统一之初，大学里开始同时有来自东部和西部的学生，那时从外在就可以判断出其来历，现在这已经不可能了，虽然东西部在区域的发展上仍存在巨大的差距。同时，如今德国人新结识一个朋友时，头脑中反应出的第一个问题往往就是：他是东部人还是西部人？这种意识已经和敌视或歧视无关，与中国人对南方人和北方人的区别的关注一样自然而然。

在人与人之间和平共处的同时，德国的语境中却存在一个所谓的“东部”概念，不仅作为一个被消费的对象，同时也作为恶的归因地，给人的感觉是，这个国家所有的坏事都发生在东部，所有的罪恶都来自东部。

也许是因为统一后的发展不尽如人意，自由竞争带来的失业让有些人开始怀念民主德国，一种淡淡的怀乡症在蔓延，早已经退出市场的某些民主德国时代的商品又开始在市面上出现，当然，是仿制品。在这里，作为历史概念的东部变成了消费品，而在另外的某些情况下，混合了历史和现实含义的东部则充当着替罪羊的角色。如果你说想到东部走走看看，立刻会收到一大堆注意生命财产安全的告诫——在一般人的描述中，东部被蒙上了一层邪恶的色彩。

在对民主德国的集体性描述中，存在着一个令人费解的分裂，即"东部"和"东部人"的区别。带来不快的是"东部"，但与"东部人"无关，应该为德国的负面问题承担责任的仍是那个"东部"，也不是来自那里的人。在大众舆论对"东部"进行负面性描述的时候，"东部人"不会感到自己被冒犯，反而参与到这种舆论的制造中去。这同奥斯瓦尔特对来自东部的政治家在推动拆除共和宫的过程中表现得更积极的观察是一致的。作为一种集体性的思维，它已经定型了，具备了某种意识形态化的色彩，不需要过多的解释，也免于遭受质疑。

德语中有一个描绘历史观的词——Karikierung，一位在德国留学的朋友告诉我，这个词可以翻译为"漫画式的处理"，意思是对一个复杂的历史事件，作简单化和夸张的处理，是一种非黑即白、充满偏见和成见的历史观。德国人对历史进行解读的时候，这种史观的运用是很普遍的，尤其是关于纳粹时代和两德分裂时代这样的重要历史时期。很难分清楚这种史观的形成多大程度上源于政治家对时事的引导、多大程度上源于人民的集体无意识的创造。

历史终归需要翻过去，作为整体的德意志民族还要往前走，那么就必须甩掉身上的包袱。在一段令人不快的历史结束之后，谁来承担历史的罪责就成了问题。只有找到一个担负罪的载体，其他人才可以从中解脱出来。二战结束后，第一任联邦德国总理康拉德·阿登纳发动了一场批判纳粹的行动，将纳粹时代的黑暗完全归咎于希特勒的歪理邪说，而广大德国人民则是受到了希特勒蒙骗的受害者。这等于将历史罪责甩给了希特勒，同时达到为德国人脱罪的目的。

近半个世纪的分裂，是德国人心头的另一个痛处。这场东西部的僵持以民主德国的垮台而告终，人们纷纷奔向西部，见证了民主自由体制的胜利。但谁为民主德国的历史负责呢？前民主德国领导人昂纳克被判了刑（后获释放），接下来就是民主德国政治体制了，由于这个体制已经土崩瓦解、无处寻觅，于是就演化出了一个抽象的"东部"——既是历史的也是地理的，既同现在的东部相关又彼此脱离。与民主德国政治体制密切相关的共和宫是与"东部"直接关联的一个象征，拆除是一场在象征领域的斗争，对于今日的德国而言如同"排毒"的过程。

与此同时，东部人顺利地、无须经过人为的剥离就抽身而出，也就是说，西部人并未要求东部人为其体制的存在承担责任，东部人也没有认为他们有担此责任的必要，他们迅速地"脱东入西"，完成了从民主德国人到德国人的认同转变，并且更以德国的民主体制为荣。这同二战后德国人集体为纳粹时代的罪恶进行忏悔的心理结构完全不同，但这不难理解：纳粹政权是经过合法选举上台的，在人民中有很高的支持率；而民主德国没有自由选举，后来披露的民主德国政府的档案也表明，他们对在民众中缺乏多数支持的事实心知肚明。

统一意味着德国告别了“战后时代”，恢复了完全意义上的国家主权。后来的德国政治家重新开始强调民族认同，唤醒人民对历史上辉煌一页的自豪感，同时将德国作为一个统一的整体来看待，减少民主德国的痕迹。共和宫的命运就是这一思路的延伸，以普鲁士代表的辉煌覆盖掉民主德国的不民主。在柏林的城市规划思路中，包括逐步恢复东柏林在统一前被改变的城市面貌，古欧洲式的小巷会替代民主德国政府修建的那些宽阔的大马路，柏林的目标是回归到一个传统的欧洲城市。在柏林，令人不快的历史痕迹也许将越来越少，像柏林墙一样难寻踪迹。

（2006 年）

呼唤有价值观的中国外交

美国人类学家爱德华·霍尔在半个世纪前提出了“人际距离”理论，该理论认为，根据关系亲疏程度的不同，人与人之间的舒适距离是不同的，具体包括“亲密距离”、“个人距离”、“社会距离”、“公共距离”等。当舒适距离被突破后，人就会感到不舒服。那么，国与国之间的关系是否可以借用这一视角呢？

2011年12月23日，时任国家副主席习近平访问泰国期间，出席了泰国华人华侨各界举行的欢迎晚宴。在致辞中，习近平称：“我们欢迎域外国家在促进东亚合作进程中发挥建设性作用，也希望他们尊重本地区的自主性和多样性，注意兼顾各方舒适度。”这是中国领导人首次将距离的概念引入国际关系。国与国之间要“兼顾各方舒适度”的提法显然有所指，即有的国家让中国感觉到不舒适。

当美国在南海问题上挑动周边国家与中国对抗，并布置了一个针对中国的包围圈，在政治、经济、外交等多领域全方位对中国进逼，危害到了中国的国家利益时，中国感到不舒适是必然的。但中国无法像人际交往中那样后退，唯有在外交上有所作为，清晰地界定并伸张国家利益，突破包围圈，才能赢得舒适空间。

随着本·拉登被击毙，美国耗时十年的反恐战争算是画上了一个句点。从伊拉克和阿富汗战场抽身之后，美国的战略东移已呈不可扭转之势。

遏制新的竞争对手的崛起，是美国自冷战结束以来的基本国策。若干年来，尤其是在中国的名义经济总量超越日本、成为世界第二后，中国被全球舆论普遍塑造为唯一能在经济实力、军事实力和意识形态等方面对美国霸权地位构成威胁的对手，故而中国是美国要对付的最主要对手。事实上，早在小布什入驻白宫之后，美国决策层就把矛头对准了中国，但这一进程被反恐战争推迟了。

美国调整战略重心是这一逻辑的必然延伸。2011 年 10 月，美国国务卿希拉里·克林顿高调宣布美国重返亚太，这为中国的国家安全制造了直接的威胁。美国短时期内不会与中国发生正面冲突，所采取的遏制中国的方式既非冷战，也不是针对伊斯兰世界那样的军事打击，而是政治打压、地缘包围、经济盘剥、外交围堵等一系列手段。

在具体策略上，美国注重以亚制亚，策动亚洲国家对中国形成包围圈，同时支持一些亚洲国家与中国直接对抗。美国将钓鱼岛纳入《日美安保条约》的保护范围，2011 年底宣布将在澳大利亚驻军，与日本、印度、澳大利亚联合起来多次举行军事演习；在外交上，美国通过反恐战争渗透入巴基斯坦，2011 年 12 月希拉里访问缅甸，将中国周边的两个传统盟友拉向美国一边；菲律宾、越南等国纷纷对南海提出领土主张，甚至放言不惜以战争的方式解决问题，再联系到日本和韩国不断扣押中国渔船，就可以知道，如果没有美国的策动和支持，这些国家不会有对中国采取如此强硬姿态的底气。

美国打压中国是不以中国人的意志为改变的事实，虽然有论者称“韬光养晦要坚持一百年”，但这种观念已经失去了现实的存在基础，中国必须要直面“21 世纪头二十年”作为发展的重要战略机遇期提前结束的可能性。客观现实不允许中国继续韬光养晦，除了应对挑战，别无他法，否则中国的国家舒适度将越来越低。

危机也可以成为转机。既然已经无路可退，中国就应当承担起责任，在新的世界秩序仍在形成的时代，选择做世界秩序构建的参与者，在新国际体制上打下自己的烙印，唯有如此才能更好地捍卫国家利益。

历史上发生过多次世界秩序的更迭，每一种新的世界秩序都比前一种持续时间更短。威斯特伐利亚和约产生的世纪秩序持续了约一个半世纪，维也纳和会缔造的体制持续了约一百年，《凡尔赛条约》确立的体制只在两次世界大战期间起了一个过渡作用，冷战体制则只存在了 40 多年。冷战结束后，世界进入了一个美国一家独大的时代，但这个体制并没有完全确立起来，多极化的倾向一直存在，因为俄罗斯在普京的领导下逐步从“休克疗法”带来的打击下恢复生气，中国的经济实力已经远非冷战结束时可比。当下的世界正在进入两个方向进行最后斗争的时刻，在欧洲已经衰落的前提下，能对美国霸权进行挑战并担当世界“一极”使命的只有中国和俄罗斯。

邓小平的“冷静观察，稳住阵脚，沉着应付，善于守拙，决不当头，韬光养晦，有所作为”是在 20 世纪八九十年代之交东欧剧变、社会主义阵营解体、中国面临西方制裁的历史背景下提出的，中国当时刚进行改革开放不久，经济实力还不足以引起美国的恐惧和重视，采取低调姿态集中精力谋自身发展是可能的。这个提法带有明显的战术性质，邓小平从未说过韬光养晦要管一百年，也从未主张将“韬光养晦”和“有所作为”分开。

历史发展到今天，中国外交的重点必须转移到“有所作为”上面了。多年来，中国在外交上一味处于守势，对美国和美国支持的其他国家的进攻缺少实质性应对。毛泽东说过，一拳打得开，免得百拳来。美国并非没有弱点，中国要敢于给麻烦制造者制造麻烦，这样才能扭转被动挨打的局面。比如，中国失去了阻止欧美对利比亚开战的机会，在非洲的影响力被严重削弱；在伊朗问题上不能再过度退让，而是应该联手俄罗斯对伊朗进行支持，这样既可以牵制美国，也是在维护中国的能源安全。中国还需要转变外交重点，团结周边国家，将美国的势力从亚洲排挤出去；团结发展中国家，推动形成一个独立于西方国家的全球体系，切断美国对外转嫁危机的基础，从根本上削弱美国的实力，促进多极化世界的形成。

外交是一门现实的艺术，核心目的是维护和实现国家利益。但大国外交不能仅仅从现实主义原则出发，大国外交需要价值观的支持，不但需要描述理想中的世界格局是什么样的，还需要说明是依据什么样的价值准则来建设这个世界格局。

美国外交是理想主义色彩和现实主义利益诉求结合的典范。美国在外交政策上有深厚的现实主义积淀，从门罗主义主张的“美洲是美洲人的美洲”，到老罗斯福总统以实力为依据走出美洲充当“世界警察”的理念和作为。但自威尔逊总统为美国的外交政策注入理想主义色彩之后，用基辛格的话概括，这种理想主义情操变成了美国外交政策的一贯思想，威尔逊以后的每一位美国总统都提出过大同小异的主张，但都不脱离威尔逊的主题。威尔逊的主题就是，美国不是一般的国家，美国的价值标准放诸四海而皆准，国际秩序应该建立在美国的价值观基础之上，因为美国作为民主国家，所以外交政策在道德上高人一等。

威尔逊主义以理想主义为表，为美国的实利外交提供了便利。基辛格指出，正是威尔逊主义为美国扮演全球“十字军”提供了理论基础，是美国在二战后遏制政策的先声。我们看到，美国总是打着价值观的旗号在全球发动战争，以“输出民主”为名占有资源，以敦促中国“遵守全球规则”为名遏制中国。对道义制高点的占领和军事实力相结合，为美国称霸全球提供了可能。

相比之下，中国虽然近年来先后提出“合作共赢”、“建设和谐世界”等主张，但这些理念只是对国际秩序的理想状态的描述，没有说明世界应该基于什么样的价值达到合作共赢与和谐的状态，也没有提出达致该状态的路径。中共十七大报告曾提出要“把中国人民的利益同各国人民的共同利益结合起来，秉持公道，伸张正义”，也因为没有对国际社会中的正义做出界定，使这一良好的原则难以体现在中国的外交实践上。

缺乏价值观支持的外交只能靠利益来支持，这就难免被置于道德上的被动境地。西方媒体将中国外交贬称为“行贿外交”、“金元外交”，中国方面反驳得很吃力。小布什和奥巴马都曾将共产主义和法西斯主义相提并论，称二者是美国最大的敌人，虽然世界上现存的打着共产主义旗帜的国家不只中国，但无论朝鲜还是古巴，都不够成为美国战略对手的量级，所以矛头所指就是中国。

中国在外交上并非一贯如此被动，在“三个世界”理论的指导下，中国曾以“反帝反霸”的价值观反制美国，最终促使美国让步，中美关系破冰才得以可能。邓小平曾讲过，“中国永远站在第三世界一边”，中国今天要想重新在外交上确立价值观，打破在与美国交往中的被动局面，还需要回到和借鉴“三个世界”理论，对美国霸权进行批判，对给世界带来重重危机的新型资本主义体制进行批判，在道义上对美国进行反击。只有取得道义上的制高点，中国才能够理直气壮地提出中国的国家利益所在，并明确中国的核心利益范围。同时，只有根据“三个世界”理论明确外交价值观，并且在外交上坚持原则，才有可能取信于其他属于“第三世界”的国家，并携手形成钳制美国攻势的力量。

主动出击是最好的防御，大国角力从来都不仅仅是实力的比拼，中国需要以“三个世界”理论为基础，拿出中国式的“威尔逊主义”，这是维护国家利益的基础。中国还需要说明，中国的崛起是和平崛起，反制美国霸权不等于谋求霸权，目的是推动形成一种更加合理的多极化世界秩序。

和平崛起是中国在外交理念上的一个创新，但本质上是对“中国威胁论”的一个被动回应，这也就注定了该提法在价值观斗争层面力量不足。

和平崛起这一概念最早由原中央党校常务副校长郑必坚于2003年11月的博鳌论坛上提出，随即被高层领导人接纳。2003年12月10日，温家宝在哈佛大学发表题为“把目光投向中国”的演讲，将中国的和平崛起阐释为在对外开放的同时，充分利用自身的体制创新，依靠国内市场的开发、依靠把居民的储蓄转化为投资、依靠国民素质提高和科技进步解决资源和环境问题来实现中国的发展。在次年“两会”记者招待会上，时任外交部长李肇星进一步阐发了和平崛起的含义，他说，中国的发展是和平发展，中国不使用过去帝国主义列强侵略别人、欺负别人、剥削别人的办法实现崛起，中国走的路是维护世界和平，积极参与平等互利合作，促进共同发展。

有两个不容忽视的问题。首先，中国缺乏对帝国主义传统崛起方式的深刻分析和批判。以《大国崛起》为代表的声音把西方列强的崛起视为一个田园牧歌式的自然演进过程，这难以让西方世界接受中国和平崛起是可能的，因为在西方的历史经验中找不到和平崛起的先例。对和平崛起的表述必须和对帝国主义、殖民主义历史的批判以及对中国社会主义建设历史的阐述结合在一起，只有这样，才能让西方世界明白：历史存在自外于西方的另一种可能性。

其次，中国应避免以自我辩护的姿态过于强调和平崛起，被这个概念束缚住手脚。中国不能因为害怕被指责而不敢“有所作为”，中国应明确和平崛起的内涵和外延：一方面，把和平崛起严格限定在不通过侵略、殖民、扩张等方式掠夺其他国家，不以向外转嫁危机的方式实现崛起；另一方面，要表明和平崛起不等同于在外来压力面前忍气吞声，不等同于在维护国家的核心利益方面有所让步。

2011 年 12 月，胡锦涛在会见全军装备工作会议代表时说，要拓展深化军事斗争准备。和平崛起的题中之义是敢于斗争、善于斗争，以斗争谋和平，包括非和平的手段，即符合国际法和国际条约、以维护国家领土和主权完整为目的的合法性战争。罗援少将说得好：“我们一定要把我们拥有和平意愿和我们敢于用非和平手段来维护国家核心利益的意志结合起来，这样我们才能达到和平崛起。”

（2012 年）

期待一场新的新文化运动

今日的世界处于一个最不确定的年代，始自 2008 年的危机仍在以各种方式向全球的不同地域、不同领域蔓延、深化，世界面临的选择是：现行的脱胎于冷战终结的世界体系最终得以修复和维系，还是一个新的世界体系破茧而出？

在这个历史性选择的关口，中国的作用将是举足轻重的。一方面，西方资本主义世界指望着中国的发展带动复苏，中国也扮演着既有国际体系的最坚定维护者的角色；另一方面，进步的知识分子期待中国挑起倡导新式的国际主义、在既有的体制框架外寻找另一种可能性的重担。但中国思想界缺乏对危机的根源和我们过去与未来道路的反思，而且这种认识上的安于现状成了一种坚硬的默契，以至于任何批判性的反思都会招致一些正人君子的莫名惊诧。

这种现状是不能令人满意的。在面临又一次“大分野”、“大转折”之际，费孝通先生的“文化自觉”的命题显得尤为重要。我们应该有这种自觉的意识，系统地重新反思近现代以来世界和中国走过的道路，以及全人类在走向现代化过程中沉淀下来的思想和文化，创造一种新的、经过省思的新文化和新的认知体系，以此照亮未来的征途。这不仅事关中国自身的发展，也关系到中国对世界的责任。

一个世纪以前，中国的知识分子在内外危机的促动下，开始了他们的自觉行动，掀起了一场影响中国命运的新文化运动。当时，内部的危机是中国被动挨打，救亡图存、建设一个新的国家是第一要务，但多年向西方学习的努力并未达到目标，用陈独秀的话说就是“吾人于共和政体之下，备受专制政治之痛苦”。外部，则是西方以理性之名发展到了非理性的巅峰，即第一次世界大战的爆发。

在这个背景下开展的新文化运动，不可避免地带有了双重批判的色彩，一方面是对传统的彻底颠覆和扬弃，另一方面是对西方启蒙理性主义的怀疑。这就是新文化运动培养的一代人最终接受了马克思主义，走上革命道路的原因。可以说，没有新文化运动，就没有“伟大的中国革命”（费正清语）的高潮部分，也就没有一个独立自主的新中国的建立。而没有新中国独立自主发展起来的现代化基础，中国就不可能在改革开放以后以那样的姿态加入全球经济体系，经济的高速发展也是不可想象的。

如今，我们的危急仍是双重的。内部，改革开放所承诺的共同富裕的愿景远未实现，相反，贫富分化严重、社会对立情绪深化，“明天会更好”的信念受到普遍的怀疑。外部，现代性的负面后果全面显现，资本主义生产方式的内在矛盾表现为全球性的金融危机，其危害要远甚于经济危机；民主政治遭遇空洞化，去政治化成为全球整体性现象等。

皮埃尔·布迪厄将全球化时代视为野蛮资本主义的复辟。在中国的思想文化领域，过去一些年同样存在一种复辟的现象，表现为对独立自主理念的抛弃，对外来经验的学习简化为彻底的“拿来主义”，以为只要完整地模仿某个发达国家，就可以达到理想的目标。

但现实迫使我们必须放弃这样简单的幻想了，因为不再有一种现成的模式可供照搬，所有原本被视为榜样的现成模式都在接受挑战。倒是越来越多的目光盯着中国，所谓“中国模式”的讨论就是这一趋势的产物。可是，这样的讨论在中国仍未真正开始。

我们需要一场新的新文化运动。中国在世界上已经处于不同于一个世纪之前的位置，我们应该超越新文化运动，即超越对中国传统的简单否定和对西方现代化历史的简单美化，重新发掘中国古代文明传统和现代革命传统，作为批判性反思现代性的理论资源。

我们至少可以从两个方面开始思考。首先是将中国古代的天下体系和近代西方的民族主义进行融合，提出一个新的更加和谐的世界秩序蓝图。民族国家是在战争中成长起来的，民族主义对生存空间的诉求是殖民主义和帝国主义战争的动因，如今民族主义又以民族自决的新面目出现，对中国边疆地区的稳定构成威胁。相应地，天下体系则以文明为内核、以贸易为纽带维系起来，更有利于持久的和平。

其次，用中国传统讲求的与自然和谐相处的文化理念和中国人“勤劳革命”（Industrious Revolution）的发展方式制约资本主义的巨大破坏力。资本主义“创造性破坏”的特性在可预见的未来将使环境压力达到极限，历史学家汤因比早就表示，只有东方文明才有能力对资本主义进行约束。

毛泽东说过，中国人应该对全人类有较大的贡献。中国的发展目标不应该满足于成为发达国家之一，中国的发展应该为一种更民主的、更和平的世界秩序做出贡献。

让我们开始重新思考。让我们从重新思考开始。

（2012 年）

重新“开眼看世界”

“一花一世界，一叶一如来。”世界原为佛教用语，译自梵文，世指时间，界为空间，世界是对自然界和人类社会的统称。

中国人对世界的看法、对中国和世界的关系的理解，便是中国的世界观。中国的世界观是流动和变化的，各个阶段产生了对中国与世界的关系的不同理解。

中国传统天下观的天下，并非指整个世界，天下有地理上的和文化上的边界，虽然边界是模糊的。文明程度自中心开始，向外渐次递减；文明所不及之处，即为化外。反映在传统中国的治理方式上，中央政府并不要求化外之地遵从律令，而是采取“从俗从宜”的办法。

以儒家为主体的中华文明可以称为一种非侵略性的普世主义，这一视野将中国等同于世界，并赋予中国充分的自信。在与英国打交道的初期，清王朝把“英夷”视为化外之邦之一，后世对清王朝自我封闭的批评是基于失败后被改造过的观念出发的，而放在当时，这种反应是合乎情理的。

从鸦片战争开始，中国面对西方列强遭遇接连的失败，割地赔款。长期的屈辱导致了中国人重新审思中国与世界的关系，所谓“开眼看世界”，意味着中国知识分子接受了中国不再是世界的中心这一事实。

随着列强欺压的加剧和相伴随的挫败感的深化，中国知识分子对自身的看法日渐极端化，康有为曾彻底颠倒了“华夷之辨”，认为西方是“诸夏”，中国才是“夷狄”。反传统的思想在“五四”期间达到顶峰，彻底改造中国的方方面面几乎成为当时知识分子的共识。孙中山“世界潮流，浩浩荡荡，顺之者昌，逆之者亡”的名言，反映了中国与世界的关系在百年间的完全颠倒：中国不但不是世界的中心，而且在世界之外，世界（西方）是一个外在于中国的存在和标准。

在漫长的革命年代消逝之后，这种思潮在 1980 年代重新复苏，新的标志性提法变成了“与世界接轨”，虽然官方也经常使用“中国特色”这一范畴来调和西方规则和中国特殊情况。“与世界接轨”仍假定中国处于世界之外，除了接受世界的规则，中国正如撒切尔夫人所扬言的那样，“别无选择”。

这种世界观的再兴起与改革开放之初中国经济发展落后于西方有直接的关系，但它并没有随着中国在经济上的繁荣而发展，反而演化为一种僵硬的“公知范儿”：不但中国必须无条件接受世界的规则，而且“世界”也不再是丰富的“诸夏”，只剩下美国一家而已。

对持这样论调的一批知识分子，应该呼吁他们“跟上祖国前进的脚步”，放下苍白的“公知腔儿”，去脚踏实地地研究世界。一批批有开拓精神的中国人已经把生意推进到世界的各个角落，但知识分子的研究却没有跟上这个进程。比如，中国公司活跃在非洲，也在非洲与各种全球的和本地的力量发生碰撞，但中国的学界提供了足够杰出的非洲研究吗？世界各地不乏中国媒体的派驻机构，但它们发回来的报道中看不到中国人看世界的视角，不过是在重复西方媒体的论调。

与此同时，伴随着中国经济发展上的成功，还涌动着另外一种对中国和世界关系的看法，即在“大国崛起”旗帜的掩护下，憧憬着中国成为另一个霸权，与美国共治世界，或者加入美国主导的不平等的国际秩序，谋求一个尽可能高的位置。反映在历史观上，这种思想倾向美化日本在明治维新后的道路，懊恼中国没能早点进入列强的阵营。

这种观念表面上体现了中国的主体意识，实则是另一种形式的“与世界接轨”，即全盘接受了西方的社会达尔文主义。其近代以来的思想根源，正是鲁迅所严词批判过的“兽性爱国主义”。

物质的生产和知识的生产从来都不可分割开来。建立在过去一个甲子的奋斗基础上，中国的国力发展到了一个需要新的世界观与此匹配的地步。我们需要再次“开眼看世界”，重建中国的主体性并形成对中国与世界关系的新的想象，对“公知范儿”和“兽性爱国主义”予以双重拒绝。

为达到这一目标，在认真研究世界的时候，应该激活近代以来中国思想中的另一个重要的资源，即体现在章太炎、鲁迅、毛泽东等先贤思想中的，汪晖教授所总结的“反现代的现代性”。这一思想谱系的特点是，批判性地对待中国传统，在保持中国主体性的前提下吸取其他民族优秀文化，完善自我；同时批判性地反思西方的现代性逻辑，对单一现代性的负面后果有足够的警惕。它既是民族主义的，也是反民族主义的；既是现代的，也是反现代的。

理念需要附着于实力，没有实力的理念注定为虚妄；实力亦需理念指引，没有理念的实力必定会迷失。是时候明确地提出中国的世界观了——中国不等同于世界，也不外在于世界，中国是“世界的中国”，中国要参与一个更好的世界的创造。

（2012 年）

我们仍生活在冷战之中

今年3月，英国广播公司（BBS）的记者约翰·斯维尼冒充伦敦经济学院的教授，和他的两个同事混在该校的一个学生代表团中，到朝鲜参观访问了8天。他们暗中拍摄并制作了一部纪录片，声称要深度揭秘朝鲜。

前些天，我参加了一个民间组织的旅游团，在抗美援朝战争胜利60周年（朝鲜方面称为“祖国解放战争胜利60周年”，中国官方的说法已经更改为“朝鲜战争结束60周年”）之际到朝鲜旅游了4天。出发前，组织者告知可以带手机、照相机和电脑。一路上，除某些军事区域和场馆内部被告知禁止拍照外，照相没有任何限制。

此行最大的意外收获当属游览海滨城市元山。到访元山恰逢7月27日，即朝鲜“祖国解放战争胜利纪念日”。当天天气晴好，又是全国性假日，海边一条公路的两侧满是休闲的人群，蔓延至少两公里，人数恐怕要以万计。沙滩上嬉水的人密密麻麻，公路另一侧的草地上聚集的是野炊的人，有些人酒足饭饱，放着音乐跳起了舞。下了车，我们走到休闲的人群中，不自觉地去注意观察他们野炊的食物。朝鲜人性情奔放，拉着我们这些围观的人一块跳舞。

此类欢快的场景在国内城市的角落也常见，但大体都是老年人的自娱自乐。而眼前的享受夏日午后时光的朝鲜人，则以青壮年男女为主，他们的表情上写着轻松——这种轻松只有在生活没有压力的情况下才可能浮现在脸上。

我是从朝鲜回来之后才找来斯维尼的纪录片看的。他们拍摄的一些场景正是我刚刚遇到的，因为偷拍而晃动且压低了角度的镜头传达的是一种与现实不相符的压抑感，斯维尼在镜头前故作神秘的姿态和倾向性极强的解说也在营造一种神秘的气氛。这些跟我的亲身感受极其不同，我确信这也与斯维尼本人的感受不同，但显然这对他并不重要，他要做的就是把朝鲜表达为另一个世界，印证所谓“流氓国家”的标签。

这是冷战的延续。冷战中，西方在政治上的敌人是苏联及东方阵营，意识形态上的敌人则是共产主义。苏东垮台了，但共产主义的幽灵还在某些地域飘荡，那么冷战就没有终结。朝鲜不能成为讨论的问题，它只可以被污名化。

这种冷战思维在我们的身边也弥漫着。我通过微博发了几张在朝鲜拍的照片，便有一大堆人跑来告诉我，在朝鲜是不允许拍照的，不可以到平壤以外去看，不可以接触官方安排以外的任何人。这些从未踏足朝鲜半步的人，流露着一种愚蠢且傲慢的自信，就好像去了朝鲜的是他们，而不是我。

冷战思维预设了意识形态上的对与错，对那些意识形态教条家来说，如果真实世界不符合他们的想象，那么一定是现实错了。以此反观那些把改革的话语喊得震天响的各路专家学者，有多少人是在高昂着头叫卖一点可怜的西方教条，却固执地拒绝低头看一眼脚下的大地呢？

斯维尼在参观一家朝鲜图书馆时，问管理员是否有乔治·奥威尔的《一九八四》。他的用意是显而易见的，也得到他期望的回答——“没有”，于是他的脸上露出了一种“一切尽在不言中”的神情。一切形式的极权主义都不值得我们为之辩护，在不同类型的极权主义之间“比烂”也是没有意义的。我只是有兴趣了解，斯维尼以及其他大把的被冷战思维控制了头脑的教条家是否能够直面一个事实：感谢爱德华·斯诺登的揭露，奥威尔所预言的“老大哥在看着你”的景象，已经在美国（而不是其他国家）最彻底地实现了。

（2013 年）

为了遗忘的送别

纳尔逊·曼德拉以95岁高龄辞世，世界上又少了一位了不起的人物，我们的寂寥则又多了一分。

晚年的曼德拉被推上荣誉殿堂的巅峰。在他辞世之际，大众传媒反复播报他关于和平、和解、宽容的名言，展现他以德报怨的伟大胸襟。数万人参加了曼德拉的追悼会，包括100多位各国元首或首脑。白人和黑人，富人和穷人，在曼德拉的感召下走到了一起，仿佛昭示着大同世界的可能。连奥巴马都主动和劳尔·卡斯特罗握了手！

按中国的传统习俗，德高望重的长者安详逝去，可以称为“喜丧”。这是一种对生命的豁达态度。毛泽东晚年就常说，等他死了，要开个庆祝大会，庆祝辩证法的胜利。曼德拉的追悼会也传递了欢快的色彩：奥巴马和丹麦女首相玩自拍，打翻了第一夫人的醋坛子；等到那个全程瞎比画的手语翻译被揪出来，大家就更觉得好玩了。

这些八卦迅速冲淡了严肃的追思。亲戚或余悲，他人亦已歌。世态从来如此，无论多么伟大的人物，在被怀念的同时，也总是要被遗忘的。耐人寻味的，是什么会被记取、什么在欢快的气氛中被刻意遗忘。

曼德拉在获释出狱时，发表过一个演讲，他说他要重复当年在法庭上说过的话：我非常珍惜实现一个民主与自由社会的理想，所有人都在和谐及拥有平等机会下共同生活。一定要注意，同样的话，时隔 27 年，含义已经大不相同。

Beyond 乐队献给曼德拉的名曲《光辉岁月》这样唱道："钟声响起归家的讯号/在他生命里/仿佛带点唏嘘/黑色肌肤给他的意义/是一生奉献肤色斗争中"。肤色，成了曼德拉的标志，他的奋斗被等同于争取种族平等权利的奋斗。但曼德拉在受审时明明说过："我为反对白人统治而抗争，也为反对黑人统治而抗争。"曼德拉清楚，造成不平等和压迫的根源，并不是肤色。

1963 年，即曼德拉被捕后一年，毛泽东在《支持美国黑人反对种族歧视斗争的声明》中说："民族斗争，说到底，是一个阶级斗争问题。在美国压迫黑人的，只是白色人种中的反动统治集团。他们绝不能代表白色人种中占绝大多数的工人、农民、革命的知识分子和其他开明人士。"这个判断也适用于南非，正如曼德拉所看到的。

所以在曼德拉早年关于民主与自由社会的构想中，包含了对社会经济基础的重构。1955 年制定的非国大的政治纲领《自由宪章》不仅主张种族权利的平等，还主张财富的公平分配，将土地、矿产、银行等国有化。对此，曼德拉说，“这是一份革命性文献，因为这份文献所设想的变化，不可能在没有打破当今南非经济与政治建制下实现。要实现这些诉求，需要组织，以最大的规模发动及发展群众抗争”。

待到出狱之前，曼德拉的想法变了，他搁置了变革生产关系的想法。于是，他再次重复民主与自由社会的理想时，仅仅是指种族间的承认、投票权等形式上的权利了。在这个新的诉求的基础上，达成了所谓的种族和解。

关于为什么会让步，曼德拉强调多年的监狱生活对他内心的影响，但更要看到国际格局的变化。非国大在 20 世纪五六十年代的斗争，得到了中国、苏联、古巴等国家的大力支持；到了 80 年代，东方阵营已经全线溃退。国际性的支持在曼德拉被释放中起到了重要作用，但此支持非彼支持，如果坚持社会主义性质变革，这些人道主义支持就会立即化为反对。“运去英雄不自由”的况味恐怕曼德拉也体会到了吧。

顺势而为，也是大政治家本色。曼德拉带领南非加入了新自由主义的历史潮流，他本人也从一个激进的变革者变成了“TI-NA 教”的信徒。南非由此成为非洲大陆最受人关注的国家，新近又成为“金砖国家”的一员。

这难掩南非转型的苦涩一面。南非迄今仍是世界上贫富差距最大的国家之一，艾滋病患病率和犯罪率在全球名列前茅。投票权没有给民众带来实质性的福利改进，种族隔离制度形式上废除了，却还在事实上存在——以白人为主的富人区和黑人的贫民窟并峙。改变也是有的，那就是政治经济领域也出现了黑人精英，与白人精英共同凌驾于社会之上。这不正是曼德拉早年反抗的体制吗？

四位美国的现任和前任总统出席了曼德拉的葬礼，但这位因暴力抗争而入狱的和平英雄一直在美国的“恐怖主义观察名单”上停留到2008年——那时曼德拉已经90岁了，连走路都困难了。可能到了那个时候，美国人才觉得他真正安全了吧。如今，斯人已去，被记取的是他晚年的妥协，被送别的是他盛年时的怒火。

奥巴马在追悼会上的致辞中称曼德拉为“20世纪最后一位伟大的解放者”。20世纪是个充满抗争和革命的世纪，20世纪的政治不但有为权力的斗争，也有为正义的追求。这一页被无情地翻过去了。的确，对曼德拉的送别可以视为对20世纪的送别，曼德拉晚年的妥协和荣耀恰是胜利者胜利的标志。

（2013年）

莫让雾霾遮望眼

前一段时间北方的雾霾天气给人们的生活造成了极大的困扰。环境事关民生，成为公共话题是顺理成章的。全国人大新闻发言人傅莹被问到了这个问题，她说她也有口罩，但是没敢戴。温家宝在他的最后一个政府工作报告中也谈到了环保，表示要“下决心解决好关系群众切身利益的大气、水、土壤等突出环境污染问题，改善环境质量，维护人民健康，用实际行动让人民看到希望”。

媒体少不了参与对雾霾的讨论。主流的分析依旧遵循我们多年来已经习以为常的表达模式，即援引西方的历史经验，为中国的问题解决指出方向。半个多世纪前的致数百人死亡的洛杉矶光化学烟雾事件和使五千多人丧命的伦敦烟雾事件被提起，与此同时，这些国家在治理环境方面的举措也被当作范例介绍，比如美国在 1970 年成立了环保局、英国在 1968 年通过了《清洁大气法》等一系列措施。

这种表达方式暗含的逻辑是：污染是与特定的发展阶段相关联的，它可以通过一定的治理措施在一个更高的发展阶段得到解决；中国落后西方发达国家数十年，今天我们面临的问题就是西方过去的问题，只要中国循着西方走过的道路前进，它们的今天就会是我们的明天。环保部门的一位主要负责人在接受采访时的说法正是这种思维的体现，他说，中国解决大气污染的问题需要30年到50年。

这一貌似有道理的表述即便不是对历史的存心歪曲，也是在视野上存在严重偏颇的结果。发达国家如今得以从严重的污染问题中解脱出来，当然不能否认积极治理的作用，但绝不能因此掩盖导致环境改善的另一个根本性原因，那就是污染产业的对外转移。

从1960年代开始到20世纪末，日本对外转移了60%以上的高污染产业，美国转移出去的高污染产业占到40%左右。与产业转移相伴的，是发达国家的产业结构调整。以美国为例，20世纪初其工业占GDP的比重为53%，到了世纪末则下降为22.5%；第三产业在美国占了绝对性的主导地位，比重达到76.5%。欧洲国家也呈现类同的趋势。

污染是工业化的伴生物，当工业生产大量离开，发达国家的环境治理自然就容易了。但这是以承接污染转移的发展中国家的环境恶化为代价的。在过去的数十年里，中国一直是吸引外来投资最多的发展中国家，据统计，中国引进的投资中至少有20%

属于高污染行业。在当前的国际产业和贸易格局下，中国不仅在为满足中国人的需求而生产，也在为西方人而生产，消耗的是中国的资源，又把污染留在了国内。

这种状况类似充当世界工厂时期的英国和美国。英美后来之所以能够实现污染转移，在“产业空心化”的条件下生存，依靠的是其金融霸权，即让其他国家为其打工。如果中国想模仿英美对污染的应对之路，那也只能全面地模仿，即不仅治理污染，也得走霸权主义的道路，把负担和风险转嫁给他人。但这可能吗？且不说中国在实力上是否能达到，霸权主义也不是中国的追求，对外掠夺并不是“中国梦”的一部分。

雾霾天能见度低，它可以妨碍我们的视线，但不能让它限制了我们的思想。借鉴外国经验的前提是对其有全面的理解，不能“画虎不成反类犬”；借鉴不是照搬照抄，而应该发现新的可能性。

发达国家“成功治理”污染的经验至少可以给我们两方面的启示。首先，中国必须突破目前的国际产业和贸易格局，摆脱美元霸权，打破“中国生产，西方消费”的事实上的“中美国”（Chimerica）格局。中国以惨痛的代价换来了大量的美国对中国的负债证明，即外汇储备，而这笔债最终是否能够得到兑现，还是不确定的。在地大物博方面，中国远比不上美国，这片土地承载十几亿中国人的存续就已经压力足够大了，毫无理由再以透支子孙后代的生存基础为代价养活外人。中国的生产应为满足中国人的需求服务，我们可以为国际主义的崇高目标做出贡献，但毫无理由成为霸权主义的猎物。

其次，不能将中国特色社会主义作为一个简单的标签，要落到实处。习近平总书记说得好，中国特色社会主义是社会主义，而不是别的什么主义。何谓社会主义？社会主义核心的特征是生产的目的，即为了满足人的需要而生产，有别于资本主义的资本无休止积累的逻辑。因为生产的目的是明确的，生产的规模就是有边界的，从而对资源的耗费和污染的排放也是可预期的。相反，在资本无休止积累的法则下，生产的目的是为了利润的累积，生产规模会压迫资源承受的极限，所造成的污染也必定会超出可控的范围。

改革是持续探索的实践，也是试错和总结提高的循环，这才是深化改革应有的内涵。如果仅就雾霾谈雾霾，便是真的被雾霾遮蔽双眼了，谈何展望“美丽中国”？

（2013 年）

中国人应对世界有更大贡献

看起来，世界秩序到了迎来又一次变革的时候了。

以冷战的结束为界，二战后的国际格局经历了两个大的阶段。在前一个阶段，美苏争霸，以各自为首形成了两大阵营，可以称之为两极霸权。两极争霸格局面临第二世界的抗衡，“三个世界”理论的厉害之处在于，它使用了一个全新的维度，将美苏归为第一世界，把欧洲、日本等称为第二世界，这相当于从霸权结构内部入手对其进行了瓦解。

冷战后，世界进入单极霸权时代，美国一家独大，在世界上为所欲为，这个态势以小布什时代的“要么跟我们站在一起，要么跟恐怖分子站在一起”政策为标志达到顶峰。欧洲和日本仍是美国的盟友，萨米尔·阿明把这个联盟叫作“帝国主义三巨头”(Imperial Triad)，当然美国是绝对的核心。

近年来，美国霸权地位趋向衰落，一方面的原因是经济危机的冲击，另一方面的原因是中国的崛起和俄罗斯的复苏。乌克兰事件可以视为美国霸权受挫的标志性事件，在俄罗斯出手干预前，奥巴马出言威胁，称任何不明智的行为都将令俄罗斯付出代价；待到俄罗斯将克里米亚收入囊中，美国只能以一些不痛不痒的制裁作为回应。

美国整合和指挥盟友的能力也出了问题。在对俄罗斯的制裁上，欧洲的反应并不积极。这不是欧洲第一次不全力配合美国了，从伊拉克战争开始，欧洲就对美国的做法表示了异议。欧洲的民意对美国更是不买账的。

英国《经济学人》杂志称，俄罗斯在克里米亚问题上的做法促使美欧关系重新紧密起来，但这恐怕是一厢情愿。德国《明镜》周刊的报道就说，在互联网上对该问题的讨论中，对俄罗斯表示理解的态度占了压倒性的优势；德国前总理施密特认为，“西方搞得太糟糕了”，关于对俄的制裁，老爷子的评价是：蠢。

欧洲对美国的疏远不难理解，这是美国多年来目中无人的做法导致的。对欧洲领导人的监听、助理国务卿在电话里对欧盟爆粗口等事件都表明，霸权的字典里没有尊重这个词，哪怕是对盟友。美国正在使自己在国际上走向越来越孤立的处境。与此同时，从习近平主席刚刚结束的欧洲之行中可以看到，几个欧洲国家都给了中国国家元首极高的礼遇。

“反对霸权主义、单边主义”、“推动多极化世界”一直是中国的主张，眼下，这正在成为现实。

面对新的形势，中国对世界的治理应该有更多的想法。

多极世界固然好过单极世界，但多极世界并非历史的尽头。多极世界仅仅意味着几个大国之间的均势，并不等同于“各国无论大小一律平等”；多极世界仍包含霸权的逻辑，仍会有大国在自己的势力范围内实行霸权主义，只是霸权的边界受到了制约。

无论从文化传统还是政策目标来看，成为多极之一都不是中国追求的最终目标。中国是时候提出超越多极世界的普世主义话语了。西方式普世主义的破产源于其虚伪性，即把霸权利益用普世主义话语包裹起来，这是一定会被戳破的。这种普世主义的终结为真正的“普世的普世主义”的兴起提供了契机。

真正的普世主义反对的不是特定的霸权，而是霸权主义的逻辑本身。中国传统中有丰富的这方面的资源。习近平主席在访欧期间引用了《中庸》中的格言，“万物并育而不相害，道并行而不相悖”；而 1955 年中国在万隆会议上提出的和平共处五项原则至今影响深远，称得上是中庸之道与国际主义结合的新发展。以此为基础，形成新的话语体系并非难事。

但是，反对霸权的逻辑必须以反对特定的霸权为前提，否则不可能达到目的。所以，真正的普世主义必须包括对具体的霸权行径的批判，而不能只是简单的立场宣示，那会成为抽象的说理；中国还应该敢于运用实力，对霸权主义行径予以回应，用行动来塑造一个新的世界秩序，因为，“反动的东西，你不打，他就不倒”。

中国奉行不结盟、不称霸的政策，那么中国在国际上的力量就只能来自道义上的感召力。这就要求中国更大程度上复兴社会主义的传统，清除劣质资本主义的因素，真正做到善于利用市场，但让市场的力量为社会服务，在今天这个动荡的世界上提供另一种发展模式；反对霸权主义的力量之源主要是“第三世界”，中国还需要更大程度上复兴国际主义的传统，一边激活这些国家与中国友好合作的历史记忆，一边构筑更巩固的平等相待的合作体系，压缩霸权国家的国际空间。

毛泽东主席说过，中国人应该对世界有更大的贡献。这个更大的贡献不能只是物美价廉的工业制成品和毛绒玩具，而更应该是一种新的可能性，一种国际秩序民主化的新的制度安排，一种超越达尔文主义的新的文明。

（2014 年）

开放的辩证

新一届中央领导集体履新以来，在未来发展的思路、历史传承的认识等方面，提出了新的重要论述。这些新的观点、新的理论视野对丰富中国特色社会主义道路的内涵、完善中国的制度体系、克服当前面临的种种难题将起到重要的指引作用。

2013 年 1 月 5 日，习近平总书记出席新进中央委员会委员、候补委员学习贯彻党的十八大精神研讨班的开班式，并发表了重要讲话，阐述了这样的观点："中国特色社会主义是在改革开放历史新时期开创的，但也是在新中国已经建立起社会主义基本制度、并进行了 20 多年建设的基础上开创的。虽然这两个历史时期在进行社会主义建设的思想指导、方针政策、实际工作上有很大差别，但两者决不是彼此割裂的，更不是根本对立的。"

习近平总书记着重强调，"不能用改革开放后的历史时期否定改革开放前的历史时期，也不能用改革开放前的历史时期否定改革开放后的历史时期”。这并不仅仅是一个号召，而且是对社会上常见的一种思维方式的回应。

“改革开放”这个词本身容易传导一种误解，仿佛改革开放前的中国是不开放的，是封闭的。在多年来的社会舆论和历史解读中，以这种方式描述改革开放前的观点并不鲜见。但这并不符合历史事实，是将两个历史时期“彼此割裂”甚至进行“根本对立”的产物，是“用改革开放后的历史时期否定改革开放前的历史时期”的产物。

关于对外开放，有两个重要的维度需要讨论。第一是开放的对象，即向谁开放；第二是开放的向度，即开放（开放意味着交流）是单向的还是双向的。

对外开放是改革开放前的社会主义建设实践的有机组成部分。1976 年，与中国建交的国家已达 113 个，其中文化意义上的西方国家包括英国、法国、联邦德国、西班牙、日本、澳大利亚等。当时，与美国交往的大门也已经打开，距离尼克松访华已经过去 4 年时间了。

在这一阶段，对外开放包括与国外频繁而紧密的商贸往来。一个简单的例子：创办于 1957 年的广交会是中国与其他国家开展贸易、互通有无的平台，即便在“文革”期间，广交会的举办也未中断过。同样以 1976 年为例，参加春交会的客商为 14 330 人，来自 99 个国家和地区；半年后，来自 92 个国家和地区的 15 326名客商参加了秋交会。这一阶段的开放还包括对第三世界的无私援助，1971 年“非洲兄弟把中国抬进联合国”就是这个层面的交流结出的硕果。

著名现代京剧《海港》的一个情节生动地表现了这两种取向的交融与冲突：天气突变，暴雨即将到来，码头上一边是要出口北欧换取外汇的玻璃纤维，一边是援助非洲兄弟的玉米良种，应该优先抢救哪边？

改革开放前的对外交往较为偏重于非西方国家，这是当时冷战的国际大背景导致的，在保持独立自主的前提下，中国的国际空间只能逐步拓展。如今，与中国建交的国家已达到 170 多个，对外商贸的总量早已不是从前可以比拟，但可以看到与改革开放前一脉相承的清晰且连续的发展轨迹。

改革开放后，与经贸关系往来的重心转移一起，对开放的理解也逐步发生了改变：开放变成了对西方的开放，又逐渐变成了对美国的开放。虽然中国与亚非拉国家的贸易额在对外贸易总量中所占的比重大大下降，但频繁的交往仍是存在的，可是这些地区却从中国对外部的理解中隐匿了。

大众文化可以作为考量开放的一个参考标准。50 岁左右的人，大都在年轻时代对来自苏联、南斯拉夫、罗马尼亚等国的文学作品和电影留下了深刻的印象；在改革开放之初，日本电影也曾风靡一时。但不知从何时起，外来文化与美国文化等同了起来，我们能接触到的来自国外的艺术作品被好莱坞大片垄断了。非美国的外国文化要想在中国获得足够的关注，大概只剩下两个渠道了：奥斯卡最佳外语片和诺贝尔文学奖。

改革开放前，中国的文化在世界范围内产生着影响，不仅是对第三世界，对西方国家的社会变革也起到了一定的推动作用。如今，对外开放的双向性失去了，在“与世界接轨”的名义下，中国成了单一的接受者，仿佛一切都要按照美国的标准进行改造。甚至在西方的文明、社会经济体制遭遇空前的大危机之时，“与美国接轨”的思维也没有被撼动。与此同时，中国也希望通过建立孔子学院等途径对外输出文化，但效果并不理想。

“改革开放只有进行时没有完成时”，在进一步推进这项事业的时候，我们应该辩证地看待两个历史时期在对外开放方面的得失。在此基础上，可以初步提出两个观点：第一，未来的对外开放应该是全方位的开放，外部世界不等于美国，亚非拉国家的优秀文明成果和发展中的经验教训同样值得吸取；第二，未来的对外开放应该是双向的，中国应该改变与西方交流中的被动姿态，形成并输出自己的影响力和价值观——这有赖于中国对自己的“道路自信、理论自信、制度自信”的真正确立。

（2013 年）

开放的限度

观念这个东西很奇妙，它是人的大脑创造的，但一经创造出来，它就取得了自己的独立性，与人对立，进而把人置于它的统治之下。这个特征在宗教中表现得最明显，但又不限于宗教，很多世俗性的观念也是如此。这样的观念有很多，“开放”便是其中之一。

为什么要开放？回顾走上对外开放的历史，逻辑是清晰的，开放是为了更好地发展，实现三个“有利于”，完善中国特色社会主义。

开放是个立体综合的过程，既包括经济领域的开放，也包括社会文化领域的开放；开放又是个双向互动的过程，既包括贸易、投资上的互通有无，也包括思想文化上的相互学习。但是在实践中，开放的含义收窄了，一说起开放，主要就是指国内市场对外国投资的开放。

好吧，就算这样狭义地理解开放，那么，为什么要开放呢？理由也是说得清楚的：引进竞争机制，提高市场效率，利用外来投资，学习先进管理经验，等等。在自然垄断的公共服务领域，开放的理由不能包括建立竞争机制，那么就只剩下利用外资和借鉴先进的管理经验了。

但是，在持续推进开放的过程中，这个简单的逻辑也不见了，开放不再为了什么，开放就是为了开放本身。作为一种观念，开放获得了它的自主性，将为政者和中国百姓置于它的奴役之下，谁也不敢挑战它，否则就是妄图“走老路”。这是好大的罪名。

这样说是否言过其实了呢？让我们看看最近发生的兰州自来水苯污染事件吧。

法国的威立雅水务集团不是名气很大的企业，虽然它从事的业务与百姓的日常生活息息相关，但拧开水龙头，不会流出它的商标。这次污染事件让更多的人知道了它的名字，了解到这家公司已经在中国的50多个城市参与了70多个项目。威立雅是2007年入股兰州供水集团的，它给兰州带去了什么呢？

据报道，合资之后，威立雅除了派了几个高管之外，没做什么事情，也就是说没带来什么先进的管理。但改变还是有一点的，那就是涨价，2009年11月，兰州居民开始为每立方米用水多付三毛钱。

投资呢？也没有。发生污染的自流沟是水泥材质的，已经使用了60年，早该改造了。据《焦点访谈》的报道，在合资之前，兰州市投入资金对部分自流沟进行了防渗改造，事故发生后的检测表明，经过改造的部分没有发生渗漏，也就是说改造是有效的。为什么没有全部进行改造呢？因为合资之后，威立雅不同意花这笔钱，改造就不了了之了。

威立雅不但没有更新升级设施，还妨碍了本来已经在进行的相关工作（按照合同，威立雅虽不控股，但在经营问题上拥有否决权）。这样的外资，引进它干什么呢？

说到好的国外经验，其实是应该学的。学者江涌说，一个被吸引外资的任务逼得团团转的国有自来水企业负责人到美国取经，问美国同行是怎么搞市场化、国际化的，对方回答说，自来水公司属于准军事设施，归国防部管辖。

日常用水关系到百姓的性命安危，绝不可以交给只为牟利的企业。如果要对外学习，恐怕对自来水系统实施军管的美国经验才是中国应该学习的吧。

为了开放而开放在水务改革上得到了鲜明的体现，如今恶果也已经结下了。走得再远，也别忘记为什么出发。没有人反对开放，但在持续推进开放的当下，是时候反思一下了，有些开放是要不得的，有些出错了的开放应该及时纠正。像威立雅这样的外企，就让它夹起皮包滚蛋吧！

开放，不能蜕变为目的本身。这就是开放的限度。

（2014 年）

有所作为之后

许多年以后，回顾新中国改革开放以来的外交史，那时的外交学者一定会想起 2014 年初冬的北京。

为什么呢？因为中国承办的这次亚太经合组织（APEC）领导人峰会足以被当作中国外交的一个转折点，中国在对外关系上终于超越了韬光养晦的层面，开始有所作为了。

超越韬光养晦，不等同于否定韬光养晦，这个策略仍在起作用，主要体现在处理与美国的关系上。

借前来出席 APEC 峰会的便利，“跛脚”的美国总统奥巴马对中国进行了国事访问。习近平主席既和他在中南海里散步喝茶，轻松地闲谈，也在人民大会堂举行了正式的会谈，严肃地对话。两国元首再次重申了构建“不冲突、不对抗”的新型大国关系的共识。

美国霸权虽在衰落，但百足之虫死而不僵，它仍然是世界上最强大的国家，在亚太地区有重要的影响力。中国要在亚太地区实现自己的目标，还需要稳住美国。

有所作为表现在中国开始在国际事务尤其是亚太事务上发挥领导力。所谓领导，简单地说无非就是指明方向，拿出方案，说服伙伴，然后带着大家一起干。

在 APEC 工商领导人峰会开幕式上的致辞中，习近平主席用排比句提出问题："亚太的未来，正处在关键的路口。是继续引领世界、创造美好未来，还是放慢脚步、等待被人超越？是深化一体化进程、还是陷入碎片化漩涡？是践行开放包容理念、共同开创亚太世纪，还是身体已进入 21 世纪而思维模式还停留在过去?"答案已包含在问题之中。他还扩展了中国梦的提法，首次提出了"亚太梦想"的概念，并做了界定。这就是指明方向。

光说不练假把式。中国拿出的成熟的具体方案是，以基础设施建设和金融为抓手，推进"一带一路"建设，提升亚洲的互联互通水平。

不少亚洲国家以及亚洲之外的发展中国家都面临基础设施建设滞后的问题，都需要中国的帮助。跟这些国家开展基础设施项目的合作，既帮助伙伴发展、提升中国的国际形象，也为中国企业创造了市场，可谓一举两得。有人说，中国的"好基友"遍天下，此言不虚。中国倡导成立亚洲基础设施投资银行，拿出 400 亿美元成立丝路基金，正是为配合"一带一路"沿线国家在基础设施建设、资源开发等方面的发展而设立的融资机制。亚洲之外的国家怎么办？别忘了，中国还参与发起了金砖国家开发银行。

以周边外交为基础，放眼亚太，进而辐射全球的外交格局已经浮现。这个由中国倡导并由中国充当发动机的新的合作体系以经贸为主要内容，干货十足，所以说服伙伴国接受并一起干并不是问题。

但是，光有经贸还不够。如果说中国外交的有所作为还有什么不足的话，那就是太集中于经贸合作了，这里面还缺点什么。

英国的《经济学人》杂志 8 月份的一篇文章中说："美国外交政策的说辞——很多时候其内容——是由一种宣示形塑出来的，即要成为自由和民主的捍卫者。共产党不那么热衷于普世价值。同盟经常出自共享的价值观，如果你没有，朋友就比较难找。"英国人当然不是给中国出主意，这篇文章是在挤对中国，却也点出了问题，我们就当是"忠言逆耳"吧。

我们一直呼唤有价值观的中国外交，倡导发展我们自己的普世主义话语。如果说中国外交在有所作为之后还有什么需要进一步丰富的话，那就在这一方面了。

把价值观注入对外交往，其意义绝不仅仅在于语言层面的修饰，更是国际竞争的实际需要。中美虽然相互承诺"不冲突、不对抗"，但所有人心里都清楚，这只是为了不撕破脸，不使矛盾升级到相互无法承受的地步，真正的相安无事是不可能的。美国搞亚太再平衡，推动跨太平洋伙伴关系协定（TPP）谈判，向亚太增兵，都不是没有来由的。

如果对这些动作我们可以兵来将挡水来土掩，那么美国的价值观攻势中国用什么应对呢？不是很久之前，奥巴马公开讥讽中国在国际问题上“搭便车”，没人指望中国做任何事。随后，习近平主席在蒙古国访问时说，欢迎大家搭乘中国发展的列车，搭快车也好，搭便车也好，我们都欢迎。这是对奥巴马指责的一个漂亮的回击，可是如果细究起来，这个回击并不是针锋相对的，还是在谈经贸层面。

能有效应对价值观攻势的，唯有另一种价值观。中国能够拿出来的是什么呢？市场经济、法治、自由这些理念，本来就是西方的，我们讲不过人家。传统文化吗？在朝贡贸易体系的年代，中国传统文化还代表着文明发展的前沿，还能怀柔远人，但今天已经不能引领风骚了。

中国的旗帜上只能写社会主义、共同富裕、公平正义，这是更高等的价值观，也是克服资本主义体系危机的利器。但是这要求我们自己必须先实实在在地做到，这才是最不容易的。

（2014 年）

中国的亚洲新战略

中国刚刚经历了一个多事之春。在内部，一系列暴力恐怖事件以前所未见的频次发生；在外部，有来自日本、菲律宾、越南等邻国各种形式的挑衅。在这些问题的背后，闪现着同一个“幽灵”。

在前些天举行的第四次“亚信峰会”上，习近平主席代表中国做主旨发言，其中谈道，“不能一个国家安全而其他国家不安全，一部分国家安全而另一部分国家不安全，更不能牺牲别国安全谋求自身所谓绝对安全”，“反对为一己之私挑起事端、激化矛盾，反对以邻为壑、损人利己”。

这些表述绵里藏针，明眼人一看便知，直指站在中国内外问题背后的那个“幽灵”，也就是美国。邻国的挑衅是美国的所谓“亚太再平衡”战略支持下的产物，美国与“三股势力”的联系也是人所共知的。

菲律宾抓捕中国渔民、越南排华浪潮等事件发生之后，有不少人议论，中国会不会针对这些国家进行反制。中国没有这么做，中国也不应该这么做。“射人先射马，擒贼先擒王”，中国应着力破解最紧要的环节。而且，中国已经拿出了一套系统的应对方略。

过去一些年向美国“一边倒”的对外战略造成了中美之间畸形的政治经济关系，已经成为中国的沉重负担。首先是美元外汇问题，李克强总理不久前在访问非洲时谈道，“比较多的外汇储备已经是我们很大的负担，因为它要变成本国的基础货币，会影响通货膨胀”。

人民币自发行之日起便不与任何贵金属挂钩，人民币币值完全以国家信用作为担保，是为主权货币。但强制结汇等政策使外汇储备增加成了事实上的人民币基础货币发行方式，中国现在保有近 4 万亿美元的外汇储备，意味着相应地发行了二三十万亿人民币的基础货币。这种联系侵蚀了中国的货币主权，政府部分丧失了通过自主的货币政策调控经济的能力，同时还严重加剧了通货膨胀，高房价、高物价等均与此有关。

遏制美国霸权的第一步就是瓦解美元霸权。在中俄刚刚达成的双边协议中，包括巨额能源交易在内的贸易都可能绕开美元，采取本币结算的方式。但这仅仅是第一步而已。巨额外汇储备是中国劳动人民的血汗换来的，如何妥善消化，避免在美国的操控下大幅蒸发贬值，考验决策者的智慧。

美元外汇储备的猛增是中美各自的经济结构决定的。20 世纪 80 年代初，中国自主研发的大飞机已经赶上了波音同期的水平，项目却黯然中断，中国于是长期陷于生产和出口低端产品的发展模式，“出口 8 亿件衬衫才能买一架空客 A380 飞机”。

习近平主席在出席“亚信峰会”后参观了重新上马的大飞机项目，指出，“我们要做一个强国，就一定要把装备制造业搞上去，把大飞机搞上去，起带动作用、标志性作用……过去有人说造不如买、买不如租，这个逻辑要倒过来”。这意味着中国在发展模式上彻底转换思路，决意在世界经济中打造一个新的制高点和一个新的国际体系——高端产业的带动作用不限于国内。

在调整自身的同时，中国还主动出击，整合国际关系。“亚信峰会”闭幕后，习近平主席在与哈萨克斯坦总统纳扎尔巴耶夫等共同会见记者时说，“亚洲国家有能力主导解决亚洲事务，通过加强自身合作实现亚洲安全”。再让我们回溯一下，2012 年初习近平最后一次以国家副主席的身份访问美国之时曾明确提出：“宽广的太平洋两岸有足够空间容纳中美两个大国。”

这些系统的表述展现了中国对世界格局的看法，也给美国的影响力划定了范围。此外，通过倡导丝绸之路经济带和 21 世纪海上丝绸之路的建设，中国拿出的亚洲未来图景是亚洲在经济与安全方面自成一体，中国将承担发动机的职能。

再回想一下去年 10 月举行的周边外交工作座谈会吧，习近平主席在那次会议上提出了周边外交的基本方针：“坚持与邻为善、以邻为伴，坚持睦邻、安邻、富邻……多做得人心、暖人心的事，使周边国家对我们更友善、更亲近、更认同、更支持……

要诚心诚意对待周边国家，争取更多朋友和伙伴”。

把这些看似分散的点连起来，我们就看到了一个宏伟的战略。只要这些措施能够得到切实的实施，亚洲将崛起一个以中国为引擎、以人民币为联系纽带的经济体系。在这样的格局下，菲律宾、越南等国（乃至日本）都将是中国的天然盟友，而非敌人。如果因一些邻国的小动作就怒目相向，那不是大国气度，也正中美国的下怀。外部稳定了，内部的问题也就不难解决了。

美国也许是跋扈惯了，还沉浸在当世界警察的情绪中，没有看到转折已经在发生，于是才能做出以“网络窃密”为由起诉中国军官这种注定没有任何实质性意义的挑衅举动。让它闹吧，这不是什么坏事。

（2014 年）

中国社会的变动与重构

谁是新工人

《中华人民共和国宪法》第一章第一条规定："中华人民共和国是工人阶级领导的、以工农联盟为基础的人民民主专政的社会主义国家。"

此宪法原则在法理层面规定了中国的国家性质，但现实的情况远为复杂。市场化的浪潮冲击了每一个人，总体而言，工人在利益上承受的损失是最大的，表现为政治、经济和社会地位急剧下降。阶级分析的方法在工人研究领域也悄然退场了，事实也如大部分研究者所看到的那样，工人不是一个有着同一性的"阶级"，而是一个四分五裂的庞大的"群体"。

中国革命和建国走的是"农村包围城市"的道路，其主要依靠力量是农民。这并非经典的马克思主义理论所指引的方向，但建国后出于意识形态的需要，马克思主义被确立为指导思想。同时，为实现现代化的目标，国家建立了一整套工业体系，创造出了一个“工人阶级”。黄纪苏对此有精辟的概括：“虽然中国革命的成功靠的不是工人阶级，工人阶级的真正壮大却靠的是中国革命的成功。”

作为主导意识形态的马克思主义同中国革命和建设的现实之间存在着巨大的张力，由此导致了诸多“名”与“实”的矛盾之处。《新华字典》对“工人”的解释是：“个人不占有生产资料，以工资收入为主，从事生产的劳动者。”这一定义无疑是根据马克思主义做出的，描述的是伴随资本主义市场化进程和“人的商品化”趋势出现的、作为私人资本或私人资本家阶层的对立面存在的“工人”。

计划经济时代的“老工人”不符合这一定义，他们不是市场化进程的产物，是政治进程创造了他们。老工人虽不直接掌握生产资料，但与国有企业的管理者是一样的，都以生产资料的主人身份出现。通过以“鞍钢宪法”为代表的国企管理体制，老工人和干部阶层被尽可能紧密地捏合在一起，在生产中锻造出了某种程度的“主人翁”精神。在后来的国企改制过程中，老工人们往往将国企管理者的腐败行为斥为“败家”，即是这种精神的回响。

老工人的生活方式是对“人的商品化”的反动。王绍光将1949年至1984年这一历史阶段的经济模式概括为“伦理经济”，即人的经济生活服从于人生存的伦理准则。通过单位体制，老工人的经济生活与政治的、社会的、文化的生活有机地结合在一起，单位既是工作的场域，也是社会关系网络的依托体。

政治进程可以造就老工人，同样可以摧毁老工人。“工人阶级必须领导一切”的口号掩盖了工人的实际政治影响力和工人真实的集体意识。随着意识形态取向的转变，老工人与干部阶层表面上的平等瞬间就消逝了，国企管理者迅速将对国有资本的管理权变现为剩余索取权，以不同的形式成为改革后“先富起来的一部分人”。李静君将这种管理模式称为“混乱的专制主义”，老工人的反抗则表现为“集体懈怠”，以出工不出力、偷懒、自发停工、旷工等方式抗争。这无疑会导致国企效率的降低，低效则为激进私有化提供了借口。

在私有化过程中，老工人则被无情地甩了出去，有的下岗，有的被迫适应新的生产和生活方式。工人和干部共同参加生产和管理的一页被翻了过去，有趣的是，正是在翻页的过程中，工人才意识到“工人阶级”这个概念的含义，才寻找到了集体认同，但为时已晚。

计划经济时代的价值取向是平等，然而其现代化建设方式却创造出了新的不平等。老工人在工资之外，还享有住房、医疗、教育等各个方面的福利，乃至稳定的可以传承的工作权利。工人出身意味着更多的社会机会，更不消说“工人老大哥”在文化上的象征意义。总体上，工人的处境要远远好于农民，在这个意义上，“工农联盟”只是一个宣传上的幻象，而非对实际政治结构的客观描述。

在老工人群体的内部，不平等也是存在的，有全民所有制企业职工和集体企业职工之分，后者在福利待遇上稍有逊色。这种不平等在当时是不明显的，到了国企改制阶段才表现为在工龄买断等一系列问题上的区别对待，成为改制过程中对工人分而治之的手段。

计划经济时代的城乡二元分割不是绝对的，随着工业化的发展，一部分农民得以通过招工的形式转变为工人。这与后来的进城打工不同，成为工人即享受工人的一切待遇，是一种身份的彻底转变。此外，农民还有另外一种形式参与工业生产，即在地方集体办的企业里做工，但不改变身份。在计划经济时代末期，中国的化肥产量有一半由农村地方工业贡献，也就是乡镇企业生产的；1970 年代中期，几乎每个县都有上百家生产数百种不同产品的小工厂。据此可见，参与工业生产的农民为数众多。

1980 年代，乡镇企业的勃兴开辟了“离土不离乡”的工作模式，农业生产的剩余劳动力就地转化为乡镇企业的工人。至今仍有论者认为，乡镇企业是真正具备中国特色的发展模式，可惜的是，1990 年代以后乡镇企业逐步被政策放弃了，为私人企业和三资企业让路。

计划经济时代的城乡二元分割和 1980 年代的农村改革为后来的大规模使用农民工的发展模式提供了条件。首先，农村的境况大幅落后于城市，这个对比在 1990 年代以后愈发地明显，以至于农民进入城市打工，无论如何都是向上流动，中国农民吃苦耐劳的优秀品性在此激励下得到了淋漓尽致的发挥。其次，1980 年代初期的农村改革虽然促成了农业生产效率的提高，但代价是集体主义的瓦解，这深刻地影响了农民的行为模式。早期农民外出务工有不少结伴同行的情况，这有助于增强农民工在市场中的博弈能力；集体主义瓦解后，大量农民工只能以原子化的形态在劳动力市场上竞争，契合了资本积累的需要。

农民工是市场进程创造的，但农民工也不符合字典上“工人”的定义。农民占有一定的生产资料，即土地，早期绝大多数农民工是一个人外出打工，其他家庭成员在家务农。他们将打工视为阶段性的选择，期待一旦赚够了盖房子或其他某种特定用途的钱，就回到家乡，继续在土地上讨生活。这种心理导致了外出务工者省吃俭用、将打工所得尽可能地寄回家的行为模式。从东部沿海地区向中西部的巨额汇款对缓解地域差距起到了多大的作用，在20世纪末期曾经是经济学家们津津乐道的一个话题。

在市场经济时期，生产的目的是资本累积，这与“伦理经济”时期以满足人的需求为首要生产目的是截然不同的。这决定了农民工的地位与老工人相比有天壤之别，劳动力作为生产要素之一，成为市场上的商品，作为一个群体的农民工则成为“廉价劳动力”，被经济学家们视为中国的比较优势。发展劳动力密集型产业，所谓“两头在外”、“三来一补”等贸易形式正是建立在对这一比较优势的理性利用之上的。

在“效率优先”主导的时代，中国极度缺乏社会保护政策，人和自然环境都成了资本积累的工具。在微观经济层面，企业的目的在于获取最大利润，提高利润率的方法之一即是控制成本——人力成本是其重要的组成部分。于是，压低农民工工资甚至大面积拖欠农民工工资成为普遍现象，这才出现了总理替农民工讨薪的事情，甚至使用“奴工”的案例也屡见不鲜。劳动保护措施的匮乏导致了一代农民工为经济发展付出了血与泪的贡献，有估算认为，在1993—2002年间，有5%～7%的农民工因工伤致残，丧失劳动能力，且未能得到合理的补偿。

市场经济条件下的工资水平应以足以支持劳动力再生产为标准，这是一个硬约束，因为若是工资达不到这个标准，劳动力再生产就会在萎缩的条件下进行，长此以往会危及整个经济。劳动力再生产的内容不仅包括劳动者自身的吃穿住用，也包括抚养子女和赡养老人等家庭开支。

农民工在老家有一片土地，在劳动力市场上的身份只是“半无产者”，其劳动力再生产一部分成本由土地承担了——理论上，从事农业劳动的农民工家属也间接地受到资本的剥削。这是农民工可以承受低工资的奥秘，中国因此成了资本的“天堂”，博得了世界工厂的虚名。

现代化意味着减少农民，但是在过去的若干年里，农民的数量持续增长。这表明，风风火火的城市化并没有安置城市的建设者。不少人是希望这种局势持续下去的，即继续把劳动力再生产的成本丢给农村，维持现有的资本积累方式，但他们同时又把目光盯在农民的土地上，希望把土地的资本化作为下一个增长点，仿佛没有意识到这在理论上是不可能成立的。

农民工群体内部已经发生了变化，最显著的是代际更替。研究表明，跟第一代农民工相比，新一代呈现以下特点：保持了吃苦耐劳的特性；受教育程度更高，薪资水平却更低；已经结婚的新一代农民工往往夫妻双方全部脱离农业；完全不懂务农，回归农村已经不可能；遭遇不公正时，反抗的倾向更强烈；等等。

这一代农民工夹在城乡之间，既有的经济模式下的收入无法支持他们在城市定居，成为新市民。有调查结果显示，40%的打工夫妻不得不各自住在宿舍或工棚，因为工资水平负担不起租房的费用；回到农村也不可能，甚至有些人的土地已经因为流转或征地而失去了。无论如何，靠农村承担农民工劳动力再生产的模式已经无法维持。他们怎么办？这是中国社会亟待回答的问题。

这个庞大的人群暂时还是沉寂的，尚未形成集体意识。他们在政治上没有任何表达的渠道，几年前产生的几个农民工人大代表无非是个点缀。他们最常用的反抗形式是“用脚投票”，频繁地更换工作，但这使得对劳动者的法律保护形同虚设，最终结果是有利于资本。极端的反抗是以死抗争，富士康“连跳”事件是对农民工经历的非人性化的境遇最振聋发聩的控诉，旋即却又归于死寂。

粗线条地梳理了工人群体的流变，我们需要回答一个问题：谁是“新工人”？“新工人”正在为越来越多的学者所青睐，用以替代“农民工”这个被他们认为带有歧视性含义的称呼。

“新工人”还不是一个规范性的理论范畴，不同的人用“新工人”指代不同的人群。劳工问题专家潘毅曾提出，新工人包括农民工、国企下岗工人、国企转制工人。有数据显示，国有企业职工人数从 1995 年的 7 544.1 万人减少到 2007 年的 2 382.1 万人，差额为 5 162 万人，这 5 000 多万人即为下岗和转制工人，他们在市场经济中的生存方式类同于进城的农民工，又与农民工存在着直接的竞争。他们在吃苦耐劳方面显然略逊一筹，对农民工抢占工作岗位、拉低工资水平多有抱怨，但由于历史的原因，他们基本在城市里有自己的住房，具备在城市长期生活的基本条件，这是农民工无法企及的。

但是，如果以计划经济时代的老工人为参照，那么可以说，改革开放以来的所有工人都是“新工人”，因为计划经济年代无法复制，老工人的社会地位同样是今天的国企工人无法比拟的。高收入的国企职工集中于个别行业和特定的岗位，并非一线工人。全国总工会 2010 年的一项调查表明，两成职工 5 年间从未涨过工资，208 家国企高管与一线职工的收入相差近 18 倍——1979 年，这一差距仅为 1.18 倍。今天的国企已经蜕变为纯粹的营利性机构，管理方式上与私营企业渐趋雷同，2 000 多万国企工人已泯然众人矣。

还有一部分论者口中的“新工人”仅指农民工。他们主张用“新工人”这一称谓的理由是，为农民工争取产业工人应有的地位，同时也是要打消一些人对农民工还能回到农村的幻想。潘毅的论点比较精确地概括了这种倾向：研究农民工是要使农民工解体，让农民工可以真正转化变成工人。

也许对“新工人”进行界定并非紧要的任务，紧要的是认识到工人群体分裂和孱弱的现状，通过经济结构的调整使他们的境况得以改善。而最急迫需要面对的，正是农民工问题。

（2012 年）

建筑工人为何找不到工会

从风沙漫天的春天到赤日炎炎的夏天，一群在北京的建筑工地上打工多年的农民工往来奔波于各级工会的办公楼与工地之间，努力推动着工会在维护建筑工人合法权益方面发挥应有的作用，并提出自主建立基层工会组织“北京市建筑业外来工工会”的要求。但是，他们遭遇的是“鬼打墙”式的死循环，是“踢皮球”。

2003 年 9 月，中国工会第十四次全国代表大会开幕式报告说，“一大批进城务工人员成为工人阶层的新成员”；2004 年中央一号文件提出，“进城就业的农村劳动力已经成为产业工人的重要组成部分”。近十年过去了，作为“产业工人”队伍重要组成部分的建筑工人在现实中连工人的身份都还无法得到确认，而且是得不到“工人阶级的群众组织”（注：《中华人民共和国工会法》对工会的定位）的确认。

进城务工人员（农民工）一般被当作一个同质化的群体来讨论，他们的确具备一定的共性；但由于各自所处行业的特点，他们被切分为多个差异性巨大的子群体。

一个来自农村的劳动者，是到富士康那样的现代化生产线上工作，还是到建筑工地上工作，面临的境遇是非常不同的——工作内容当然迥异，但更重要的是会遇到不具备可比性的生产组织方式以及由此带来的相应的权益保障问题。

在生产线上工作的打工者，有相对固定的工作时间，有统一的工作服、工号等，接受的是泰勒制的管理，总体而言工作的稳定性和规范性要强一些，与劳动权益保护有关的法律法规也比较容易落实——需要强调的是，在农民工的权益保障状况远低于应有的标准的大背景下，这个判断仅仅是相对而言的——与生产线劳动者比较起来，建筑行业特有的高流动性使建筑工人处于更不利的地位。

建筑工人比其他行业的农民工更多地面临欠薪、工伤得不到合理赔偿等问题。一旦进入维权环节，建筑工人首先面临的难题是如何证明自己与雇主之间存在着或者曾经存在过“劳动关系”，这个简单的问题经常使得工人们无所适从。《劳动合同法》虽然从 2008 年便已实施，但建筑工人与雇主签订劳动合同的情况还是罕见的，比例远低于其他行业。北京大学中国社会工作研究中心与公益机构北京行在人间文化发展中心联合进行的一项调查显示，2012 年底仍有高达 89.1%的建筑工人没有规范的劳动合同。

现实所迫，建筑工人维权遭遇困难的时候往往只能使用非正规的方式，比如堵路、爬塔吊等，以期引起足够的关注。有些建筑工人自嘲道，现实活生生地把他们逼成了“行为艺术家”。但搞这种“行为艺术”是有风险的，很可能因为影响公共秩序而受到处罚，轻则拘留，重则获刑。工人们在寻找合法且有效的途径。

“如果能有一份劳动合同，把工资、福利、休息日、安全保护等问题都写得清清楚楚，那么维权不就有了依据了吗?”在北京打工十多年的建筑工人黄文宝提出了这样的想法。这固然是不错的点子，但是实现起来却有困难，建筑公司及承揽工程的那些劳务公司（绝大多数是“空壳公司”）已经习惯了非正规的用工方式，拒绝跟工人签劳动合同，即便签了，也只签“霸王合同”——只有一份，工人不能保留；留有大量空白，一旦有纠纷出现，公司就在空白处填上有利于自己的内容。

来自四川、在北京建筑工地上打工多年的何正文今年通过行政仲裁的手段争取到与雇主补签了劳动合同，但等待他的结果是被工地扫地出门，只能去另找一个工地打工，在新的工地上他仍然没有劳动合同。

工人想到了工会。这是工人们经过排除法筛选挑出来的“最后一个可能的维权方式”，他们的“如意算盘”是这样的：加入了工会，就可以请工会出面与用工的劳务公司进行集体谈判，按法律规定签订保障工人权益的劳动合同。

但是，一旦进入操作层面，工人们就发现，加入工会这个看似简单的想法却成了不可能完成的任务。

法律与政策方面的好的（甚至是超前的）理念和规定与现实执行中的混乱甚至是赤裸裸的违法情况并存，是当前的中国社会中常见的现象。前文提到的《劳动合同法》执行情况就是一例。在工会系统工作的开展和落实方面，情况同样如此。

全国总工会于 2003 年发布的《关于切实做好维护进城务工人员合法权益工作的通知》（以下简称《通知》）宣称："进城务工人员是新兴的以工资收入为主要生活来源的劳动者，已经和正在成为我国职工队伍中新的成员和重要组成部分。"《通知》明确要求，"要依法维护进城务工人员参加和组织工会的权利。凡与用人单位建立劳动关系（含事实劳动关系）的职工，不论其户籍是否在本地区或工作时间长短，都有依法组织和参加工会的权利，任何组织和个人不得阻挠和限制"；并要求，"各级工会要依照《工会法》、《劳动法》和《中国工会章程》的规定，组织进城务工人员加入工会"。

当时虽然还没有出台《劳动合同法》，但《通知》已经提出，"各级工会要主动指导和帮助进城务工人员与用人单位依法签订劳动合同，监督企业严格执行并落实《劳动法》赋予劳动者的各项权利，不得在劳动合同期限内随意解除进城务工人员的劳动关系"。

十年过去了，现实如何呢？以黄文宝的经历为例，当他产生了加入工会的想法后，便向北京市的各级工会咨询如何才能入会。得到的答复是，可以加入企业工会或依托企业组建工会，也可以与所在街道或社区工会服务站联系。他找到了当时所在工地的总承包商北京城建集团，对方让他去找分包的劳务公司。但这家劳务公司只是个为包工队提供挂靠身份的空壳公司，注册地也不在北京，通过它加入工会是根本不可能的。而去找街道工会，得到的答复则是：先要加入企业工会，才能加入区域的联合会。

黄文宝的困境是建筑工人面临的普遍问题。根据《工会法》和《中国工会章程》的规定，基层工会是需要依托“企业、事业单位、机关”成立的，这也就意味着，普通工人要加入工会，只能加入所在企业的工会。这对生产线工人来说并不是多大的问题，但是对建筑工人来讲，却几乎是不可能的。

建筑业工程按政策规定只能分包两次，即由房地产开发商将工程包给一家总承包商，再由总承包商将工程分包一次。现实中，这个规定形同虚设，工程分解转包至十次的情况并不少见，由于包工队没有施工资质，就给一些空壳的劳务公司提供了挂靠牟利的机会。理论上，建筑工人的雇主是劳务公司，事实上却与劳务公司不发生关系。同时，建筑行业流动性过大，工人过一段时间就换一个工地（也就意味着换一家挂靠的劳务公司）。在这种条件下，加入企业工会的路是堵死的。

鉴于这样的现状，这些对工会抱有期待的建筑工人提出了自主组织成立一个建筑业农民工工会的设想，即拥有属于自己的“工地工会”，他们联系北京市建筑业工会，期待能得到“指导”。经过多次联系，何正文等人终于见到了工会的负责人，但在交流中，双方就《中国工会章程》中关于入会资格的规定发生分歧，《章程》规定，“凡在中国境内的企业、事业单位、机关和其他社会组织中，以工资收入为主要生活来源或者与用人单位建立劳动关系的体力劳动者和脑力劳动者……都可以加入工会为会员”。

工会方面认为，加入工会需要同时满足“以工资收入为主要生活来源”和“与用人单位建立劳动关系”的条件，后者则被等同于已经签订劳动合同。于是，工人们称为“鬼打墙”的僵局出现了：求助于工会的目的就是希望工会介入，帮助工人与用工单位签订劳动合同以维护权益，但工会却把已经签订劳动合同作为入会的前提。

而在与北京市总工会联系的过程中，一位女士竟然说，建筑业农民工从工地上拿的是劳务费，不是工资，所以建筑业农民工没资格加入工会。

工会系统开展工作的指导思想与其实际作为之间的错位一览无余。问题显然不能归结为工作人员素质低、理解政策不到位，这种名与实的不符充斥社会的每个角落，不独工会如此。

何正文等人与工会方面的交流也并非完全都是扯皮，北京市建筑业工会的一位副主席在认可工人们加入企业工会是不可能的前提下，提出了三种可能的设想：一是在工地施工现场成立工会；二是工人们自己成立一家建筑劳务公司，成立公司工会；三是单独成立工会，动员其他建筑工人参与。这位副主席也承认，这些只是设想，具体怎么做需要摸索，需要开会研究上报，请上级工会组织批准。

工会面对工人维权问题时的无力和推诿，原因可以从两个方面来看。首先，工会体制滞后于社会经济发展变化，无力应对新的形势变化，尤其是难以应付高度流动性的劳动力市场。

既有的工会体制是依照社会主义时期高度稳定性的工业生产体系为背景建立的，故而法律规定基层工会必须依托企业、事业单位、机关成立，因为并不存在其他重要的组织形式。在那个时期，工人在企业的工作是长期的，如因工作需要而调动，工会会籍的转移被作为调动的一部分处理。当市场经济出现之后，这套体制就滞后了。比如，《通知》中也提到，“输入地工会要按照属地管理的原则，及时组织进城务工人员入会，并认真做好会员会籍关系接转工作”。但这一要求在新的现实中属于无的放矢。

如果工会真正以工人利益为中心，致力于将建筑工人吸纳进来，就需要改革工会体制，修改对基层工会设立条件的限制。

其次，要从工会与党和政府的关系以及后者的目标调整的角度理解工会的问题。在社会主义时期，工会接受党的绝对领导，但党和政府消灭了劳动与私人资本的对立，总体上坚持了工人阶级是国家领导阶级的宪法原则。在这样的条件下，党的各级组织事实上承担了工会应发挥的职能，而且党对工人阶级地位的提升和捍卫是资本主义条件下的工会斗争永远无法达到的。相应地，工会便承担了组织职工业余文化生活、发放劳保用品等人们熟知的边缘性的职能。这是不难理解的角色分工。

改革开放后，党和政府调整了目标，将经济发展当作第一要义。一度被消灭的资本被请了回来，充当发展的发动机；与此同时，需要事实上建立一个灵活的、低权益保障的劳动力市场，以满足经济发展的需要。廉价劳动力被长期认为是中国特有的优势之一。

工会接受党的绝对领导的关系没有改变，那么工会的工作就得为发展的目标服务。在社会主义的意识形态话语和资本主义的生产实践的夹缝中，名与实的差距就不可避免地产生了。在各地招商引资的浪潮中，工会也在承担自身的义务；在劳资发生矛盾的时候，工会的首要实际任务是维护良好的投资环境，而不会是维护工人的利益。这不是工会独有的问题，而是整个国家机器的普遍问题。比如，建筑工人们就抱怨：每当工人们和施工方发生纠纷时，如果是工人被打了报警，警察来得比乌龟还慢；如果是施工方报警说工人闹事，警察就来得比兔子还快。

其实，对于徘徊在工会门前却不得其门而入的建筑工人们来说，需要思考的问题不仅是如何能够入会，还有“能入工会又怎样”。在富士康，工人不存在建筑工人的入会难问题，也尝试了工会直选的试验，但“关注新生代农民工计划”项目组今年上半年在富士康所做的调查显示，90.2%的工人不知道工会选举的事情，94.7%的工人未曾参加过工会选举投票。

漠不关心源于不起作用。何正文等人有一次在北京市建筑业工会门前求见工会领导时招来了警察，一位警察这样劝说这些执意要加入工会的建筑工人：加入工会有什么用啊？我还是工会会员呢，不加入都不行，还得交会费，只不过是年底给你发几块儿香皂而已。你们就这样耗下去，还不如多朝老板要些钱呢……

（2013年）

中国社会的变动与重构

1992年，黑龙江省穆棱县原政协副主席蒋开儒到了深圳，有感于所见所闻，他写了一首歌词，后经高手点化，这首歌成了歌颂第二代领导人的代表性曲目。这首歌就是《春天的故事》，歌词用诗意的笔调描写了邓小平在那一年年初的南方视察："1992年，又是一个春天，有一位老人在中国的南海边写下诗篇，天地间荡起滚滚春潮，征途上扬起浩浩风帆。"

歌中的描述并不为过。邓小平南方谈话为处于彷徨中的中国指出了一个清晰的发展方向，自此，中国的社会结构和社会形态开始了深刻而系统的蜕变，20年间俨然再造了一个新的中国，也在开启着一个新的轮回。

由于众所周知的原因，中国社会在南方视察前的近3年经过了一段沉闷的煎熬，但平静的表象下，热情像火山岩在地下汹涌，寻找宣泄的出口。终于，邓小平打开了这个盖子，并规定了热情喷发的方向。这个方向可以简单地归纳为：搞经济。

股票市场热了起来。1992 年 8 月 7 日，深交所宣布发行国内公众股 5 亿股，发售抽签表 500 万张，申购者最多可持 10 张身份证购买抽签表，每张抽签表可认购 1 000 股。两天内，150 万人涌入深圳，大量外地身份证通过邮局寄来，300 个发售点前排起长龙，排队的人互相抱着腰不敢松手，苦等两个昼夜。最后，没有多少人买到抽签表，觉得受了愚弄的人们聚众闹事，商店被砸，警车被焚。在新疆做小生意的唐万新看准机会，请了 5 000人到深圳“旅游”，帮他排队买抽签表，由此大发一笔，奠定了后来风生水起又轰然倒塌的德隆系的基础。

深圳街头的这个景象完美地诠释了热情的爆发，也为接下来 20 年的中国社会写了注脚。中国人对挣钱的渴望从未表现得如此强烈而直白，以至于整个社会都充斥着市侩和急功近利的气息。

80 年代的中国不是这样的。学者李陀概括说，80 年代的一个特征是人人有激情，一种继往开来的激情。80 年代的人，无论地位高低贫富，都有历史观和历史意识，人人都相信自己对历史负有责任。

80 年代的思想界都在探讨一个宏大的话题：中国向何处去。事实上，“文革”的失败为 80 年代投下了阴影，极左思潮对个人在道德方面提出的过高要求和由此产生的失落感播下了虚无主义的种子。吊诡的是，80 年代的虚无也是以理想主义的面目呈现出来，比如以《河殇》为代表的思潮。《河殇》反映了青年知识分子的文化认同感危机，在对民族文化主体性丧失自信后，他们主张告别“黄色文明”，彻底倒向“蓝色文明”，也就是全盘西化。

当打击第二次到来之后，再难觅理想主义的雪泥鸿爪了。一位知识分子回忆当年的心路：在被当头打了一棒之后，他对自己说，我对这个国家的责任到此为止了。对政治生活的热忱、对国家对民族的责任感隐匿了，留存历史感的中国人渐成少数，人们转向个人生活和经济领域为个人的存在价值寻找寄托。挣钱，是一个政治上安全的选择，后来又变成了政治上的正确。大邱庄“庄主”禹作敏展示了他的预见能力，他的顺口溜为时代画了一幅素描：低头向钱看，抬头向前看，只有向钱看，才能向前看。

在邓小平的号召下，一批体制内的官员下海经商，“92 派”们开始了他们的“野蛮生长”。创富的热情在民间膨胀，一时间，“10 亿人民 9 亿商，还有 1 亿在观望”。值得注意的是知识分子群体的动向，他们中的一些人也不再安于书斋，开始将知识变现，迅速消灭了“手术刀不如杀猪刀，造导弹不如卖茶叶蛋”的社会现象，也终结了相关的争论。某些知识分子或下海经商，或用自己的知识为权力和资本服务，换取报酬。

知识分子中的相当一部人呈现犬儒化倾向，对课题的争夺、发表论文的焦虑、赚钱的渴望压倒了对学问本身的关注，房子、车子、装修、娱乐成了他们聚会的主题，80 年代学术会议上的“会中会”，即组成小群体通宵讨论的场景只能作为旧梦在一些人的回忆中重温一下了。安贫乐道、“冷板凳坐穿”等知识分子的美德弱化了，如果说金钱历来是获得社会影响力和声望的来源之一，但知识分子的成功都要用金钱衡量的现象还是第一次在中国出现。

犬儒化的另一种表现体现在学术研究的取向上。知识分子很少从战略层面思考问题了，他们斩断了学术研究与关怀民族命运之间的联系，学术走向规范化、技术化、工具化，借用李泽厚的概括，这是一个“学问家凸显，思想家淡出”的过程。部分是自主选择，部分亦是规矩限定。改革开放要让一部分人先富起来，在允许争论的80年代，到底哪部分人该先富是个难以有共识的问题，一旦不再就此争论，距离资源最近的权贵自然就成了先富的群体。把学术研究中立化了的学者们事实上配合了这一进程，也分享到了利益。

犬儒化是个普遍现象，但不是所有的知识分子都变成了犬儒。争论仍时有发生，从90年代到21世纪初，所有制性质、反和平演变、该不该让民营企业家入党等都是“交锋”的议题，但由于媒体的冷处理，这类论争只能处于地下或半地下状态。后来，关于国有资产流失和改革反思的讨论，虽然进入了大众媒体关注的视野，但由于持不同立场的双方都具备世俗化的属性，使得讨论的严肃意义部分被消解了。

经济学家是话题性最强的一群知识分子，他们一方面将自己的知识与主流意识形态相结合，建立了“经济学帝国主义”话语体系；一方面扮演多重身份：既参与经济政策的制定，又以担任独立董事等方式与资本合作，同时还以公众利益代言人的身份影响舆论。一些经济学家不仅仅停留在与权贵和资本合作的层面，而且跻身于权贵之列。如此作为的后果是，在21世纪进入第二个10年的时候，经济学家的社会形象已经大不如从前。

知识界或直接或间接地塑造着全社会的文化生态，当教授沦落为“叫兽”时，整个社会也表现为公共理性极度缺失。穷人为五斗米折腰，无力着眼长远；富人堆里则到处弥漫着“软乎乎的幸福主义”，把经济繁荣的线性发展趋势视为必然，拒绝严肃的思考。

新的政治经济形态催生了新的社会文化。新中国前30年的主流话语体系是集体主义的，提倡奉献，鼓励为了集体牺牲小我利益。1992年以来的主流话语是市场逻辑，提倡理性和个性，计算投入产出比，强调个人利益最大化。

在对抗和解构对个人诉求的过度压制中，市场逻辑曾起过积极的作用。但中国的某些市场化改革在行动中通过“创造性的破坏”（creative destruction）尽可能地拓展市场的领地，即在原本没有市场的地方建立市场，如教育等公共服务领域；它还不满足于将市场作为资源配置的手段，企图将市场的逻辑推广到一切范畴。同时，市场逻辑走向了另外一个极端，混同为“人不为己，天诛地灭”、“人为财死，鸟为食亡”的厚黑原则，就成了市场市侩主义了。陈丹青不无刻薄地评论：资本主义的竞争是无情的，但中国的竞争是关于卑鄙的竞争。

市场市侩主义冲击着一切维持社会正常运转的传统价值资源，瓦解了信任，腐蚀了社会风气。“告别崇高”是80年代文学的主题之一，王朔的“痞子文学”那时就已风靡，以“我是流氓我怕谁”的姿态向崇高发起挑战。细审之，“王朔们”并非在否定崇高，他们反对和调侃的是更多假崇高之名的伪装。一个要求所有人都崇高的社会形态是不正常的，一个拒绝崇高的社会同样是不正常的。一个人可以不崇高，但不可以轻薄崇高。但市场市侩主义为轻薄崇高提供了合法性，2008 年出现的“范跑跑事件”将此逻辑推演到极致。没有受过特殊训练的教师在危难时刻出于本能逃生，这一现象本没有进入公共讨论的议题，更没有人予以谴责，但当事人事后却将其阐发为“人为自己即是最大的道德”，这是对灾难中舍生取义者的大不敬，是对底线伦理的挑战，不应为任何正常的社会所容忍。一边是救灾中汹涌的志愿精神，一边是许多人对“范跑跑”的支持，而且两边重合度并不低，这乃是道德失序的标志。

经济学家们为市场市侩主义的发育做出了巨大的贡献，若干年里，他们只谈论亚当·斯密的《国富论》，谈论他所谓的“看不见的手”和只要人人自私自利即可达到社会利益最大化的逻辑，却忽略了斯密早年的《道德情操论》。他们中的某些人公然称经济学不讲道德，并以此为掩护，声称要“骗出一套新体制”，还提出了“吐痰论”、“冰棍论”等论调。这些论调不但在挑战老百姓伦常底线，也实实在在地伤害了老百姓的利益。

更致命的伤害在于市场市侩主义对国家（state）的入侵。2006 年发生在南京的“彭宇案”一审判决的依据就是，人不可能也不应该有利他的行为。在没有证据认定被告彭宇撞倒原告老太太的情况下，一审判决书“根据社会情理”认定，如果彭宇不是肇事者，那么他应该去指证肇事者而不是对老太太好心相扶，更不应该将老太太送到医院。判决书隐含的逻辑是：扶起老人一定是因为做贼心虚。该案虽后经调解在二审和解，但一审判决造成的恶劣影响却是持久的，见到老人摔倒是否该扶起竟然成为一个持久热议的社会话题。后来出现的“小悦悦事件”只是情节的合理发展而已。

新的社会形态造就了“新人”。毛泽东时代的经济伦理是积累，全国人民经过近30年的辛勤劳动建立起了一套完备的工业体系。邓小平南方谈话之后，随着中国加入世界经济体系，大规模的产能释放出来，中国告别了匮乏时代。在保持经济高速增长的诉求下，官方意识形态开始鼓励消费，在力促外向型经济的同时启动内需。中国从重积累、以节俭和储蓄为美德的时代过渡到了鼓励消费的时代，消费主义的浪潮来袭，中国人也多了一重新的身份：消费者。

90年代的宣传火了一中一美两个老太太。这个流传甚广的寓言说的是，两个老太太在天堂相遇，聊起生前经历。中国老太太说，我攒了半辈子钱，终于买了一个大房子，可惜没住多久就来这了；美国老太太说，我住了半辈子大房子，在临死前终于还清了贷款。故事的寓意是，中国式的消费观念老土了，同样是购买行为，超前消费的方式更理性。

消费主义有两重基本含义。第一重，消费主义指一种不断刺激需求、持续制造购买欲望的经济秩序和社会秩序，在这种秩序中，消费的目的不是满足基本需求，而是消费商品的符号意义。消费主义秩序的形成离不开国家的扶植。1993 年，国家开始实施“金卡工程”，促成了信用卡服务的大规模普及，方便更多人用透支的方式消费明天的预期；1994 年，出台了《消费者权益保护法》；1999 年，恢复征收利息税，督促老百姓把钱从银行里取出来，花掉。买房子可以按揭了，买车也可以按揭了。

1993 年，《精品购物指南》在北京创刊，是消费主义文化发展的标志性事件。其后，此类报刊如雨后春笋，在各个书报摊上占据最大的比重。此类大众传媒通过鼓吹炫耀性消费营造了这样的幻象：人存在的价值通过你消费的东西来体现，人的社会认同感不再来自内心的美和力量，而是来自住什么地段的房子、开哪个国家的汽车、穿什么牌子的衣服。于是，富人居住的地方不叫高档社区了，而要称为高尚社区。一条使用了谐音的服装广告语精准地抓住了时代的脉搏：穿什么（森马），是什么。

消费主义的另一面就是拜金主义，“宁在宝马车里哭，不在自行车上笑”，就是拜金主义者的宣言，2011 年出现在上海的“援交”中学生则是这种文化的受害者。

消费主义的另一重含义是消费者权益保护运动，通过反虚假宣传、提高产品质量等来保护消费者的权益。这个意义上的消费主义暗合对个人权利的诉求，在政治领域受到抑制的权利意识借消费者的身份得到部分体现，典型的例子是业主组织的维权实践和自我管理尝试。1995 年出道的“刁民”王海是消费者运动的先驱，90 年代初开播的中央电视台的“3·15”晚会是这股力量的舆论阵地。

上述这一切都不能平白无故地发生。经济的发展、消费的旺盛、文化的变迁都要以生产为基础，以劳动为基础。我们不能忽视成就了这一切的人们，他们就是数亿进城打工的农民。1990年代以来的农民工进城浪潮是世界史上最大规模的人口流动，是他们以血和汗的代价支撑了中国的发展和世界工厂地位。

经济要发展，人民生活水平要提高，唯一的出路是城市化、工业化。1980年代，乡镇企业独领风骚，吸纳了大量农村剩余劳动力，被邓小平称为中国农民的伟大发明。但乡镇企业不是80年代才出现的，乡镇企业起源于“大跃进”，“文革”后期得到了更大的发展，毛泽东时代结束时，全国化肥产量的一半是由乡镇企业贡献的。大规模人口流动也在那个时代就出现过了，数千万农民在“大跃进”中迁入城市工作，又在1962年的经济整顿中被遣回农村。

目前我们看到的工业化进程是与此前那个不同的。90年代，国家政策向三资企业大力倾斜，乡镇企业逐步失去竞争力，被淘汰出局，“苏南模式”成为历史。这是经济发展模式的选择，乡镇企业代表着独立自主的方向，选择三资企业则表示中国决意加入世界经济体系。原本可以通过“离土不离乡”的方式参与工业化的农民，不得不“孔雀东南飞”，到沿海城市打工，于是出现了农民工这个中国才有的群体。

从经济学理论上讲，作为事实上的产业工人，农民工的工资水平应足以支持其劳动力再生产的需要，即能够覆盖其在工作所在地定居所需的生活成本和抚养下一代的开销。可是，农民工工资远低于这个标准，他们的劳动力再生产很大部分继续由农村承担，在经济发生波动的时候，他们随时可能被工厂解雇，回到土地上。这相当于由农村承担了工业资本所应支付的一部分劳动成本，这部分钱转化为超额利润，被吸纳进全球资本体系。农民工在城市中还要忍受社会性歧视，“民工”演化为一个带有歧视性的字眼，时常被城里人拿来攻击他人或自我嘲讽。

外出打工造就了乡村的空心化趋势，乡土资源流失严重，留守儿童、流动儿童、空巢老人等社会问题已经成为社会学研究的课题和政策所要关注的焦点。农民工忍受着经济上的剥削和社会性歧视奔向城市，因为城市为他们提供了一片新天地，比如按月领工资的收入模式（建筑业是个例外）、消费主义文化氛围、城市生活方式的幻象等。这些被传导回乡村后，进一步加剧了农村的文化震荡。

第一代农民工大都经历过前改革时代，他们重积累，将打工所得寄回家乡盖房子，期待以后叶落归根。混合了集体主义话语和市场逻辑的官方宣传对他们尚有迷惑性，他们可以接受吃苦受累是为国家经济建设做贡献的说法。但近年来，第二代农民工成长起来了，也带来了影响未来走向的变量。

已经进入劳动力市场的90后一代与父辈不同，他们从小受市场逻辑和消费文化影响，个人意识强烈。留存在学校教育中的集体主义话语对他们来说曾是遥远的说教，但打工过程让阶级话语变得鲜活起来——国外诸多的社会学研究表明，车间成了阶级意识培养的温床，打工仔、打工妹们通过长时间加班工作、领班的恶劣态度等明白了书本上说的压迫是什么意思。与父辈相比，他们忍辱负重的气质更淡薄，更倾向于抗争。另外，高等教育跨越式发展既促进了打工者群体的知识化趋势，也让找不到工作的大学生汇入打工大军。未来，打工者的话语能力将持续提升，为联合起来与资本博弈提供了无限可能。

新一代打工者与乡土的亲缘关系远不如父辈亲近，土地是他们回不去的故乡，他们的未来将一直跟城市相连。他们和父辈是城市的建设者，但城市尚未真正接纳他们，未来是否有这个可能，要看发展战略是否重新定位。他们是一股强大的力量，是疏是堵，将影响中国社会洪流的走向。

（2012 年）

“中产阶级社会”梦想的黯淡

对“中产阶级”的讨论与畅想在1990年代是最热的，在那时的讨论中，“中产阶级”被寄予了推动民主化的厚望，它与一系列规范化的概念关联，共同构筑了一个为改革开放的推进赋予合理性的逻辑：市场经济的扩张将创生一个日益扩大的“中产阶级”，成为民主政治的基础，于是民主化将会自动地实现。在21世纪已经过完它的第一个十年后，“中产阶级”在公共空间中失去了热度，以这个阶层为基础构建一个新的社会形态的期冀也越来越少地被提及。

在这方面，社会现实的发展与公共空间的表达鲜有地达成了某种程度的步调一致。有两个方面的原因值得注意：第一，经济结构没有按主流经济学家们当初的预言演化，一个“两头小、中间大”的以“中产阶级”为主体的菱形结构没有出现，反而培育出了一个特殊利益阶层和一个庞大的底层；第二，现实中，所谓

"中产阶级"不但没能承担起所谓的历史使命，而且逐渐褪去了曾自我赋予的道德光环，这个阶层通过自身的所作所为完成了对自我的祛魅。微博的普及加快了这个过程，他们将埋藏在内心深处的首鼠两端暴露在了阳光下。于是，那个本来希望由他们肩负的"中产阶级社会"梦想也就此无奈地黯淡下去了。本文的主旨是对第二个方面的一点探讨。

对中国"中产阶级"的命名一开始就存在严重的内在问题，这埋下了后来这个阶层在自身道德形象方面崩塌的伏笔。Middle Class 在西方语境中有两重主要的含义。在 17、18 世纪的欧洲，随着工业革命在英国的肇始和发展，一个从事工商业的人群进入了历史的舞台，与少数贵族和庞大的贫民相对应，他们被称为 Middle Class，即中间阶级。这是在智识和趣味上被贵族嘲弄为粗鄙的一群人，但他们迅速地聚敛了大量的财富，并且在舆论和政治上取得了优势，最终成为欧洲社会的统治阶层，爬上了金字塔形社会结构的顶尖位置。他们，也就是资产阶级，后来成为了社会主义革命的对象。

另一重含义是托克维尔所赋予的。19 世纪上半叶，托克维尔考察了美国并写了《美国的民主》一书，宣告发现了美国民主体制的秘密：美国有一个菱形的社会结构，非常富有的人和非常贫穷的人数量上都非常少，占人口绝大多数的美国人是处于中间状态的"中产阶级"，这些人遍布美国的城市和乡村，构成了美国民主体制的根基。由于政权要建立在绝大部分人之上，所以美国的政治体制既不是专制的，也不会滑向动荡不安。在托克维尔看来，“中产阶级”作为多数在美国的存在，确保了政治上的平等。

对中国“中产阶级”的命名显然是对这两重含义进行了巧妙的拼接。原本，“中产阶级”不带有对财产占有量的衡量，它只是一个相对的概念，但到了中国，“中产阶级”却在财产上将西方标准进行了横向平移，用来特指一个特定的富裕人群，他们的共同点可以大致归纳为：生活在以东部沿海地区为主的城市，职业一般是中小企业主或服务行业（机关、金融、媒体等）高收入的白领或金领，至少拥有一套属于自己的住房（可以是公寓，也可以是别墅），有私人轿车，在生活上讲究品质，懂得享受人生等。这是中国社会中的一小部分人，他们虽不是权贵和巨富，却是不折不扣的精英，在生活水准上远远高于占人口绝大部分的农民和城市工薪阶层。

与此同时，“中产阶级”窃取了托克维尔式的道德色彩，将作为少数的自己装扮成民主社会的基础。作为一个特定的群体，“中产阶级”有自身的独特利益和政治诉求，“中产阶级”通过影响舆论的能力，把一个有独特利益的群体刻画为公共利益代表，把他们希望实现的社会形态等同于符合大多数人利益的社会形态，以至于影响并导致了诸多公共政策向这个人群的倾斜。媒体把他们定型为品格上温和且坚定的一群人，因为有恒产，所以有恒心；因为受过良好的教育，所以理解和尊重现代社会的规则；因为有参与公共事务的能力，所以将推动公民社会在中国的建立，进而成为中国向民主、宪政转型的基石。

他们的行动大多被冠以“维权”的名义，经由个人主义的话语的转述，维护自己的权利的行动被上升为对“权利”这个抽象的理念的维护，进而与维护所有人的权利等同。于是乎，“中产阶级”的“维权”被打扮成了类似大公无私的举动，他们的自利等于利他。但是，这无论如何只是一个美丽的神话式的谎言，在现实中是难以成立的；当“中产阶级”对私利的“维权”与他人的利益或者更广泛的公共利益相抵触的时候，乃至“中产阶级”为了自己的一己之私而损害公共利益或者公然践踏他们自己奉若神明的高尚理念时，这个神话就破灭了。

“中产阶级”的形象和房子紧密联系在一起，不仅因为拥有私有产权的住房是进入这个阶层的一个基本标志，也因为房子问题是“中产阶级”政治素养的训练场。买了房子的人就获得了另一重的身份——业主，为了跟开发商和城市规划部门进行博弈，很多地方的业主们组织起来为自身的权益而不懈斗争。联合起来的业主们也尝试社区自治，比如罢免原来由开发商指定的物业公司，重新聘请物业服务提供者等。有些业主的联合体尝试了创新的组织形式和治理结构，如业主代表大会、业主委员会、监事会之间的分权和制衡。

这些实践一度吸引了媒体的大量关注，引发诸多讨论，业主和民主成了两个紧密联系在一起的词，有人将此类业主组织行为视为民主的演习，也有人从中看到真正的公共领域的崛起。还有评论者煽情地说：当文人夸夸其谈民主的时候，业主已经上路。换言之，“中产阶级”不仅心向民主，而且因为利益攸关，倾向于行动，成为民主规则的实践者，他们的身上仿佛闪耀着契约精神、公民意识、法治理念等多重光环。

“中产阶级”是房地产泡沫的既得利益者，房价的飙升使购房者的财富急剧增加，如果一直持续这个走势，“中产阶级”将继续沉浸在名利双收的美梦之中。但在宏观调控等因素的影响下，房价的走势出现波动，“中产阶级”（特别是刚刚购买了第一套房子的新晋“中产”）马上坐不住了，所谓“维权”事件不时上演，也就是要求房子的出售者补偿因价格下跌而造成的账面损失。在这种“维权”行动中，大江南北无数个售楼处被砸烂，当然，一并被砸烂的还有他们平时在口头上所尊崇的市场规则和契约精神。很简单，当房价疯涨的时候，这个群体中没有任何一个人想过要去找开发商补交差价。

与PM2.5直接关联的环境议题也是看清“中产阶级”暧昧不清的内心的契机。他们一边抱怨北京空气质量差，一边开着自己的车拥堵在北京的大街小巷，对汽车尾气排放是PM2.5最大贡献者这一事实视而不见；他们刻意忘记了自己是政府通过政策倾斜（取缔小公共汽车、拓宽道路、消灭自行车道等）大力发展汽车消费市场的受益人；当交通和环境压力大到无法承受之时，政府调整政策，对机动车出行进行限号、对购买汽车进行摇号的时候，他们就如丧考妣，众口一词指责政府过度干预。

以上事例仅仅是不可胜数的社会事件中随机选取的几个，它们在某种程度上清楚地表明了“中产阶级”的本性：当市场波动不是给他们带来收益时，他们就立即翻脸否认市场规则；当契约不能保证他们的资产无休止地增值时，他们马上可以把契约精神扔进垃圾堆；当程序为他们带来哪怕一点点不便利的时候，他们的心中立刻开始向往被他们百般唾弃的体制的特权；当民主不能产出他们想要的结果时（无论程序上多么完美），他们立即开始咒骂“暴民”、“庸众”，暴露出反民主的真正底色。

中国的“中产阶级”不是一个有担当的群体，他们声言“从私利出发，向公益迈进”，却连为自己的行为承担后果的勇气都没有。“中产阶级”非但不像其自我标榜的那样广博，而且想成为超越道德和法律约束的特权阶层，在他们看来，法律是应该用来规训他人的，如果他们自身也要受到法律的约束，那么法制就可以不要，甚至可以公然“抗法”。他们的自我确证是消费和生活方式，而不是对政治的独到见解和对责任的承担；他们以玩世不恭的态度看待社会，无意也没有能力作为社会的道德和政治基础；他们只关注自己的利益，不关注公共利益。他们代表不了任何人，只能代表自己。

而且，他们中的很多人决定逃离中国社会了，已经移民了，或者正在准备移民。“中产阶级”是移民的真正主力。因为“裸官”也好、大企业主也好、演艺界人士也好，他们的根基在中国，即便拿了国外的身份，人还是要留在国内发展；“中产阶级”则通过投资移民或技术移民的方式永久性地移居海外。一个新型的中国社会，怎么能建立在华侨身上呢？

2002 年，学者程巍先生发表了《模糊的“中产阶级”肖像》一文，在系统地分析“中产阶级”的历史和现状后，他做出预判："中国新兴的'中产阶级'在这一过程（注：指民主社会建立的过程）中处于什么位置？极有可能，它处于边缘的位置；甚至，如果这个过程触动了它的既得利益和未来利益，它就处于对立的位置。"近十年过去了，我们目睹了这个睿智的预言一步步地成为现实。

（2011 年）

失去医德，医患关系将会怎样

身体是革命的本钱，健康乃是一切幸福的基础。尽可能地保持健康，预防疾病这个敌人的偷袭，打退这个敌人的攻击，对个人而言乃是生活中最重要的事务之一。对全社会来说，医疗卫生是一个突出的政治性议题，建立健全一套完备的、有效的、公益性的公共卫生体系，是任何一个负责任的政府必须要面对的挑战。

医疗问题从未离开过舆论关注的核心。老百姓看病难、看病贵、医患关系紧张的压力被称为“新三座大山”之一。市场即便不是资源配置的最优手段，也不是最差的，何以医疗改革的市场化取向会导致天怒人怨的结果？市场化思维为什么在医疗领域遭受惨痛的失败？要理解这个问题，就必须首先理解医疗领域的特殊性，理解医患之间天然的权力关系。医疗领域天然是反市场的，这是市场化思维碰壁的根本原因。这个领域的改革必须与对医疗领域天然属性的认识结合起来，将医德作为一个重要的参考维度，否则任何改革举措都难有成效。

“疾病是生命的阴面，是一种更麻烦的公民身份。每个降临世间的人都拥有双重公民身份，其中一个属于健康王国，另一个则属于疾病王国。”罹患癌症促使苏珊·桑塔格对疾病进行了深入的思考，成就了她的名著《疾病的隐喻》。虽然不是每个人都有桑塔格一样的思考深度和力度，但每个人都无法逃脱疾病的魔爪，或多或少或轻或重地经历过病痛的打击，我们的身体乃至生命终究要倒在疾病这个“冷酷、神秘的入侵者”面前。

无论如何强悍的人，在时间和疾病面前都会显得软弱无力，没有人是疾病的对手。帕斯卡尔在《思想录》中写道：克伦威尔威震一时，王室和基督世界都在他的脚下战栗，但是，一块尿沙在他的尿道里形成，并最终要了他的命。于是，他的王朝垮台了，一切又恢复了平静。

一旦人的身体被病毒侵入，人就被剥夺了“健康王国”的国籍，置身于一个被规定的世界里，在医生的监护下生活一段时间，直到获得医生的允许，才能返回正常的生活。疾病能够使一切繁复的社会关系在瞬间变得简单，只剩下“医生和病人”这个单一的维度。

在疾病进攻时，有什么是我们可以指望的？答案只有一个，就是医生。我们把身体托付给医生看管，把医生看作生命的守护人。在医生面前，每个人都要解除自己所有的防备，把身体不能轻易示人的一面毫无保留地袒露出来。我不止听一个人在身体检查之后抱怨过，在医生的眼里，人就不再是人了，只是一堆器官的组合。但抱怨归抱怨，他们不得不接受这种现实。无论是谁，在医生面前都得解除一切社会性身份，回归到人的生物学本义上来。外科手术更具有象征意义，病人的身体被医生手中的利刃切开，那一瞬间，是通向生还是通向死，都由不得自己，而是掌握在医生的手上。

生命是最可宝贵的，而医生是生命的看护者。这就决定了病人和医生之间的关系不是一般的社会关系，而是一种天然的、不可逆的权力关系。医生，虽然是一个职业，却具有了其他职业所无法企及的地位。故宫里的导游们在给游客们讲解时，经常会提一个知识题，皇宫的中线除了皇帝，还有谁可以走？后宫除了皇帝，只有一类男人可以进入，又是谁？答案都是太医。太医以对身体的了解和对抗疾病的技能，获得了某些只有帝王才能享有的特权。

在医生与病人这组社会关系中，医生具有绝对的优势和统治力，处于绝对主导的地位。虽然病人看病要花钱、买药要花钱，表面上看起来与一般的消费行为没什么两样，本质上却有天壤之别。病人是付费的一方，但医生为病人决定一切，病人对医生的诊断和建议只有接受，少有博弈的余地。

医患关系，是反市场的。所以，“医疗市场”这个提法本身就值得怀疑。一个充分的市场要求买卖双方在信息占有上的平等，以及能力上的平等，但病人不了解自己的身体和病情，而是把一切都委托给了医生。所谓的“医疗市场”上看不到市场的一切特征，我们什么时候见过病人跟医生讨价还价？我们何曾见过药店“跳楼大甩卖”？在正常市场上，买家都想低价买，卖家都想高价卖，但在“医疗市场”上，几乎所有“消费者”都具备“成功人士”的消费理念，倾向于花更多的钱，使用更昂贵的药品和医疗服务（虽然他们不了解其中的区别，也或许根本就没有什么区别），“不求最好，但求最贵”，只为买个心安。

在这样一个领域，推行市场化取向的改革，结果可想而知。病人必定沦为鱼肉，被丧失了道德感的医生放在案板上任意宰割。由于这种结果不是自由博弈的产物，被宰割的一方注定不会甘心接受，于是医患之间的矛盾和敌意越来越甚。深圳出现了医生护士戴钢盔上班的现象，多个地方警察进驻医院，这是对市场化医改效果的最好注脚。

医疗是道德的专属领地，这里无法容纳市场的逻辑，否则必定走向畸变。福柯就认为，医生为病人服务应该是免费的，这样才能与他们的神圣使命相称。

要抚平医患之间的鸿沟，在二者之间建立一种良性的关系，必须呼唤医生群体的某种“父爱主义”。换句话说，医生不能单纯地做一个理性人，还必须是一个道德人，在对病人的身体有处置权力的同时，还要担负起对病人的道德义务。用福柯的话说，医学应当成为“一种公共的、无私利的、受到监督的活动”，因此医生们“在减轻身体痛苦的过程中将会接续教会的古老精神使命，成为后者的一个世俗翻版”。

作为回报，社会给予医生高度的尊重。一句俗话则最鲜明地体现出这一点：医者父母心。另外，传说中的三皇五帝，既是中国人的始祖，同时也是医生，神农氏在传说中是医学的开创者，黄帝则是《黄帝内经》的作者。从这个意义上，能够跟医生相提并论的职业只有教师了，人们称他们为“园丁”，以及“人类灵魂的工程师”。

在医德之外，历史上有过多种更激进的设想甚至实践，寄希望于从根本上抹平医生和病人之间的身份差异以及由此带来的权力关系，让医学知识为社会服务，而不是由特定的医生群体所把持。18 世纪的欧洲出现过多种理想的蓝图，主张把医生职业国有化，如教士一般行使对人的身体的救赎责任。“文革”中涌现的“赤脚医生”运动，旨在将医生和病人的身份合一，以消除医患之间的隔阂和压迫关系。

和谐的医患关系不可能脱离了医德而存在。千百年来，行医者是靠着医德和由此取得的信任来延续这个职业的。俗话说，治得了病、治不了命，总是有人在就医的过程中死去，如果每一次发生这样的事，都导致家属对医生的敌意，估计早就没有人愿意行医了。这个职业能够历数千年而存在，说明了医德的作用。如今医患关系的高度紧张，则是医德的沦丧以及由此导致的社会对医生群体失去信任的结果。

医疗领域的市场化导向改革肇始于 1980 年代中期，当时面临的困境主要是医疗资源的不足。1985 年，国务院转发卫生部《关于卫生工作改革若干政策问题的报告》，揭开了医疗机构转型的序幕。在政府投入不足的情况下，鼓励医院在市场化进程中以贷款等方式自筹资金发展医院，盖病房、增加病床、买设备，解决医疗资源短缺的问题。

贷款就要还款。医院于是把病人当成了获利的源泉，通过提高医疗服务价格、收取药品加成来增加收入。经过若干年的实践，医疗机构的条件有了很大改善，但这只限于大城市的一部分医院，很多小医院没有得到发展。看病难、看病贵的问题随着这个进程逐步凸显，到了1990年代中期以后显得尤为严重，以至于政府不能不关注了。

医院之所以能够把病人当成赚钱的工具，正是因为前文所述的医患关系的特异性。其他领域的市场化竞争在过去一些年中大都导致了越来越有利于消费者的格局，如产品越来越丰富、选择越来越多，且价格持续下降，服务行业也通过市场化竞争提升了服务质量，唯独医疗（也许还要算上教育）的市场化给老百姓带来了日益沉重的负担。试想，如果电视机生产厂家将一款产品改变一下外观，编一个新的产品名出来，就把售价提高一倍，消费者会买账吗？但郑筱萸领导下的药监系统却成功地做到了这一点。

医德的缺失是医院盘剥患者得以实现的基础。我的一位同事描述过这样一个场景：他带女儿到医院看病，门诊大夫是一个慈祥的老太太，工作态度也很认真，但在开完药之后，他看到这位大夫从抽屉中拿出一个本子，记上了一笔。这个动作让他对这位大夫的敬意全失，甚至感到恶心。大家都知道这个动作意味着什么，这是向医药代表收取回扣的账目。

在大众和舆论痛斥医药代表搞乱了药品市场、抬高药品价格的时候，不能忽视，每一个有处方权的医生才是这些改头换面的高价药得以销售、坑害患者的终端，如果医生群体能恪守对患者负责的职业准则，只开管用的廉价的药品，药品领域的腐败是不会有存在的土壤的。如果要让医疗领域重回干净，医患关系得到根本的改善，除非重新确立起医德的应有地位，否则将永无实现的可能。

如果我们将医德问题置于一个更广阔的社会历史背景下去观察，就会发现医德不彰有复杂的原因，并非医生群体道德底线崩溃这一条就可以解释的。讨论的深入将带给我们一个悲观的结论：医德的沦丧是一个不可避免的结果。“医者父母心”乃是一幅只能存在于前现代社会的诗意的图景，注定将在现代成为一曲挽歌。

首先，医德的沦丧是转型时期社会文化巨变的副产品。在“低头向钱看，抬头向前看，只有向钱看，才能向前看”的大氛围下，对金钱的追求不仅获得了正当性，而且钱几乎成了衡量人的唯一标准，其他标准则相应地隐匿了，“躲避崇高”成为潮流。在这样一个大的背景下，医者将对患者的优势地位转化为个人收入也就不足为奇了。过度寻租导致腐败泛滥，引发社会矛盾；医德沦丧则导致医患矛盾的尖锐化。

其次，医德的沦丧是现代社会的必然产物。现代社会管理的特性是理性化和规范化，以统一的标准将各个行业纳入管理体制。就医疗行业而言，国家的管理取向关注医疗行业的集体行动能力，对医务人员个体的要求带有“去道德化”的色彩。管理医疗的立法并没有对医疗行业和医患关系的特殊性予以足够的重视，而是拷贝了管理其他行业的思维。这种思维忽视了医患之间存在的天然不平等，故而看似平等保护医患双方的法律规定，实际上强化了医患双方的不平等地位。

这个矛盾在2007年11月发生在北京的“肖志军事件”中集中体现出来。肖志军将其怀孕的女友送至医院，医生诊断需要立即进行剖腹产手术，按程序应该由肖志军签字，但肖志军拒绝这么做。时间在僵持中流逝，结果一尸两命，孕妇和胎儿双双死亡。

《医疗机构管理条例》第33条规定：医疗机构施行手术、特殊检查或者特殊治疗时，必须征得患者同意，并应当取得其家属或者关系人同意并签字。这个规定看似尊重了患者及家属的知情权和同意权，但面对各种疾病和日益复杂的治疗手段，患者和家属是无力真正了解的，即使知情权被尊重，也不能真正知情。没有真正的知情，何来真实的同意？摆在患者及家属面前的选择只有两个：完全听从医生的指示，承担一切手术失败的后果；或如肖志军那样对抗，酿成悲剧。在这里，法律对不平等的平等保护是显而易见的。

医院在肖志军拒绝签字的情况下未进行手术，其行为是合法的，但眼睁睁看着病人离去，却不合情理。这就凸显出了将医患作为对等双方看待的谬误之处：没有家属签字就不能进行手术的规定，不过是以尊重患者权利为名，为医院和医生开脱了责任；

但医生在给患者开大处方、让患者做各种不必要的检查的时候，何时尊重过患者和家属的知情权与同意权？

患者是将生命健康委托给医生的，医生必须成为负责任的受托人。这意味着，在紧急情况下必须充分尊重医生的处置权，与此权利相应的，是对责任的承担。《三国演义》中有一个为人熟知的情节，曹操有头疼的顽症，神医华佗认为需要开颅去除病根，但曹操以为华佗要谋害他，拒绝接受治疗并杀死了华佗。这个故事可以视为一个寓言，揭示的道理是：保证患者行使同意权，并不见得对患者有好处。

医患的不平等必须被正视和接受，医生对病人的“父爱主义”必须被传承。如果我们敢于直面医患天然不平等这个无法撼动的事实，就必须承认，医患关系更接近于家长与孩子的关系。家长对孩子享有一定的独断的权力，可以违背孩子的一时意愿行事，如即便孩子百般哭闹，也要将其送到幼儿园去，如果允许孩子任性而为，教育这个概念就不成立了。与这种独断权力相对应的，是家长对孩子的爱和责任感，是为了孩子好而不是相反，否则弑子的人间悲剧就会到处上演了。和谐的母子关系应该是母慈子敬，理想的医患关系亦当如此，“医者父母心”这句古话便是这种关系的生动写照。将医患双方视为对等的市场主体的错误思维，看似提升了病人在这组社会关系中的地位，结果却是害了病人，并且强制性地解除了医生的道德担当的责任。

在某种程度上，是无视医德重要性的医疗法规将医院和医生置于一个两难的境地，以手术前需家属签字这个环节为例：如果守法，要面临“见死不救”或“冷漠”的指责；如果遵循医生的职业要求，以救死扶伤为大，则要面临救治失败的后果——诉讼或者赔偿。出于自保，医院和医生往往倾向于选择守法，而不是选择救人。事实上，这是法律在压制医德，是以法的名义“逼良为娼”。

一方面是主动地放弃底线，一方面是被动地受到法律的限制，医生从医德的束缚中解脱了出来。结果是造就医生的冷血形象，加剧了医患的对抗。改变医疗领域的被动局面，扭转医患之间僵持的关系，唯有彻底将管理思维从“市场化”中解脱出来，回归到尊重医患关系的自然属性上来。

这里要区分医改的两种“市场化”思路。一是1980年代中期以来的市场化取向改革，其特征是减少政府投入，放弃医疗机构的公益性，让医院跟其他企业一样到市场中自谋生路。另外一种则是新医改方案（即2009年4月6日正式公布的《中共中央国务院关于深化医药卫生体制改革的意见》）确定的“补需方”的做法。新医改旨在恢复医疗机构的公益性，加大政府投入的力度，但在投入上有两种选择：“补供方”，即直接补贴医院；“补需方”，即通过建立城市社保体系和农村合作医疗体系，将政府投入补贴给老百姓。

“补需方”的做法体现出决策者的思路：将钱投在有医疗需要的人的身上，然后寄希望于通过患者对医院的选择，促进医院之间开展良性竞争，从而缓解看病难和看病贵。这个设计理念有点接近弗里德曼关于“教育券”制度的设计，是另一种意义上的市场化思维，还是没有把医患视为一个不可分割的整体，而是强调二者之间的博弈。根据前文对医患关系性质的分析，这并非解决问题的根本之道，如果仍将医患视为对抗性的博弈关系，问题便不可能从根本上解决，甚至会有新问题产生。

事实上，医德建设从未离开过管理者的视野，只是收效甚微。比如，2007 年 12 月 19 日，卫生部下发了《关于建立医务人员医德考评制度的指导意见（试行）》，提出要为各级、各类医疗机构中的医务人员建立医德档案，并进行年度考评，以促进医德医风的改善。《指导意见》规定，医师、护士及其他卫生专业人员都要参加考评，考评分为自我评价、科室评价、单位评价三个步骤，每年进行一次，考评结果与医务人员的晋职晋级、岗位聘用、绩效工资等直接挂钩。

这个《指导意见》中所谈论的医德，并非“父爱主义”的医德，其对医患关系的理解也没有将二者视为不可分割的整体，还是将医务工作者看作医疗行为中独立的一方。靠医生阵营内部的制约难以建立起良好的医德医风，即便让患者参与对医德的考评，也无法达到这个目标，甚至可能让医患对立更为尖锐。

可是，如果《指导意见》不这么写、方案不这么制定，是否有更好的选择，充分考虑到医患关系的特殊性，保证医疗领域作为道德的领地？恐怕没有人能给出一个肯定的回答。以理性化为目标的现代管理体制不可能为道德留出足够的空间。

我们只有期待：随着精神文明建设进程的推进，道德的力量可以得到一定程度的恢复；随着国家重新加大对医疗的投入，医务工作者的待遇能通过正当途径得到提升，减少收取灰色收入的冲动。“讲正气、知荣辱”的社会是医德得以立足的土壤，只有道德和道德带来的社会尊重重新获得独立于金钱之外的价值，只有荣誉成为“花钱也买不到的东西”而被珍视，医德才能回归，和谐医患关系才有可能。

此外，不合理的医疗法律法规需要尽快修改，充分考虑到情理的因素，让医生不再在“救，还是不救”这个问题前挣扎。法是社会的最低规则，法不能压制道德、扭曲道德，如果医生治病救人的时候要在情与法之间进行抉择，那一定是法出了问题。医德问题应在立法思路中有一席之地，既尊重医生对患者的紧急处置权，让法律不要在人命关天的时刻成为阻碍医生救人的障碍，让医德得以张扬，也要规范对有争议的医疗处置的审查程序，保护恪尽职守、医术高明的医生，惩罚滥用处置权的庸医。

（本文写作于 2008 年，收入本书时又作了修订）

阶层结构：僵化与突破

2011 年的全国“两会”期间，一位政协委员说了一句石破天惊的话：不鼓励农村孩子上大学。此语虽招致大量的批评，但人们不得不直面与此言相应的社会现象，即农村孩子即便大学毕业，也难以在城市立足生根，却又回不到农村了。这位政协委员的意见是，优秀的农村孩子不如选择中专、技校，留在农村还可以做“高层次农村人”。

这个说法无疑具有歧视性，可是也有“真话”的属性，它戳破了“知识改变命运”的幻影。近年来高考遭遇了新的危机，一方面是来自农村的大学生比例越来越少，另一方面则是没有背景的大学生在毕业后要面临残酷的现实，找工作以及在城市安身立命的路径被持续挤压，沦为“蚁族”。高考的失效昭示着阶层流动的途径几乎被冻结了，中国社会退回到了在极大程度上依靠“纯天然禀赋”，即血缘，来进行竞争的局面，而这完全是前现代社会才会有的状态。

人类社会自走过原始共产主义以来，便进入了在人与人之间划分出一定等级的状态。正如恩格斯所指出的，绝对的平等只能在氏族和部落的规模下予以保持，随着共同体规模的扩大，因管理需要而产生的社会分工就必然出现，随之产生了人与人之间的权力支配关系，加上婚姻制度的演变和财产继承制度的出现，等级社会便到来了。相比“有人的地方将有左中右”的论断，“有人的地方就有上中下”恐怕可以得到更多的共鸣，可以说，社会分层是一个恒定的现象。

社会分层现象是由不同的群体拥有不平等的社会资源而引起的。在前资本主义时代的西方，人的社会地位是由身份决定的，贵族生而为贵族，奴隶生而为奴隶。资本主义的革命性在于打破了这种加之于人的枷锁，它虽然没有消灭等级制度，但使阶层的流动成为可能。如何认识和描述现代社会的阶层结构，主要有两个流派的理论，即马克思的阶级理论和韦伯的多元分层理论。

人们通常理解的马克思主义的阶级理论强调经济的基础性作用，不同的阶级因为与生产资料的关系的不同而在经济生产领域占据不同的地位，进而决定了他们的社会地位和政治地位。这一概括主要是针对资本主义社会而言的，马克思认为，在资本主义阶段全社会日益分裂为两大阶级：资产阶级和无产阶级。这一理论性的认识是总体性的，并不排斥在具体情境下需要做出具体细致的分析的必要性。

韦伯的分层标准更接近于描述性的，他的分层理论的核心是三个标准，即经济标准（财富）、社会标准（声望）和政治标准（权力），这三个维度既相互独立又存在着交叉。

在后革命时代，马克思主义的理论热潮退去。在当今的社会分层讨论中，韦伯式的理论框架占了主导地位。当然，韦伯式的分层分析的描述和解释能力在某种程度上也要更强一些，比如它也可以用来理解前现代中国的阶层流动，底层就有可能通过读书和参加科举的方式脱颖而出，获得在阶层通道中上升的机会——或者取得官位，或者进入士绅阶层。虽然读书要受到家庭的经济和社会地位的制约，但这毕竟为出身寒门的优秀分子提供了改变命运的可能性。

通过读圣贤书而获得阶层流动的机会符合韦伯的社会分层标准中的社会声望的标准。科举也由此被视为传统中国最具现代特征的制度。高考在某种程度上延续了科举取士的职能，其意义在改革开放之后利益重新调整的态势下显得尤为重要，这就是为什么高考在事实上的失效如此具有标志性的意义。

新中国的前后两个 30 年中，阶层结构的调整是剧烈的。革命催生的前 30 年是以消灭等级结构为目的的，但这个目标并未达成，还创造了新的层级结构。这个时段的运行大体遵循了马克思主义的方向，也只能从马克思主义的视角才能得到理解；而理解后 30 年的变化，则最好借助韦伯的工具。

大规模的社会阶层结构的重新整合，以及由此带来的个人在阶层阶梯中的流动，几乎都是政治力量驱动的结果。一旦政治形态调整完成并趋向稳定，阶层结构便会僵化，人的跨阶层流动变得越来越难。去年，英国广播公司的一个题为《谁拿到了最好的工作》的纪录片，便用事实指出，英国目前处于一战以来最不平等的时代，好工作都被一些出身于背景强大、社会关系丰富的家庭的人占据了。

中国的20世纪是一个波澜壮阔的革命的世纪，平等是中国革命最重要的取向。正如著名的印度学者帕萨·查特杰所指出的，中国经历过深刻的社会革命，所以没有绝对的贫困，人民识字率高。在这些革命的成果基础上，中国社会才能迸发出巨大的活力，分别在改革前后的两个时期取得建设的巨大成就。

革命彻底地重塑了中国的社会关系。如果没有中国革命，那么多山沟里的放牛娃是没有可能成为开国元勋的，以工人、农民为主体的人民也不可能在建国后的一段时间内获得那么高的政治地位和社会地位。

工人阶级作为中国的领导阶级是写入宪法的原则，但这不是一个对革命的历史进程的客观描述。中国的资本主义不够发达，工人阶级尚处于萌芽状态，革命的成功主要依靠农村，走农村包围城市的道路。对工人阶级的领导地位的确认由对世界范围内资本主义秩序的扩展及其催生的资本与劳动之间的矛盾的理论性认识而来，即在新中国，必须由工人阶级“降服”资本，而不是相反。在生产资料公有制下，工人既是劳动者，也是生产资料的主人，成就了一个“前无古人，后无来者”的工人阶级形象。

农民则被称为老大哥，农民先是分到了土地，随后又通过农业合作化运动将土地变成集体土地。农村消灭了依靠地租收入生活的地主和富农阶级，也消灭了主要以出卖劳动力为生的农业劳动者，即佃农和雇农。在生产资料集体所有制下，农民主要是一种共同体身份，共同组成一个农民阶级。

知识分子的地位比较独特，他们因其"软弱性"、"依附性"而无法构成一个独立的阶级，有时被承认为一个阶层，有时也被认为是工人阶级的一部分。工人、农民两个阶级，以及知识分子阶层，简单清晰，组成了那个时代最基本的社会基层结构。

在城市，干部以及国有企业的管理者也被归入工人阶级的范畴。事实上，他们的权力和地位与工人是不同的，他们占据更多的资源，也有机会运用权力牟取私利。一旦形势稳定下来，腐化的苗头便出现了。此外，工人和农民、城市与乡村之间的不平等也开始显现——虽然与当今相比，那时的不平等几乎可以忽略不计。也就是说，以平等为取向的革命创造了新的形式的不平等，即所谓的"三大差别"。

"两大阶级，一个阶层"的结构是基本稳定的，但也存在流动的可能。这主要是通过国有企业和集体企业因为生产规模扩大而从农村招工实现的。

与后来不同的是，那个时代的政治仍然具有活力，一旦新的差别被正视，解决问题的动力便不缺乏。于是，国有企业开始推行以"干部参加劳动，工人参加管理"为特征的管理民主化改革，显现出向特权阶层蜕化苗头的干部队伍重新成为革命的对象，城市知识青年则开始上山下乡，新一轮阶层结构调整的浪潮再次掀起。刚刚呈现出来的阶层僵化的趋势被毛泽东大手一挥重新打乱重组了。

改革开放的时代到来后，政治主导的基本特征没有改变，改变了的是政治的取向。平等不再是第一要义，反而成了负面的词语，与“大锅饭”、“大帮哄”等一起被摒弃。新的政治形态是以效率为先的，甚至主动创造不平等被当作一种发展的动力和手段。邓小平说，让一部分人先富起来；在江泽民时代，最重要的口号之一是“效率优先，兼顾公平”。

这种政治形态迅速地改变了社会阶层结构，并在 30 年不到的时间内完成了这一过程并凸显出固定化的态势。到了胡锦涛时代将政治取向调整为“效率和公平并重”时，这一问题已呈现积重难返的态势了。

改革开放之初，有过一段人人怀念的“普惠式改革”时期。农民因为获得更大的自由度，发挥出了积极性，粮食增产便意味着增收，城乡收入差距一度缩小。但这种趋势只延续到 1980 年代中期城市改革开始，时间跨度不大，事实上也不构成阶层结构的变化。城市改革一旦开始，这个良性的趋势便终止了，真正的调整也就开始了。

改革开放前，私人资本积累是不存在的，真正“值钱”的是行政权力，但在平等政治带动的群众运动的压力下，行政权力被限制了，无法实现变现的冲动。这种状况在 1980 年代改变了，“阶级斗争”的纲被“以经济建设为中心”所取代，“永远不搞群众运动”打开了关着权力的笼子。

权力变现的早期典型是价格“双轨制”改革。经济发展造成了一部分物资的缺乏，而市场价格和计划价格之间的差额就为牟取个人利益提供了巨大的空间。那么，是谁拿到了这部分利益呢？显然，不是普通的工人、农民，而是领导干部及其家属。“官倒”指的就是这些人，他们的暴富让普通市民感到愤怒，于是在1980年代涌现出了数次“社会保护运动”，最清晰的目标是反对腐败。

这个时期的社会环境开始变得宽松，为一些头脑活络、拥有更多社会关系的人打开了机会之门，一部分人游走在政府和社会的中间地带，寻找到了致富的机遇。这里面有很多是返城知青，他们的回归是一度被打乱的建国后才成型的社会阶层结构再组织的标志。当然，一些纯粹靠辛勤劳动起家的人也在这个环境下获得了回报。

1980年代的“社会保护运动”中也混杂着其他的要求，比如“官倒”所属的群体要求以更大的力度推进所谓的市场化改革，以便牟取更多的利益。那个时期，农民还沉浸在早期农村改革带来的收入增加的幸福感中，加上对城市经济变化的隔膜，没有发出自己的声音。

1992年之后，市场化改革开始在去除了杂音的环境下进行。市场化意味着“放权让利”，意味着将过去积累的公有资产货币化、资本化，在这个过程中，有相当一部分公有资产被以明晰产权为名义，以便宜的价格让渡给私人。国有企业、国有资源、国有土地成了制造暴富的源泉。

得到这些好处的，仍是与权力掌握者接近的人，即官员的亲属或子女。1992 年开始有一大批官员下海，他们运用在政府工作期间积累的人脉和对政策的把握而实现致富。也有一些人凭善于钻营，与官员进行利益往来而得到了机会，反过来，这样的商人也充当着一些官员的利益代理人，两个群体互相需要、互相利用。当然，任何时代都不能否认有主要靠守法经营、勤劳工作而致富的商人，但在权力市场化的大环境下，这部分人的数量是少的，想做到完全不依赖权力是极其困难的。

相当一部分知识分子在与官和商的联盟中起到了他们的作用。他们不能独立运用自己的文化资源赚钱，只能依附于官和商而获得自己的利益。他们的作用是为这样一种体制提供合法性的辩护，制造推进完全放任型市场化改革的“意识形态”，引导舆论。他们将“劳工神圣”的理念颠覆了，将企业家、资本描绘为发展和财富增长的真正源泉，使工农地位的下降被合理化了。他们开办各类的培训班，受邀为各级政府、各大企业讲课，成为官和商的老师和朋友；他们担任企业的独立董事，承担政府的课题，或者以其他的方式从企业获得收入，作为担任“吹鼓手”的报酬。

在这个过程中，官、学、商三个集团形成了顽固的同盟关系，牢固地掌控了社会的绝大部分资源，造就了一个“赢家通吃”的利益集团。相应地，农民的生活水平略有改善，相对贫困化的趋势明显；工人阶级则分化了，在大型国企工作的工人和下岗工人的处境不可同日而语。在两个群体之外，还生产出一个庞大的农民工群体，他们的未来最具有不确定性。

阶层分化到了一定的地步，流动性就被压抑了，固化的态势开始抬头。事实上，“赢家通吃”的格局在十多年前便基本确立了。一个例证是，今天我们所知的富豪都已经在那段时间里崛起。进入新世纪以来，已经难以想象再有新的草莽英雄横空出世了。

这并非说利益格局的调整已经结束，细微的重新分配和布局仍在进行，但大体上不再有剧烈的震荡。也就是说，围绕国有企业、资源、地产、金融等重点领域建立起来的，由体制内贪腐势力保护并与外资有着千丝万缕关联的“特殊利益集团”形成并站稳了脚跟，其他利益群体不过是这片大树底下的花花草草。

前段时间曝出有多个身份证的“房姐”龚爱爱事件，清晰地表明了这些势力之间的联系：原始积累来自对国有资源的掠夺，利用体制内负面力量的庇护获得多个身份，利用金融工具的放大作用大量投机于房地产，而其购房的地产公司又是外资的。

利益格局的固定化体现在各个领域、各个行业、各个层次，即不但从全国范围内看是如此，就一市县、一乡镇而言，也是如此。

这种阶层结构的形成和固化花去了一代人的时间，如今这种格局已经开始了自身的再生产。这便产生了“富二代”、“官二代”、“学二代”、“穷二代”等各种“二代”。“富二代”不仅指富商的子女，也包括高级官员以及富裕地区一般官员的子女，因为他们也可以享受得起奢侈的物质生活。这个群体一部分在海外生活，一部分留在国内，其父辈的暴富在相当程度上是“野蛮生长”的结果，他们中的许多人也沿袭了父辈的粗鄙之风，其形象一般与豪车、名品以及骄横的行为联系在一起，最容易引发社会的反感情绪。

“官二代”一般指普通国家公职人员的子女，物质生活不算大富大贵，但衣食无忧。这个阶层中的许多人没有高的追求，父辈不期望子女有大发展，只望在自己有限的能力范围内为子女谋一个安稳的差事。于是，便出现了“吃空饷”、“萝卜招聘”等现象。带有封建性的中国特色的阶层再生产在这里体现得最为明显，所谓的“精英人群”并不是以将下一代培育为广义的“精英”为目标，而是满足于“子承父业”，给孩子安排个吃财政饭的工作足矣。

富是富的原因，穷则成了穷的原因。占人口绝大多数的弱势群体的下一代许多成为了徘徊在城乡之间、无所归依的人，他们已经不会种地，土地也正在被侵占，在城市里也无法扎根，底层的工作根本无法保障他们基本的生存需求，婚恋这种简单的需求也成了奢望。他们很可能成为未来的流民。

这种阶层结构是危险的，是一个可能被引爆的火药桶。过去十年某些细微的政策调整已经难以扭转形势，反而被利益集团裹挟了。

在未来，潜在的社会矛盾和冲突能否得到化解，仍然取决于是否会出现一种新的平等取向的政治形态，进行一场真正的有力度的改革，彻底破除“特殊利益集团”对社会的绑架。这并不需要援引革命的伦理，法治就足够了，因为“特殊利益集团”便是在践踏法律、违反了基本的宪法原则的条件下生长起来的。

（2013 年）

政府十年

总理的记者见面会是每年“两会”的“压轴大戏”。中国领导人直接面对记者的机会不多，这次记者会就成了外界直接了解中国政府施政目标和重点的难得机会。在 2013 年的总理见面会上，我们迎来了一张新的面孔，这是李克强第一次以国务院总理的身份出席。面孔的改变传递的是最直接的信号：中央政府换届了，未来五到十年将在施政方面有新的气象。

未来怎么走，取决于来时路。李克强在回答记者提问时，充分肯定了前一届政府的工作，对前总理温家宝和其他“已经离任的同事们”打下的基础表示了感谢。过去的十年，已经画上了一个句号，虽然还远不到对这十年进行评价的时候，但简要的回顾或有助于对未来政府工作的走向做出判断。

十年前的 3 月，温家宝第一次以国务院总理的身份走到台前。在第一次会见记者时，温家宝以“苟利国家生死以，岂因祸福避趋之”的诗句来表明他的工作态度。

那时，严峻的考验已经在等待着意气风发的温家宝了。2003年2月，SARS疫情已经在南方出现，并在“两会”召开期间悄悄蔓延，一路向北。经历过那段时间的人，都会记得那种紧张而神秘的气氛，大家都知道出现了一种怪病，却不能从权威渠道了解到真相。直到4月，当时的卫生部部长张文康还轻松地告诉公众：疫情已经得到控制，在中国生活和旅游是安全的。但人们有理由不相信，口罩和板蓝根被抢购一空。

到了4月20日，中央免去了时任卫生部部长张文康和北京市市长孟学农的党内职务，二人的行政职务随后也按程序被解除。对民间而言，这个消息是意外的。此后，官方渠道开始以更开放和及时的姿态发布疫情的相关消息，SARS终于不再是禁忌，整个社会也随之动了起来，掀起了一场针对SARS的人民战争。在上下同心协力之下，SARS终于在几个月后被战胜了。

2003年3月，还发生了一件大事：湖北青年孙志刚因为没有暂住证，在广州被当作“三无”人员收容，后被殴打致死。此事被媒体报道后掀起轩然大波，对孙志刚个人遭遇的同情很快转向了对收容遣送制度的不满。在强大的舆论压力下，造成悲剧的相关责任人被严惩，中央政府也迅速采取行动，于当年6月20日发布了《城市生活无着的流浪乞讨人员救助管理办法》，同时宣布废止了《城市流浪乞讨人员收容遣送办法》。有人给孙志刚拟了一则墓志铭，最后一句是“以生命为代价推动中国法治进程，值得纪念的人”。

对这两件事的应对极大地提升了中央政府的形象。2002 年末，胡锦涛重访西柏坡，重申要牢记毛主席进北京前提出的“两个务必”，并提出了“权为民所用、情为民所系、利为民所谋”的理念。执政党新理念的提出和中央政府在面对关系人民切身利益的重大问题时开明的反应，让人们普遍对新一届领导集体的执政理念和能力充满了期待。“胡温新政”这一说法出现了，并连续保持了多年的热度。

政府与社会的蜜月期才刚刚开始。2003 年 10 月，温家宝在重庆视察期间，遇到了一位名叫熊德明的农民，总理问她是否有什么困难，熊德明回答说，其丈夫打工期间的 2 000 多元工资一直被拖欠着。温家宝承诺为其追讨这笔拖欠的工资。当然，这个承诺很快就得到了兑现。

2004 年春节，温家宝是在河南度过的。大年三十的晚上，他走访看望了低保户和退休职工。陪同他的，正是时任河南省委书记的李克强。前一个除夕夜，准备接任总理的温家宝选择了下到辽宁阜新 720 米深的矿井下，与矿工一起吃饺子。这个习惯一直贯穿了温家宝任总理的十年间，他没有在家过过一个年，在合家团圆的日子里，中国老百姓都能从新闻中看到总理在基层与百姓过年的影像。这种工作作风为温家宝涂抹上了浓厚的亲民的色彩。这种作风还突出表现在 2008 年汶川大地震的救援过程中和 2011 年温州动车事故救援现场等。

在很大程度上，领导人个人的风格与组织行为密切相关。亲民，是温家宝的一贯作风，他领导下的两届政府的政策取向中的非常重要一面则是对民生的关注。2004 年一开年，中央一号文件把焦点对准了农村，强调了“三农”问题在国民经济中重中之重的位置，并提出了“三农”发展的新方针。温家宝在当年“两会”上做的第一个政府工作报告中，贯彻了一号文件的精神，提出五年内取消农业税费的目标。后来，这一目标提前于 2006 年实现了。

对数亿农民而言，农业税的取消以及农业补贴的发放是一个天赐的礼物。虽然也有“三农”专家认为，取消农村税费有连带的消极作用，即削弱了农村集体的财力和治权，使集体的力量进一步被瓦解，无力发挥任何积极的作用，但是广大农民很少会从这个方向看问题。他们可能对现实有其他的不满，可是提起这一政策，都是赞不绝口的，毕竟不用缴纳“皇粮国税”是千百年来从未有过的事情。

另外，从 2003 年开始，中央政府开始“逐步建立以大病统筹为主的新型农村合作医疗制度”，中央和地方两级安排财政资金补贴合作医疗，补贴力度逐年快速上升，标准从 2003 年的每人每年 20 元提高到 2012 年的 240 元。在最后一个政府工作报告里，温家宝骄傲地宣布，“全民基本医保体系初步形成，各项医疗保险参保超过 13 亿人”。

在城市，基本民生主要体现在几个方面：企业退休人员基本养老金的连年增长，从 2004 年人均每月 700 元提高到 2012 年的 1 721 元；最低工资水准持续提高；政府为配合《劳动合同法》而做的一系列保障劳动权益的努力；等等。

再以教育领域为例，2008 年全国范围实现了九年制义务教育完全免费，此外还建立了国家助学制度，实施了中等职业教育免学费政策等。到 2012 年，国家财政性教育支出终于在几经承诺后达到了占国内生产总值 4%的目标。

然而，政府在民生领域的一系列作为被其他方面状况的恶化冲淡了。2005 年前后，房价在全国范围内进入上升通道，至 2008 年达到第一个波峰。当时已经出现了关于房地产泡沫化的共识，在地产商主动收缩和政府的调控之下，房价开始理性回归。但为应对金融危机而投放的 4 万亿政府投资，再次吹大了泡沫，至今仍在重重调控之下膨胀。同时，教育和医疗领域的市场化也导致了上不起学、看不起病的问题。住房、教育和医疗于是被称为“新三座大山”，这“三座大山”很快就压倒了此前人们的热情。

这并非否定民生政策的功绩。从另一个侧面讲，如果不是政府在民生领域大手笔的投入，社会在市场化大潮的冲击下将面临更多的不稳定因素。

这种政策取向的内在动力是值得注意的。中国政治的逻辑不同于西方，自由主义的理论难以进行合理的解释。虽然近年来比例代表制的落实状况有起色，人大代表中来自工农的比重略有增加，但在各种政治力量的实际博弈中，并不存在具有足够的力量推动政府转向民生的政治进程。中国的政治显然又不同于传统的社会主义。对中国政治的解读，很多人倾向于使用威权主义来定位，这未必准确，也许可以借用“父爱主义”这一概念进行描述。

父爱主义的一面是善意的社会政策，在社会主义传统的惯性之下，政府主动将民生列为施政的重点之一；另一面则是对社会的管制，管制集中体现为维稳。“和谐社会”理念提出的社会基础是承认不和谐因素的存在，实现目标理应通过化解不利于和谐的因素，但维稳的取向占据了上风。

维稳工作的具体要求是“小事不出村，大事不出乡，矛盾不上交”，于是各地将解决上访问题当作头等大事来抓，解决不是化解问题的真解决，而是截访，遂演化出了地方政府与保安公司合作，在北京设立黑监狱关押越级上访人员的恶性案例。

在民生和维稳之外，政府工作的真正主旋律无疑是发展。“保八”连续多年是政府工作的第一目标，政府希望借由经济总量的增长，创造更多就业，缓和其他方面积攒的矛盾。国外舆论普遍认为，经济发展成了中国政府合法性的最重要来源。

就这一目标而言，政府是理性的，而且是成功的。到了上届政府的末期，中国的 GDP 总量超越日本，跃居世界第二，在对十年工作进行回顾与总结时，这是最重要的政绩。当然，发展的代价是巨大的，尤其是环境代价，在每个回顾的当口都可以看到，与增长有关的指标大都超额完成，唯有环保目标很少足额兑现。

发展的思维超越了政府工作的范围，渗入了社会的每个角落。这与世纪之初一批财经类媒体的兴起密切相关，在 2003 年 SARS 肆虐期间，这些媒体讨论的一个重要议题是疫情对经济的影响。无论是后来2008年的南方雪灾还是汶川大地震后的重建，都能被转化为与经济数据或股市上哪个板块的涨跌相联系的话题。经济发展的逻辑超越并吞噬了一切其他的逻辑，市场不再有禁区，想象不出还有什么不能货币化。

市场是这种发展模式最中心的意识形态。邓小平打破了对市场的禁忌，他说，计划和市场都是经济手段。但是，手段一步步地演化为了目的本身，推进市场化、引入竞争机制成了改革和发展的方向，以至于到了只要不搞市场化就不能算作改革有进展的地步。市场意识形态家们完全无视这样一个事实：过去十年间中国真正在世界上叫得响的成就都是在非市场化的机制下发展出来的，比如高铁、航天、军工等。成就不能用来否认这些领域存在的问题，比如刘志军腐败案影响极坏，但至少说明发展的核心问题不在于市场主导还是国家主导。这种简单而不容辩驳的道理在市场意识形态面前显得虚弱无力。铁道改革已经开始，理由仍是推进市场化改革。

根据市场主义的话语，市场与政府是相对的，推进市场是为了发挥市场配置资源的作用，用市场之手取代错装在政府身上的手。然而，市场化的现实推进过程恰恰是这一逻辑的反面。为了推进市场化，就需要在没有市场的地方创造市场，而这只能靠政府的强力推进才能完成。于是，政府介入就在政府退出的名义下大肆进行，最典型的是在住房、医疗、教育、公共服务等涉及国计民生的领域。这种市场化以让真正的市场主体（即资本）得利的同时推卸掉对人的责任为根本特征，恰是民生政策的对立面。

也许可以套用发展的话语来这样描述：市场主义的发展为民生政策创造了“市场”。

值得关注的是，这种市场主义是与全球资本主义的需求紧密联系在一起的。2008 年的国际金融危机爆发时，全社会已经就中国经济存在过度依赖投资拉动、过度依赖出口等弊端达成共识，外部危机正是一个下定决心转变发展方式的契机。但最后的选择是，美国政府拿出了 7 000 亿美元，中国政府也推出了 4 万亿的经济刺激计划。无论中西，这都是更加典型的以市场为名义的政府干预。“4 万亿”像一剂有副作用的猛药，一方面当然“有效地应对了金融危机的冲击”，使经济增长的势头得以延续，另一方面也使中国经济更深地卷入了“中美国”的建制，打乱了原本已经开始回归理性的房地产市场，加剧了通货膨胀。

市场主义深刻地塑造了一大批决策者的头脑，他们真诚地相信市场是最佳的资源配置方式，于是卖力地创设市场，却不明了这样的市场并非真的市场；他们也相信企业家才是财富的创造者，于是在资本和劳动者之间毫不犹豫地选择坐在资本的一边，不遗余力地招商引资，以出让土地、划拨资金、动用行政力量招工等方式扶植企业发展。需要说明的是，有必要在以权钱交易为纽带的官商勾结和这种在市场主义的思路指导下官商合作之间做出区分，这使得腐败问题复杂化了。

分税制的体制下，地方政府的财权被削弱了，尤其是基层政府的财权和事权之间存在明显的不匹配。在市场主义的发展思路所决定的政绩观之下，这种窘迫演化为“搞钱”的动力，于是

“政府公司化”的趋势愈演愈烈，政府脱离了凌驾于各种社会力量之上的规则制定者和仲裁者的角色，在某种程度上蜕变为具有独特利益的实体。

政府的收入很大一部分是靠炒卖土地得到的，政府既是房地产泡沫的直接利益相关方，又严重依赖房地产及其相关产业支撑发展目标的实现。住房又是基本民生之一，从父爱主义的民生取向出发，政府有责任通过建设保障房等手段控制房价。两种取向在这里发生了严重的冲突，于是房地产价格的走势就根本上取决于两个因素，一是政府在两个矛盾的目标之间的取舍，二是市场对政府的这一选择的判断。房价在多次调控的压力之下仍呈现上涨态势，表明了市场对政府不可能为民生而放弃利益追逐的坚定信念。“信心比黄金还要宝贵”的法则在这里体现得淋漓尽致。

新的时代总是要带着其脱胎而来的旧的时代的印记，新的十年要在过去十年的基础上展开。李克强在记者会上被问到施政方向的问题，他谈到的前两点分别是推动经济转型和通过收入分配改革改善民生。这两个方向都可以视为对前面十年基本政策取向的承继。在中国的政治体制和政府施政方式将保持延续性的前提下，这样的政策思路原本就在预期之中。同样可以预期的是，这两种政策取向的矛盾也将持续存在。

矛盾是否可以得到缓解或者化解，取决于李克强谈到的第三点能否得到切实的落实，即推动促进社会公正的改革，使“明规则”战胜“潜规则”。

促进社会公平正义也是过去十年政府鲜明主张的理念。从早期的“效率优先，兼顾公平”的指导原则，到十六大提出的“初次分配注重效率……再分配注重公平”，再到十七大提出的“初次分配和再分配都要处理好效率和公平的关系”，社会公正在政府施政的指导原则中占据着越来越重要的位置。但是，如上文所述，由于市场主义的发展取向在现实博弈中取得的压倒性优势，公平正义没有得到很好的落实。

2013年初，统计部门终于发布了过去十年的基尼系数，但这一反映贫富差距的指标显然没有得到足够的认同，人们普遍认为这又是一个掺了水的统计数据，0.491的最高值（0.4～0.5之间表示收入差距较大）根本不能真实反映贫富差距的现状。收入不公、机会不均等、特权和腐败横行导致了社会心理层面的断裂和对立，典型地体现在相当一部分人在“杨佳案”和“邓玉娇案”发生后的反应里；负面的现实催生了普遍的疏离情绪，富人忙着移民逃离，普通人则对社会漠不关心，2009年初央视配楼大火引来的不是对公有财产损失的惋惜，而是消费式的围观。此类事例不胜枚举。

未来的五年到十年，政府是否能够如愿破题，通过推进社会公正解决问题？还是在已有的运行逻辑下持续运转，通过加重维稳的力度来维持表面的和谐？问题可以转换成：破题的动力从何处来？

动力仍然要从中国特定的政治结构中寻找。中国政治的特点是党政之间的紧密关系，理论上，执政党通过群众路线吸纳民意，形成路线方针，然后通过对国家机器的掌控将党的路线转化为政府的政策。但是，在去政治化的大潮中，执政党的政治潜能有所衰落，蜕变为与国家机器同构的组织体系。虽然执政党认识到了这个问题，试图通过“保先”等活动重新激发党的活力，但这些运动的效果不明显，大半沦为了另一种形式的文牍主义。

习近平自从十七大担任政治局常委主管党务工作以来，曾多次强调加强党的先进性和纯洁性建设的极端紧迫性和重要性。在当选总书记后，他立即发出了“全党要警醒起来”的号召。这昭示着一种新的气象、一种新的政治形态。有待观察的是，以习近平为总书记的党中央会以何种形式重构党的政治活力，重建党与社会之间的有机联系，并在此基础上推进政府的转型——这是破题的现实希望所在。

（2013 年）

中国式阶层再生产

腐败有多种形式。被关注得较多的是收受贿赂或者贪污腐化，这种腐败比较容易识别，比如表现为抽高价烟、拥有多块名表、名下占有多套房产等，查处也相对简单。但还有一种腐败形式大规模地存在，却未能引起足够的重视，这便是利用职权之便或影响力，将“肥缺”留给家人及亲友。

这类消息其实并不鲜见。比如，某贪官被扳倒后，发现其一家人都在其控制的系统内任职；某地招考国家公职人员，被人发现所列出的录取条件恰是为某领导的孩子量身定做的。再比如，某地破格提拔年轻干部，被人质疑是因为有后台背景才得以上了快车道。如此等等，不一而足。引起关注的消息总是冰山一角，此类状况在现实中是极其普遍的，这是每个中国人都可以根据日常的生活经验了解到的。

其中无疑有腐败的成分，但细究起来桩桩件件仿佛又都天衣无缝，因为这种事做到符合程序正义的标准并不难。人们对此愤愤不平，却又无从追究，故而每当这种消息出现，众人在围观一阵发几句牢骚之后，也就悻悻地散去了。

农民的孩子会种田，商人的孩子会打算盘，知识分子家庭出身的孩子比同龄人读书多，这是人之常情。用一句俗话说就是：龙生龙，凤生凤，老鼠的儿子会打洞。用文绉绉些的词汇表达，叫作社会阶层的再生产。阶层再生产的意思是精英阶层可以利用掌握的资源，将自己的阶层优势传递给下一代，相应地，非精英阶层的后代想向上流动很困难，大多最终停留在父辈的层面上。美国前总统小布什的老爸是老布什前总统，新加坡总理李显龙的父亲是李光耀前总理，日本前首相麻生太郎的老丈人是铃木善幸前首相，而富商的儿子也是富商的状况就更常见了。这都是阶层再生产的活生生的例子。

需要注意的是，“阶层”是一个横行的、全局性的概念，精英可以是掌握经济资本、社会资本、文化资本等任意其一的人，精英阶层的再生产就是把下一代培育成为该阶层的一员，并不指向特定的发展方向。子承父业的情况虽不鲜见，但下一代寻求与父辈不同的发展路径也是常有的，比如巴菲特的儿子就当了音乐家，张五常也出身富贾之家，却成了知名的学者。

然而，前面谈到的情况与此有所不同。那些掌握了权力的人，大多并没有把下一代培养为精英的野心，也没有创造一个精英阶层的眼光，而只是盯着自己说了算的或大或小的一亩三分地，将其视为自己的“封地”，想让后代继承，或者等而下之，在自己的“封地”里为后代谋一个铁饭碗而已。如果说当代中国的确残留有“封建的余毒”，那么这种中国式的阶层再生产便是。

精英阶层的再生产虽然妨碍了起点平等，但没有彻底切断社会流动的通道，其机制更类似科举制度——虽然富家子弟有更好的读书条件，但杰出的寒门之后也保有跨越龙门的机会。奥巴马便是典型的例子。

中国式阶层再生产的情况则更糟，一方面是大学生源来自底层的比例越来越低，另一方面是来自底层的大学生在毕业后又要面对优质工作机会早就被预订的局面，面临毕业即失业的结局或成为“蚁族”的一员。如果任由这一状况进一步蔓延和固化，中国社会肌体中的每一根毛细血管都会被阻塞，社会的流动性将受到致命的伤害。这不仅会伤害公平正义和机会均等的价值，而且终将把社会推向紧张和对立的边缘。

（2012 年）

“一国”是“两制”的基础

“一国两制”无疑是一个伟大的政治构想和具有独特性的政治实践，因为在占主流地位的西方政治理论中，“一国两制”是难以得到合理解释的。以香港与内地的关系为例。中国实行的是单一制的政治制度，那么根据西方政治理论：香港要么以均质化的姿态作为主权国家的中国的一部分，实行与其他地区同样的政治社会制度；要么是中国的属地——如同香港回归前与英国的关系一样，那时的港英政府不是香港人利益的代表，而是英国政府的代表，香港人不是宗主国英国的公民，而是臣民。

“一国两制”渗透着中国古典政治智慧，只有在中国古典政治和现代政治的双重视野下，这一制度设计的内涵及其蕴藏的潜能才能被充分地理解。

边疆问题是历代王朝都要面对的课题，中国传统的政治智慧在解决边疆问题上表现得尤为明显。王朝在核心地区实行以均质化治理为特征的郡县制，对边疆地区则尊重特定的文化习俗，采取多元化的治理方式。明清两代的“天下体系”更为复杂，最外一层是通过朝贡关系建立的联系，如琉球；其次是宗主国与属地的关系，如朝鲜和越南；进而是边疆地区，如新疆、西藏；然后才是核心地区。可以说，“一国多制”是中国政治传统的内在组成部分。

“一国两制”承继了边疆治理的思路。在新中国的历史上，该制度其实在民主改革之前的西藏就短暂地实践过，根据 1951 年的《中央人民政府和西藏地方政府关于和平解放西藏办法的协议》，中央政府暂时接受西藏政教合一的政权形式和农奴制的存在，但这只是个权宜之计，民主改革是不可避免的，西藏农奴主贵族的武装叛乱和达赖的出走不过加速了改革的到来而已。道理是简单的，接纳了现代政治文明的中国虽然可以参照传统的智慧，却不能容许前现代的政治实践长期存在，现代国家需要在疆域内制造平等的公民。

现代国家也需要比传统王朝更强的动员能力和公民对国家更强的认同感。人民主权是现代国家的合法性基础，人民是一个个从特定的种族、家族、地域等身份局限中挣脱出来的公民的聚合体。公民之间共享一种抽象的政治性身份认同，就中国而言，这种认同就表现为大家都认为“我是中国人”，认同爱国主义的理念。

正如邓小平在 1984 年接见香港人士时所说的：“爱国者的标准是，尊重自己民族，诚心诚意拥护祖国恢复行使对香港的主权，不损害香港的繁荣和稳定。只要具备这些条件，不管他们相信资本主义，还是相信封建主义，甚至相信奴隶主义，都是爱国者。我们不要求他们都赞成中国的社会主义制度，只要求他们爱祖国，爱香港。”

“我是中国人”的理念不是凭空来的，中国认同依赖于一套对中华民族的历史和文化进行整体叙述的国民教育体系。印度裔美国学者霍米·巴巴就认为，nation（民族）某种程度上等同于narration（叙述）。事实上，施行统一的国民教育在任何一个国家都是常态性举措，是国家文化主权的要求和体现。在这个意义上，如果对国民教育的方式和内容有意见和建议，是完全正当的，但某些香港人在殖民心态的支配下全盘否定和抵制国民教育，并将其贬斥为“洗脑”，是毫无道理的。他们应该明白，如果没有最基础的中国认同感，国家的存在就成问题了，没有“一个国家”，“两种制度”又何以依附呢？

当然，我们也需要看到问题的另一方面：围绕国民教育引发的纷争表明了当下中国文化向心力的匮乏。实行差异性政治制度的古代王朝是按照文明程度的高低来划分内外次序的，中心地区代表了文明等级的最高点，向外依次递减。中心对边缘的控制是通过高等文化的吸引和边缘地区归附的愿望来实现的，所谓“万国来朝”靠的不是武力的征服，而是文明的感召。

反观“一国两制”，其本义是资本主义制度和社会主义制度在一个国家内并存，但在筹备回归的阶段，香港和内地在社会制度方面的差异就已经模糊了，随之而来的是中心与边缘的认同模糊：既然都以经济建设为中心，香港到底是内地的学生，还是先生呢？答案仿佛是显而易见的，于是昔日内地在香港建立的文化领导权日趋淡化，直至消散于无。如今，内地以各种优惠政策支持着香港的繁荣和稳定，却在文化上无力撼动殖民主义的残留物，这不能不让人深思。

与此同时，社会制度差异的淡化凸显了“一国两制”名义下的身份上的差异。香港人在法理上是中国公民，却不需承担公民义务，如服兵役，也不享有完整的公民权利，如出任国家公务员，香港学生在内地被当作留学生对待。身份差异恰是隔阂和对立的来源，内地人和香港人都在以挑剔的眼光打量着对方。

大国崛起、中华民族伟大复兴的宏伟理念都不是仅靠经济发展就可以转化为现实的，大国需要与大国地位相匹配的文化。这是个尽人皆知的道理，国民教育引发的争议只不过再次提醒了我们这一问题的紧迫性。

（2012 年）

我们如何叙述中华民族

伴随着崛起、复兴等政治经济话语的萌兴和确立，在文化上向传统价值回归的势头也愈发兴盛了。比如汉服热、国学热和儒家宪政主义思想的抬头，比如各类以官方的或民间的名义举办的祭黄帝和祭孔仪式，再比如一些社会活动家和民意代表大力推动将孔子诞辰日定为教师节、把孟子诞辰日定为中国的母亲节（取“孟母三迁”之意）以替代西方的母亲节，等等。

这些举动的目的大抵是寻找可以将全民族凝聚起来的价值纽带，出发点不可谓不好，但是其中强烈的汉民族中心主义色彩很可能妨害目的的实现，甚至产生反作用。因为中国目前面临的挑战便包括民族问题和与民族隔阂有着千丝万缕联系的边疆分离主义倾向。

鉴于此，我们需要一种更具统合作用的政治文化和民族叙事。

中国是一个统一的多民族国家，五十六个民族五十六枝花，共同构成中华民族。何谓民族？根据民族主义理论，民族是由地域、文化、语言、宗教等因素共同决定的人类共同体。何谓中华民族？费孝通先生的概括是这个概念的经典表达：“中华民族作为一个自觉的民族实体，是近百年来中国和西方列强对抗中出现的，但作为一个自在的民族实体则是几千年的历史过程所形成的。”

数千年中，在中国的疆域内生活着不同的民族单位，各自产生了独特的文化和语言，信仰不同的宗教。这些民族处于持续的交往中，“经过接触、混杂、联结和融合”，“形成一个你来我去、我来你去，我中有你、你中有我，而又各具个性的多元统一体”。从政治上看，王朝的版图历经变化，中央王朝通过贸易、和亲、缔约、战争等方式，逐步将边疆纳入中央政府的管理之下。到了清朝，中国呈现的是一个多民族帝国的姿态，但并未形成统一的民族认同。

中华民族的概念是20世纪初才出现的，是中国应对西方列强的侵略和主动学习西方民族主义知识的产物。正是列强的欺压，使得中国疆域内的各民族感受到了共同利益的存在和团结起来争取民族独立和解放的迫切需要。正如清朝末年一位满族知识分子所说，“国兴则同受其福，国亡则俱蒙其祸”，中国各民族“利害相共，祸福相依，断无利于此而害于彼之理”。

因此，与西方民族主义思想首先将民族视为一个文化实体的思路不同，中华民族一开始便是作为一个政治的和历史的概念提出来的。朝鲜、日本、越南等都属于所谓的“儒家文化圈”或“汉字文化圈”，而在新疆和西藏占主导地位的分别为伊斯兰文化和佛教文化，但是后者而不是前者被纳入中华民族的范畴，原因正在于此。

从理论到实践，还有很长的路要走。中国建立现代民族国家的任务直到 1949 年才完成，对于一个个普通的中国人而言，作为中华民族一分子的意识也是建国后才真正逐步确立起来的。这个过程仍然是政治的：通过土地改革、废除封建人身依附关系等平等政治的实践，各族人民才切实地体会到融入作为政治共同体的中国的感觉；也只有在这样的历史背景下，才会有“翻身农奴把歌唱”，才有可能出现库尔班大叔执意要骑着毛驴上北京的感人故事。

我们可以将费孝通先生的论述向前推进一步：作为一个自觉实体的中华民族是在中国近现代的革命历史中产生的。这里的革命是双重的，既包括以民族独立为目标的民主主义革命，也包括以实现平等为目标的社会主义革命。反过来说，离开了中国革命的历史，中华民族就无法被叙述，甚至这个概念本身都不能成立了。

中华民族的理论构建是超越了民族主义理论的，中国的民族问题也是民族主义的知识所无法解释的。但近几十年来，历史虚无主义盛行，绝大多数知识分子采取了极端的去政治化的立场重构历史记忆，将中国革命污名化。国家出于融入资本主义世界体系的需要以及其他目标，在某些情况下无意间容忍甚至迎合了这一立场。于是，中华民族的叙述不可避免地陷入了危机，给了“一个民族，一个国家”之类的民族主义以可乘之机，成了分离主义势力援引的最重要的理论资源。而官方由于主动解除了理论武装，导致了在面对问题时缺乏自信，只能回到苍白的维稳逻辑上去。一些希望维护民族团结和国家统一的人也采取了去政治化的立场，一提到民族和传统，就离不开孔孟之道，表现出对历史的认识和对未来的想象都极度匮乏。

突破这一危机的途径并不难寻，那便是诚实地面对历史，珍视中华民族在漫长的中国革命历程中确立起来的主体性，反对历史虚无主义，反对一切美化侵略和压迫以及丑化革命和抗争的伪历史叙述，以此确立中华民族叙述的根基。非此，中华民族的概念便无以立足，遑论民族的崛起或复兴了。

（2013 年）

正确看待歧视与隔阂

“你是哪里人?”在人际交往中，这个问题出现的频率是很高的，这反映了地域认同感的存在。地域认同感包含着相辅相成的两面，一面是对家乡（人）的高度认同，另一面是对其他地域（以及那里的人）的贬抑，这造就了包裹在很多地方身上的正反两面的双重的神话。此类神话的受害者，以河南人为甚。

族群也是制造认同与歧视的基本单元。在以族群关系为表象的冲突时不时成为“事件”的大背景下，此类神话显得尤为敏感，比如大众话语中将街头的团伙式扒窃和暴力倾向与某个特定族群直接挂钩。

不同的地域和族群具有历史形成的独特性，每个人正是这种历史独特性的产物。在南疆城市阿克苏生活的一位人士曾给出这样的观察：就算你把一群山羊和一群绵羊强行圈在一起，结果还是山羊跟山羊在一块待着，绵羊跟绵羊在一块待着。无论喜欢与否，我们都得接受社会是由“山羊”和“绵羊”组成的。承认人与人的差异，就必须接受由差异而引起的歧视与隔阂的存在。

1957 年，为了让阿肯色州小石城的 9 名黑人学生进入白人学校上学，时任美国总统艾森豪威尔派出了陆军空降兵维持秩序，“小石城事件”也成为美国种族关系历史上的一个里程碑。对此，汉娜·阿伦特曾写过《关于“小石城事件”的反思》一文。就具体的分析和建议而言，此文已经过时了，但文中对歧视问题所做的理论区分仍具有现实意义。

阿伦特区分了政治、社会和私人这三个领域。她认为，真正的平等只能在政治领域中实现，也只有在政治中，平等才应该成为目标。而在社会领域，差异恰是社会之所以存在的理由，人们根据不同的特质聚合在一起，同时构成对其他群体的歧视。美国人口构成复杂，不同人群聚合在一起的标准包括“职业”、“收入”、“种族来源”等；欧洲国家的人口构成相对单一，但同样存在依据“阶级来源”、“教育”、“仪度”等标准的聚合。

如果彻底取消歧视，也就是要消灭人的差异，那么自由结社就不复存在，社会也就不存在了。阿伦特甚至提出，正如平等是不可让渡的政治权利，歧视也是一项不可分割的社会权利。于是，实际且正当的目标不是完全消除歧视，而是把歧视控制在社会领域。

在族群关系方面，如今的美国与阿伦特发布这些论述的时代已经有天壤之别，种族歧视成了绝对的政治上的不正确，任何白人都竭力避免沾染种族歧视的色彩。美国还对黑人等弱势群体采取了诸多的补充性措施，在教育、就业等方面予以照顾，以至于“反向歧视”成为新的议题，一些黑人精英开始表达对此类行为的反对，认为这些措施是建立在黑人矮人一等的假设之上的。

中国人口构成上的复杂性与美国相似，故而我们可以参考阿伦特的理论对中国的相关问题进行一些反思。

首先，中国的地域歧视是一个纯粹的社会领域内的问题，事实上也不像公共讨论中所呈现出的那样严重。比如，对河南人的“歧视”并不构成真正的歧视。有两个标准可以用来衡量：一是河南人纯粹地因为地域原因而遭遇不公正待遇的案例几乎不存在；二是在现实生活中我们可以自如地与河南人谈论所谓的歧视问题，交流跟河南人有关的段子，很少会有河南人将此视为冒犯。但在美国，白人绝不会当着黑人的面使用 nigger（注：对黑人的蔑称）一类的词语。所以，若干年前河南官方开展的“为河南人正名”的行动，是注定没有收效的，事实上也毫无必要。

其次，族群间的歧视包括但不限于社会层面。中国也施行一些针对少数族群的优惠措施，包括教育、某些特定岗位的工作机会以及在生育方面的差异性规定。有一些措施是由法律形式加以确认的，可以认定为政治权利方面的差别，但这不是对少数族群的歧视，更接近于“反向歧视”。需要指出的是，在美国的历史语境中，种族问题和阶级问题曾是重合的，美国对黑人的政策优惠是出于对殖民主义历史罪恶的补偿，这与中国的情况很不相同，少数族群的人民历史上也遭受过苦难，但这个苦难主要不是作为多数族群的汉族施加的，而是源于少数族群内部的阶级问题。

在毛泽东时代，阶级政治压倒了族群隔阂，族群之间的关系以互助友爱为总基调，而且那时候也不存在计划生育导致的生育权利差异问题。可是随着情势的变化，权利差异凸显出来，加上固有的社会层面的歧视与隔阂，导致了少数族群和多数族群两方面的不满。这里也需要改革，改革的目标无疑应当是政治权利的拉平，将扶持性的措施控制在社会领域。

此外，还应该注意的是，族群间的歧视与隔阂虽然现实存在，但远不至于导致暴烈的对抗。此类“事件”的动因不能从内部寻找，而应该将其视为一个国际政治或外交层面的问题，并循着这个方向加以解决。

（2013 年）

从《疯狂的石头》谈社会回报

有些选秀类节目还是挺好看的。在欣赏歌唱水平之余，我比较注意参赛者在台上的其他表现，比如他们如何阐释自己的"梦想"。选手在晋级路上面临淘汰的时候，往往也是感情最饱满的时候，很多人会含着泪深情地说，自己是如何热爱音乐、热爱舞台，多么想有更多的机会唱歌给大家听；或者说，能有机会站上这么大的舞台，已经感到很满足了。

我相信这样的话是真诚的。每个人都有不同的爱好和特长，但天赋有差异，自我驱动的强度也有不同，对那些执着于一项事业的人来说，有机会实现自己的理想是人生中极重要的事情。

也有很多人梦想着有机会拍一部自己的电影，向人们讲述自己想讲的故事。成名前的导演宁浩得到了刘德华搞的"亚洲新星导演计划"的支持，拿着 300 万元投资去拍《疯狂的石头》。拍摄中碰到预算超支的问题，宁浩贴进了自己应得的报酬，坚持把这个原本不被看好的片子拍完。在坚持做下去的时候，宁浩想的大概不是鲜花和红毯，而应该是做完一件特别想做的事。毕竟，还有很多想当导演的人连拍的机会都没有呢。

但是，一旦这些有梦想的年轻人取得了成功，他们很可能就要换一套说话的方式了。他们会继续说希望更多的人喜欢他们的作品，可是同时会要求大家尊重版权、支持正版。版权得到完全的尊重与作品更广泛地传播是有矛盾的，这个道理一点儿都不难理解，那么对创作者而言，两者哪个更重要呢？

志趣和职业的结合，是人生的一大幸事。志趣不能当饭吃，还得靠职业谋生，问题是，为什么那些已经成功地摆脱了基本生活需求束缚的人不再那么在乎自我表达了呢？这是个人的愿望的真实反映吗？

不是的，这是资本的态度，它站在每个可以获利的职业背后，把个人的“梦想”纳入其中，为资本的增殖服务。可以说，资本把那些有梦想的人的自我表达愿望资本化。相应地，它创造了一套如何恰当回报个人努力的说辞，即要通过版权、专利来保护个人创造的积极性，要给有贡献的人足够的经济上的报偿，这是推动社会进步的必要的且最有力的手段。

然而，这不是事实。版权、专利直接服务于对市场的垄断，服务于超额利润，非把它说成个人努力工作的动机，那无疑是把人给缩小了。这样的说法完全无视马斯洛的需求理论，生理和安全上的需求只是低层次的，人还有更高层次的需求，那就是自我实现。

资本创造了一个“用头站立”的世界，这恐怕可以作为又一个例证：越是捞得盆满钵满的人，越是容易陷于低层次的人生需求无法自拔，反而是一部分穷人在坚守理想。

人的能力有大小，获得的回报也应该相应地有区别，否则就落入绝对平均主义的境地了。但是，让我们假设一个绝对平均主义的情形：有一个剧组，无论导演、主角还是群众演员，所有人只拿完全一样的报酬，那么这些岗位是否就具有同等的吸引力呢?

如果做个问卷调查的话，我毫不怀疑会有绝大多数人倾向于当导演、当主角，因为这样的岗位更能发挥个人的能力，带来更大的成就感。

社会给人的回报可以是多方面的，分工本身就是回报的形式之一。

（2013 年）

分工与社会分化

我们已经谈论过，分工是社会回报体系的一部分，那些身处高位的人没有理由以其所谓“对社会的贡献”作为向社会进一步索取的筹码。但是，历史和现实往往是与道理偏离的，我们得到的总是不完美的结果，“贤能统治”（meritocracy）虽有缺陷，在实践中已经可以称得上是“最不坏”的机制了。

自从有了人类社会，便有了分工。但恐怕只有在原始社会，分工才保持了其应有的含义，每个人都为群体的生存做出贡献，但并不以付出的多寡作为能否凌驾于他人之上的标准。在向所谓的“文明社会”转型过程中，分工的社会含义瓦解了，因分工而自然形成的权力关系被固化、被放大，分工转而成为阶级分化、贫富分化的根源。在恩格斯的《家庭、私有制和国家的起源》中，我们可以看到对这个历史进程的精彩勾画。

在前现代社会，身份决定一切，而且身份是凝固的，不可变更的，出身哪个阶级就长久地属于哪个阶级。阶级正是起源于分工，当从事强力行业的人群不但把由分工带来的利益变成私有财产，而且把职位本身也当成私有物，连同财产一起传给后代时，阶级便产生了，更确切地说，统治阶级便产生了。统治阶级的一个基本特征是不从事体力劳动，这部分工作是由被统治阶级负责的。后者是前者的创造物。

讨论分工导致的野蛮，最极端的例子当属南亚大陆的种姓制度。历史地看，从事政治、军事的集团分化为刹帝利；从事农业、牧业、手工业、商业等的平民集团演变为吠舍；婆罗门相当于知识分子，专事祭祀；首陀罗由奴隶和其他堕入底层的人组成，只能从事低等的体力劳动。各个种姓有严格的从业规定，高于或低于相应的标准就业都要受到惩罚。

在首陀罗之下，还有贱民，也就是不可接触者，他们被认为是灵魂上不洁的人。但人的灵魂真的天然有干净与肮脏的区别吗？当然没有。贱民其实是随着城市的兴起才出现的，城市需要有人从事清洁工作，这些人因为要接触污秽之物，才被认为是不洁的。我们从这里看到，人的灵魂干净与否，竟然可以取决于他干的工作，贱民的不洁正是高贵者“清洁”的代价。

这种阶级分化以及附带的分工法则在道德上的不正当性是显而易见的。现代社会改变了阶级再生产的方式，以“贤能统治”替代了直接的血亲继承，但附着在分工上的“封建性”仍然大规模存在，所以现代社会并不能消灭阶级。如果将未来的想象设定为一个更平等、更开放的社会，那么就需要继续推动社会分工回归其本真的含义。

可是未来的走向还有一个可能，那就是重归野蛮。在资本主义危机只会越来越重的情况下，这种可能性不能小视。不久前，一位著名的“学者”在做关于“宪政”的演讲时，深情地赞美了欧洲和日本的封建制度，将其美化为进步社会必需的历史基础。当然，他也不会忘了抨击一下中国的科举制度，因为它促进了社会阶层的流动。

如果向一个更高等的社会形态迈进的目标显得有点遥远，那么我们的当务之急恐怕是需要和这种向野蛮回归的倾向斗争。

（2013 年）

利他主义的自杀

加缪说，真正严肃的哲学问题只有一个，那就是自杀。

自杀需要多大的勇气，人在什么时候、因为什么才会决然放弃生命，是一个值得深思的问题。这里举两个自杀的事例。

2012 年 4 月 4 日，一位 77 岁的希腊老人在雅典的宪法广场饮弹自尽，他在遗书中说：原本我是可以靠自己缴纳了 35 年的退休金生活的，但政府摧毁了我所有的生计。我找不到其他有尊严的结束生命的方式，我不想到垃圾箱捡食物过活。有目击者说，这位老人在开枪前曾高喊："我不想把债务留给我的子女。"

在此轮经济危机之前，希腊的自杀率在欧洲是最低的。但近几年，希腊社会被绝望情绪笼罩，自杀率翻番。

另一个例子是，2011 年 8 月 8 日，沈阳铁西区一位年逾七旬的老人从七楼跳下，当场死亡。老人身患多重慢性病，自杀前病情加重。邻居证实，老人生前曾多次感叹，真不想再拖累儿女了。

这两个自杀的选择都与家庭有关：老人不愿意将负担留给子女，宁可选择自杀。此类案例在中国更多，还可以列举下去，但在西方社会出现多少有点让人意外。

按照社会学家涂尔干的分类，此类自杀可以归为“利他主义的自杀”，即为了他人的利益而结束自己的生命。利他主义自杀的社会心理基础是社会对某种集体主义价值的认可，个人在这种价值面前觉得自己无足轻重，所以会选择自杀来维护它。

对中国人而言，家庭无疑是至高无上的价值之一。传统中国人的观念是，个人价值要通过家族的延续来实现，人在完成了伦理的职责后，死亡并不是一件多么可怕的事情，所以文艺作品中常见老人安详地为自己准备棺椁的情节。在家庭面临困境时，老人为了子女而选择自尽，令人伤感，但理解起来并不困难。

但是，此类事件在现代西方社会出现，足以令人惊诧，说明西方社会可能出了大问题。如涂尔干所说，西方社会中很少出现利他主义的自杀，因为西方完成了“个人人格从集体人格中解放出来”的过程。在这样的社会中，“利己主义的自杀”更为常见——个人过于注重自身的价值实现，当社会解体（anomie）的情形使个人的价值诉求无法得到实现时，就会出现自杀的倾向。

西方社会为何呈现利他主义自杀抬头的趋向？恐怕除了国家的失职，难以找到更具有说服力的原因了。个人主义在西方能够压倒家庭伦理，是因为个人的自由与权利能够更充分地得到实现，而这离不开国家的保障。没有国家的支持，就不会有福利制度。

在经济危机面前，西方国家的选择是不惜一切代价维护资本累积不受影响，同时放弃保护公民权利的职责，压缩公共开支，削减退休金，这就瓦解了个人主义存在的社会基础，把个人推回传统价值的领域，也就是家庭。欧洲的老年人体会到了中国老年人的悲凉，于是有人就这样被逼走上绝路。

摧毁福利制度、保障资本增殖的情形是全球性的。中国近年来高企不下的自杀率也与国家的缺位紧密相关。我们可以负责任地假设，全球资本主义体制进入了一个新的阶段，国家的形态也发生了改变，在这样的情境下，个人的权利正在遭遇空前的挑战和威胁，普通人经过数代人的努力和争取而得到的权益正在被抽离。

这种社会体制演进的本质还有待分析，这是每个自由思考的人的责任。同时，我们的责任还包括与这样一种倾向进行斗争，为他人，也为自己。

（2012 年）

法律的社会基础

《劳动合同法》实施前，不少企业大规模辞退员工。比如，华为拿出十个亿来“买断”老员工的工龄，辞职后可以选择重新上岗；沃尔玛在深圳、上海等地大刀阔斧地解雇了一批；中央电视台也大规模清退临时工。

华为、沃尔玛等对裁员都各有各的解释，但大家不太相信，都认为它们是为了规避《劳动合同法》。根据该法的规定，自该法生效起，在连续签订了两个固定期限劳动合同之后，企业要与员工签订无固定期限合同。该法还规定，员工上班一个月内，企业要与之签订固定期限劳动合同，否则要支付双倍工资，如果超过一年还没有签合同，则视同已签订了无固定期限劳动合同。

从立法的初衷来看，《劳动合同法》是要保护劳动者权益的。那么 2008 年 1 月 1 日之后，普通劳动者就能在现实中享有法律规定的权益吗？在建筑业、服务业中工作的两亿多呼之即来、挥之即去的打工仔一夜之间就能与雇主签订劳动合同，并且享受相应的社会保险吗？显然不能。

多年来，建立健全法制的呼声响彻云霄，以至于创造了一种盲目的乐观，仿佛只要就某一个现实存在的问题立法了，问题就迎刃而解。事实并非如此，我们看到太多法律上有明文规定的权利，在现实中无从得到保障。前些年，在以制衣业闻名的温州，每到年末岁初就可以看到工人大规模地换地方打工。所为何故？在恶劣的工作条件下，工人有患白血病的危险，如果连续工作时间超过一年，依法老板就要负责任，于是到了年底就对工人强制辞退，然后再招一批进来，甚至对门的两家皮鞋厂互换工人。没错，那时候还没有《劳动合同法》，可是已经有了《劳动法》，《劳动法》对建立劳动卫生制度、减少职业危害是做了明确规定的。

法律并没有那么神。这就引出了一系列值得思考的问题：法律是什么？法律发挥作用的基础是什么？众所周知，美国的宪法最简明，也最稳定，在为数不多的修正案中有相邻两条是互相矛盾的，后一条的内容是宣布前一条作废，被作废的是 1919 年通过的“禁酒法案”。法律可以禁止人喝酒，却不能消除人对酒的需要，正规途径不生产和销售酒了，就生长出地下市场。一条法律把多半美国人变成了罪犯，该法只能被取消。这说明，法律需要社会基础。

换一个角度看，立法机关是各种政治力量角力的舞台，法律是政治的产物，是政治斗争在某一时间点达到均衡的凝固产品。苛刻的法学家干脆说，政治是法律的基础，法律是政治的晚礼服。能够真正落实到现实的法律，一定是法律所协调的利益相关各方在力量对抗上能够达到法律条文所界定的状态，否则法律仍旧是一纸空文。权利是争取来的，而不能只靠法律赋予。这是法律的政治基础。

《劳动合同法》旨在保护劳动者的权益，但该法得到执行的政治基础是不牢靠的。虽然《劳动合同法》在立法过程中收到的来自各界的意见很多，却没有劳动者自己的声音。中国人民大学的常凯教授被媒体称为“劳方代言人”，但他本人却不愿意戴这个帽子，他说要是一个知识分子成了“劳方代言人”，简直就太悲哀了，劳动者自己才有资格代表他们自己。

这么多年的发展得益于劳方与资方的极度不平衡的格局，劳动者在各个方面都屈从于资本。弱小的劳动者只有团结起来才能有跟资方讨价还价的力量，这才是确保劳资双方力量均衡，使劳动者权利得以实现的真正所在。政府要真心保护劳动者权利，就应该从这里入手，帮助工人团结起来，强大起来，取得跟资本博弈的实力。这样一来，即便没有《劳动合同法》，相应的权利也会实现。反之亦然。

《劳动合同法》有了，可有多少打工仔根本连听都没听说过？即便他们都懂法，又有多少人能“拿起法律的武器”保护自己呢？他们知道法院大门朝哪边开？他们哪里有钱交诉讼费、请律师？就算这些前提都不成为问题，全国又有多少不合法的情况存在呢？如果都告到法院去，多少法官才够用呢？

国家与其组织一帮知识分子编部法律出来保护劳动者，不如跟劳动者站到一起，或者赋予他们组织起来的权利，让他们自己保护自己。

（2007 年）

最大的法是天理人心

2006 年 11 月 20 日，南京的徐寿兰老人在公交车站摔倒，一个叫彭宇的年轻人过去将其扶起并送往医院，在其家属到来之后，还为徐垫付了 200 元的医药费。后来，徐及家人指彭宇将其撞倒，起诉至南京市鼓楼区人民法院，要求 13 万元赔偿。法院一审判决彭宇承担原告要求赔偿额的 40%。彭宇不服，提起上诉。2008 年 3 月，江苏省高级人民法院院长公丕祥对外透露，案件最终以和解告终，但具体情况保密。

这就是著名的“彭宇案”。这件事的真实情况到底是什么，成了一个谜，因为事情不大，真相显得也没那么重要。将被记入历史的是一审判决书。法院在没有确切证据的情况下推定：如果老太太不是彭宇撞倒的，彭宇应该去抓住撞人的人，而不是“好心相扶”；如果人不是彭宇撞倒，彭宇不会将人送往医院；如果人不是彭宇撞倒，他不会贸然借钱给素不相识的老太太，所以这

200 元应认定为赔偿款。

判决书大量使用了“依社会常理”、“依常理推断”等字样，但这个“常理”却寒气逼人，它假定人都是冷血的动物，正常的人不会无缘无故地向素不相识的人伸出援手，帮助人一定是因为做了亏心事。如此判决令人出离愤怒、无话可说，遭遇了从传统媒体到网络的围攻。而其负面社会效应也随即显露：2008 年 2 月 15 日，一位 92 岁的老太太摔倒在南京解放南路人行道上，过往行人无一理睬。市民魏永玲看到后，先是拉住 9 名路人证明老人摔倒与她无关，才敢打电话报警。

舆论的反弹影响了“彭宇案”的走向。此类在舆论的重压之下不得不改判的案件并不鲜见，比如“许霆案”，许霆利用银行 ATM 机故障，先后取款 171 笔，合 17.5 万元，被法院一审判处无期徒刑；比如“刘涌案”，沈阳黑社会头目刘涌一审被判处死刑，二审被辽宁省高院改判为死缓。

此类判决可以用人神共愤来形容，实在难以服人心。原建行行长王雪冰生活腐化，受贿 115.14 万元，仅获刑 12 年；而一个穷打工仔不过是贪图一时的小便宜，就被处以无期徒刑，凭什么？在众目睽睽之下，许霆二审改判为 5 年。而“刘涌案”更加荒谬，从犯被二审维持死刑判决，立即掉了脑袋，何以主犯保住了性命？最终是最高人民法院介入，恢复并执行了对刘涌的死刑判决。

建设法治社会的口号喊得震天响，就目标本身而言，无可非议。法治社会尊重舆论不得干预司法的原则，目的是维护司法的权威，但在当下的中国，这实在是做不到，也不该做到。倘若不是舆论的巨大压力抵制了这些荒唐的判决，社会的道德底线就被彻底击穿了。

一些法学家和法律工作者竭力将法律维护的正义限定在程序正义上，将“法”限定为成文法。这是片面而错误的。在讨论法治时，我们必须要明确，法不仅仅是白纸黑字的法律条文，法上有法，那就是道德，是自然法，是天理人心。陪审团制度实质就是将是否有罪的裁断权交给不具备法律专业知识的普通人，不懂法的人对有罪与否的判断，靠的是直觉、是良心，这就使司法判决与天理人心相一致而不是相违背，同时也就赋予了司法令人信服的权威。

只有符合道德的法、不违背天理人心的法才能服人，才能为全社会所接受。如果法律违背了天理人心却仍要以法的面目出现，并强制人民接受，这就是解体社会的恶法，会让“逼上梁山”的故事在21世纪重演。司法的权威也不是凭空来的，也不能靠国家暴力长久地维持，靠的是以理服人、以德服人，靠的是对天理人心的维护和完善。

看看某些丧失良知的法学家、法官和法律工作者，就知道我们离真正的法治还很远，其最大的障碍不是普通百姓，正是这些缺乏基本的道德良知的法律人。幸好还有舆论的压力，幸好还有网络这个民意汹涌的平台，可以校正刺痛了人的良心的判决。

天理人心是法律的根基，是最大的法。法不过是对道德的量化，它从来都活在人民的心中。任何反道德的法，都将被抛弃，即便用程序正义、人权这些鲜亮的包装裹得再严实，也将会被扫进历史的垃圾堆。

（2008 年）

知识的另一种可能性

知识的另一种可能性——我们为什么读书？

大家好，非常荣幸能来到武大。我有个习惯，到一个地方出差，会抽空去当地最好的大学转转，看看风景，看看妹子。武汉我来过几次了，但都没来武大，我之前不明白为什么会这么做，现在才明白，原来是为了今天和大家见面。

我今天要讲的是知识和知识分子这样一个话题，谈谈我们为什么读书，或者说读书为什么。我在我自己的微博以及其他社交媒体账号的签名档里都写了，要“做一个人民的知识分子”，这也的确是我的奋斗目标。有人可能觉得不理解：知识分子就是知识分子，怎么还人民的知识分子呢，你这话什么意思啊？

要讨论这个问题，就要回到源头。为什么要读书呢？为了学知识。为什么要学知识呢？因为知识可以改变命运，“书中自有黄金屋，书中自有颜如玉”。古人还说，万般皆下品，唯有读书高。这是经验的总结，读书学知识是出人头地、做人上人的基本条件。

知识何以有这般魔力呢？要理解这一点，我们还应该追问什么是知识。我从维基百科找了一个知识的定义：知识是对某人、某事物的知悉、熟稔或理解，可以包括事实、信息、描述、技能，它可以通过经验或者教育而获得；知识可以指对某一课题的理论或实践层面的理解。《新华字典》上关于知识的定义是：人们通过阶级斗争、生产斗争和科学实验的实践活动获得的对客观事物的认识。

从定义本身，看不出什么门道，所以要理解知识，还得追问定义背后的本质。有一句大家耳熟能详的话对理解知识的本质非常有帮助，就是英国哲学家培根说的，“知识就是力量”。我们从小都被灌输过很多名人名言，这是其中最常见的一句，作用大概是鼓励我们好好学习。培根这句名言最初是用拉丁文说的，拉丁文我不懂，我们就只讲这句话英文的版本，knowledge is power。把 knowledge is power 翻译成“知识就是力量”，对不对呢？这是值得讨论的问题，我认为翻译得不对。power 当然有力量的意思，但根据培根讲这句话的语境，power 在这里翻译为权力更恰当，即知识就是权力。

讨论知识和权力的关系，不得不提一部老电影——《武训传》。现在的同学们可能知道这部电影的不多，因为它太老了，1950 年就拍完的；其实，它很有名，因为被毛主席点名批判过。故事梗概用一句话就可以概括：武训家境贫寒，小时候想念书而不得，饱受没知识、没文化之苦，长大后立志帮助穷人的孩子读书，通过要饭等方式攒钱兴办义学。

电影中，有一些台词和情节特别有意思。武训小的时候，他母亲跟他说：念了书，才可以明白世上的事；念了书，才不会被人欺负；念了书，才会有好日子过。武训说也想念书，他母亲说：穷得没有饭吃，怎么会念得起书？然后，武训若有所思地说：哦，原来读书是要钱的。后来他攒了点钱，到学堂里面去报名，却被老师给撵出来了，说：书是你们要饭的念的吗？卖苦力的人就得由念书的人管。后来，武训的义学将要办成的时候，有个张举人出来反对，理由是：穷人都念书了，我们还管得了他们吗？天下还会是我们的吗？影片中有一段是武训做了噩梦，梦到他被打入十八层地狱，一个小鬼手里拿着一支硕大的毛笔在打人，一边打还一边骂：你们这些睁眼的瞎子，你们这些不识字的人就应该下地狱，等等。这段梦境是漫画化的表达方式，连同刚刚提到的一些对话，它们鲜明地提出了一个问题，就是读书和由此形成的一部分人对知识的垄断，与阶级分化以及人与人之间相互支配的权力关系，是密切相关的。《武训传》对知识本质的认识和揭示都是深刻的，它看到了“知识就是权力”。

有一首儿歌《读书郎》，也是家喻户晓的。一提起这首歌，大家首先想到的一定是“没有学问无脸见爹娘”那一段，但歌词的第二段才是最有意味的，“不是为做官，也不是为面子光，只为穷人要翻身呀，不受人欺负，为不做牛和羊”。这首歌的创作时间和《武训传》很接近，作者是左翼文艺工作者，所以歌词把学知识和穷人翻身得解放联系起来了。

为了更好地理解知识与权力的关系，我们再回来谈谈什么是权力。权力，power，有多重含义。第一层，最基础的理解，权力就是人支配人的能力，比如你的领导交代一个任务，你就得做，不管愿不愿意。第二层，是在政治生活中决定什么样的问题可以被提出来、被讨论的能力，在这个意义上，权力就是议程设定的能力。比如，近些年来的“两会”上总是有代表委员就转基因问题提交议案，但这个话题不会被提到会上讨论。所以，谁控制议程设定，是非常重要的。

以上两个层面都预设了两拨人的直接冲突，有权力的和没权力的直接分出个胜负。但往下深入一层，还有一种更有效和更不为人察觉的权力运行方式，就是控制人的意识，通过教育、大众传媒等来塑造人的头脑，把冲突扼杀在萌芽状态中。这有点接近于葛兰西（Antonio Gramsci）讲的霸权（hegemony）的概念。抽象地讲，我们是谁？我们是如何被规定的？其实，是知识和经验塑造了我们。人之所以为人，成为什么样的人，“硬件”是一方面，最重要的还是“软件”。所以，控制了教育就等于控制了人的头脑，教育体系意味着巨大的权力。我听一位哈佛毕业的经济学家讲过，每年新生入学的时候，哈佛经济系的教授都要打架的，抢着给大一学生讲基础课。美国有“民主党的经济学”和“共和党的经济学”，谁占领了大一学生一张白纸般的头脑，谁基本上就能影响他们的意识，这些学生都是精英，未来会走向非常重要的岗位，进而影响国家的未来。

以上这三个层次都把权力理解成了单向度的东西，其实还有第四种理解权力的方式。福柯认为权力是双向的、互动的，是自我生产的，它存在于一切话语里面，所有的话语、机制、实践都生产着权力关系。每个人不但是权力被动的接收方，也是权力关系的主动创造者。主动参与权力关系的创造不等同于为自己的利益而争取，也可能意味着固化自身的弱势地位，比如那些追星的粉丝。福柯有句话说："知识与权力相互渗透。没有任何一种权力关系是可以脱离某一相关联的知识领域的构建而独立存在的，也没有任何知识不同时预设和构建权力关系。"也就是说，权力无处不在。

以上几种理解方式由浅入深，帮助我们看清了权力的本质、是什么在支撑权力。权力当然也包括"我比你胳膊粗、力气大，比你 powerful，我就比你更有权力"这种浅层次的意思，但最重要的，权力格局是需要由知识体系来支撑的。权力未必是知识，但知识一定是权力。

我们再想想韦伯关于权力的合法性来源的三种分类：克里斯玛型、传统型和法理型。前两种通过个人魅力或继承获得合法性的政权方式，在慢慢地消亡。不久前，查韦斯同志去世了，卡斯特罗同志身体也不大好了，这样的人物越来越少，而且很难再产生。如今最重要的权力类型就成了最后一种，即法理型，这种权力类型就是用一种特定的知识来支撑的。任何一个国家，不管真民主、假民主，都要以自由、民主、法治的理念来自我标榜，否则就没法开口说话，这就是合法性来自一种特定知识的明证。

关于现代条件下政治权力与知识的关系，学者韩毓海有一个精辟的概括："现代政治区别于传统政治的基本特征，就在于其'文化形态'。换句话说，一切'现代'政治都不能不是'文化政治'，一切'现代'统治都不能不是文化统治，具体而言，现代政治合法性的来源，是由启蒙运动和法国革命、美国革命、俄国革命，特别是中国革命所追求和诉诸的文化价值体系奠定的，并以此区别于传统政治的合法性（血亲的、天授的、宗教的和武力的）。因此，现代政治斗争的关键方式就是争夺'文化领导权'。"

也就是说，统治阶级是一定要掌握文化领导权的，他们得控制教育体系，塑造人的意识。葛兰西当年提出的问题就是，按照马克思主义的基本原理，西方国家早就应该发生社会主义革命了，但为什么没有发生？所以他提出了文化霸权的概念，他提出的解释是国家统治 95％是靠认同，只有 5％才靠暴力。

反过来，让我们从被压迫者的角度思考知识与权力的问题。基于上述讨论，我们可以得出一个初步的结论：被压迫者翻身求解放，归根到底是要文化上的解放、思想上的解放、意识上的解放。要建立一个人人平等、没有剥削、没有压迫的社会，一定要有一种相适应的文化作为保障；在一个新的社会里，如果只是有了新的政治、新的经济，可是人们的头脑里仍然装着旧的理念，那么旧社会就是一定要复辟的。如果被压迫者推翻了旧的压迫者，但又成了新的压迫者，这就意味着他们没能在意识上获得真正的独立性，就跟历朝历代的农民起义一样，推翻了旧王朝，然后照着他们所痛恨的那些人的方式建立一个新王朝，最终又被别人推翻，就这样周而复始地循环。

当年毛主席从西柏坡进北京之前说，我们不要做李自成。我想这话有两层含义：一是不要学李自成的骄傲自满，丢失政权；二是要从旧的思维方式中跳脱出来，从历史周期律中跳脱出来，建立一个有新的文化的新社会。在《新民主主义论》中，毛主席说得很清楚："我们共产党人，多年以来，不但为中国的政治革命和经济革命而奋斗，而且为中国的文化革命而奋斗；一切这些的目的，在于建设一个中华民族的新社会和新国家。在这个新社会和新国家中，不但有新政治、新经济，而且有新文化。这就是说，我们不但要把一个政治上受压迫、经济上受剥削的中国，变为一个政治上自由和经济上繁荣的中国，而且要把一个被旧文化统治因而愚昧落后的中国，变为一个被新文化统治因而文明先进的中国。一句话，我们要建立一个新中国。建立中华民族的新文化，这就是我们在文化领域中的目的。"毛主席最早提出"枪杆子里面出政权"，但他老人家同样重视笔杆子。有一部电视剧叫《我的兄弟叫顺溜》，里面有个指导员，在教顺溜学文化的时候，他说，毛主席说了，笔杆子枪杆子，革命就靠这两杆子，你看，笔杆子还在前边。毛主席说的笔杆子问题，还不只像《读书郎》里面唱的那样，穷人要读书识字，还意味着打破旧的、维护旧社会的知识体系，创造适应新社会需要的、新的知识体系。

我们再回头谈谈《武训传》及相关问题。关于文艺，现在主流的说法是什么人性论，什么政治是政治、艺术是艺术之类的。这些话对不对呢？我认为不对。这么说的人，有一部分是蒙人的，另外一部分是被人蒙了的。真正的聪明人不会这么看问题的。北京电影学院的崔卫平说过，“政治是妥协的艺术，而艺术是不妥协的政治”，就这个判断本身，我是非常同意的。那些号称不讲政治的艺术，其实是最讲政治的，它是一种新的政治形态的表达，这种政治形态叫作“去政治化的政治”。在毛泽东时代，对文艺与政治的关系的看法是不一样的，明确要求文艺要为政治服务。这要归功于毛主席本人对知识和权力的关系的敏感，他号召文艺要为工农兵服务，让劳苦大众占领舞台的同时，把帝王将相才子佳人从台上赶下去；他还把文化领域作为继续革命的场域，认识到文化革命才是最终的真正的革命。这些都是了不起的、有开创性的见解。当时很多人是不理解毛主席在说什么的，对他关于旧的社会形态会复辟的警告恐怕也是听不下去的。

毛主席为什么要批评《武训传》呢？前面我们讲了，《武训传》揭示了“知识就是权力”的道理，也清楚地说明了穷人要想翻身，必须得掌握知识，这是它深刻的一面；但在解决问题方面，它指了一个错误的方向，也就是武训选择的要饭办义学。这种方法有可能改变个别穷孩子的命运，让他们得以上升为统治阶层的一员，但对整体上改变受压迫者的命运不但是无益的，而且是有害的——它在强化既有的阶级压迫制度。更不要说武训式的义学根本不可能产生基于受压迫者立场的知识了，义学办起来了，学校是新的，但教书先生从哪儿请呢？还不得请旧有的先生来讲旧的“劳心者治人，劳力者治于人”那一套嘛。

毛主席还特别注意到，影片为了突出武训要饭办义学的正确，不惜加了一条农民起义失败被砍头的情节进行对照。这条线索就有意思了，如果这个道理成立，那么共产党闹革命不就是毫无意义的吗？当时是革命刚刚胜利啊。

武训做的事，稀奇吗？好像也不稀奇，武训式的人物一向都有。几年前，天津的白芳礼老人入围中央电视台的“感动中国”人物候选人名单，他多年蹬三轮车挣钱资助贫困的大学生；后来又出来一个“最美洗脚妹”刘丽，也是靠打工收入助学，还当选了全国人大代表。他们不就是新时代的武训吗？

我们应该怎么看作为个人的武训？怎么看白芳礼老人、刘丽女士？得承认，他们确实是道德高尚的人。武训的局限是时代的局限，没有办法，他脑子里只能生长出那样的意识，他想不到革命。武训的道德水平要远高于一般水平，但他做的事情并没有电影《武训传》所展示的那么伟大。《武训传》是把要饭办义学解释为为人民服务的，还号召大家学习这种为人民当一头老黄牛的精神。我相信正是这部分惹火了毛主席，他看过电影之后就写对《武训传》的批评：“在许多作者看来，历史的发展不是以新事物代替旧事物，而是以种种努力去保持旧事物使它得免于死亡；不是以阶级斗争去推翻应当推翻的反动的封建统治者，而是像武训那样否定被压迫人民的阶级斗争，向反动的封建统治者投降。我们的作者们不去研究过去历史中压迫中国人民的敌人是些什么人，向这些敌人投降并为他们服务的人是否有值得称赞的地方。

我们的作者们也不去研究自从一八四〇年鸦片战争以来的一百多年中，中国发生了一些什么向着旧的社会经济形态及其上层建筑（政治、文化等等）作斗争的新的社会经济形态，新的阶级力量，新的人物和新的思想，而去决定什么东西是应当称赞或歌颂的，什么东西是不应当称赞或歌颂的，什么东西是应当反对的。”

我觉得在毛主席这个层次上批评《武训传》是对的，但后来有搞过头的地方，比如到山东武训的老家翻历史，非要把武训定性成“大流氓、大债主和大地主”，这有点过头了。该批判的不是武训，而是那些电影《武训传》的创作者和吹捧这部电影的所谓的理论家。

谈了半天知识，我们再简单地谈谈知识分子。什么是知识分子？广义地说，就是掌握了知识的人。按这个定义，会计也是知识分子，因为财务知识也是知识。狭义的知识分子是以知识的传播和生产为职业的人，比如大学老师。另一种狭义的知识分子定义是萨义德式的，把知识分子和社会良知挂钩。

谈到知识分子了，我们就再引入一种对于权力分类的方式：政治权力、经济权力和文化权力。但凡权力，就具有公共性，这个命题我想大家都是承认的吧。但是，当今世界，无论东方还是西方，普世的思维方式是，只关注政治性权力的公共性，却忽略了其他权力的这一面向。比如说你是个政府官员，掌握公权力，你不能把权力私有化，否则就叫贪污、渎职，要负法律责任，有国法党纪等着你。但掌握经济资源是不是一种权力呢？当然是。如果你在私营企业里工作几天，就明白老板的权力是怎么回事了，老板的权力关系到一个人乃至一个家庭的生计，这样的权力是很大的。但为什么没有人要求经济权力也要保持公共性？为什么用经济权力去积累更多的权力、用钱挣更多的钱是合理的？为什么这种权力的继承是合理的？为什么这个问题不可以提出来讨论？这并不是今天的主题，就一带而过。

接下来就到了文化权力。谁掌握了文化权力？是知识分子。我的问题是，知识分子的权力要不要保持公共性？这个问题浅白地说，就是我们为什么而读书？读书当然是为了学知识，但学了知识怎么使用，却是一个极端重要的问题。俗话说，书中自有颜如玉，书中自有黄金屋，学了知识，掌握了文化权力，就有钱有女人。在这里，看得到权力的公共性吗？没有。知识分子把文化权力给私有化了，或者说利用文化权力寻租，大家还认为这是天经地义的。当然，在我们的文化传统里也有另外一个支脉，所谓“为天地立心，为生民立命，为往圣继绝学，为万世开太平”，“先天下之忧而忧，后天下之乐而乐”等这样一种知识分子的情怀。但总体上来讲，很大一部分知识分子一直是统治集团的一部分，他们承担着为不平等的社会制度提供合理性解释的功能。

万般皆下品，唯有读书高。老百姓是尊重有知识、有文化的人的，有了纠纷也喜欢找有文化的人给评评理，这就是一种权力关系的建构。反过来问，知识分子对得起老百姓的这份尊重吗？某些知识分子特别讨厌，他们不但喜欢给自己说事，还喜欢顺便恶心别人。比如说波德莱尔，他那个时代很多知识分子得梅毒，原因嘛就不必列举了，知识分子的无聊就在于可以把他们自己的龌龊一面浪漫化：得梅毒的人多了，慢慢地梅毒就变成了一种风尚，什么得梅毒表示内心比较敏感之类的。波德莱尔有句名言，“我们每个人的血管里都有共和精神，就像我们每个人的骨头里都有梅毒——我们全都被民主化了，被梅毒化了”，他也不管别人有没有。中国有句老话，“仗义每从屠狗辈，负心多是读书人”，我们好好想想：这话对不对？好像挺对的。2013 年初，在上海发生一个事，一位农民工取了一万多块钱工资准备回家过年，结果散落在大街上了，好多人捡起来就跑，只有两个人捡到七百块钱给送回来了，这两个人都是扫大街的。那些拿了钱跑掉的平均知识水平一定要比这两个清洁工人高，这是可以推断的。知识水平和道德水平还真不成正比。我们这个民族的美德在什么样的人身上延续？真的主要不是知识分子，而主要是那些辛勤劳作的普通老百姓。所谓“礼失而求诸野”，就是这个意思吧。

当代知识分子有个特点，特别喜欢讲启蒙，喜欢启蒙别人，大概是因为启蒙是一个居高临下的概念。但什么叫作启蒙？要理解启蒙，建议大家读读鲁迅的《破恶声论》，这篇文章很难懂，可以对照汪晖老师的《声之善恶：何为启蒙?》一文，这是对《破恶声论》的解读。鲁迅也讲启蒙，他说当时的中国是一个“无声的中国”，不是说中国没有声音，而是乱七八糟，没有“真正的声音”，也就是没有发自内心的声音。怎么办呢？鲁迅说需要“一二士”站出来，发出“真的声音”来，是否来自“心声”、来自“内曜”，是鲁迅设定的判定声音真伪的标准。知识分子，要有“正信”，而那些随波逐流的，什么时髦讲什么的知识分子，鲁迅称他们的信仰是“敕定正信”，就是别人给他规定好的信仰，他们靠这个来混口饭吃，“掣维新之衣，以蔽其自私之体”。这样的人不配称作真的知识分子，鲁迅管他们叫“伪士”。他提出一个命题，“伪士当去，迷信可存，今日之急也”。宁要迷信，不要伪信，因为迷信是正信，来自“古之先民”内心追求形而上的需要。

以此为标准，大家想一想，那些我们所熟悉的知识分子哪些是“伪士”？多了去了。比如某个经济学家，号称是良知代言人的，非常推崇市场经济，右得很，可是他当年“左”得不得了，都不让他老婆坐沙发，因为沙发是资产阶级的，劳动人民得坐板凳。改革开放了，政策方向一调整，他立马又成了市场的吹鼓手。这种人就叫“伪士”，什么赚钱吆喝什么，他的信仰就是“敕定正信”。还是这个老先生，跟企业家打得火热，曾经有记者问过他，是不是资本家的代言人，他还很激动，说：你指出来我拿了谁的钱了吗？言下之意是，你没有我“拿人钱财与人消灾”的证据，就不能说我是资本家的代言人。其实，这个问题鲁迅也早就谈过了，就是在与梁实秋的辩论中谈到的逻辑：你一个经济学家，如果拿钱替资本家说话，这叫“资本家的走狗”；要是没拿钱还替资本家说话，这叫“丧家的资本家的走狗”！“不知道谁是它的主子，正是它遇见所有阔人都驯良的原因，也就是属于所有的资本家的证据”，道理清清楚楚，逻辑无懈可击。见到富人就摇尾巴，见到穷人就狂吠，你不是“丧家的资本家的走狗”又是什么呢？还有什么好讲的呢？

有些经济学家还喜欢挑战道德，赤裸裸地讲经济学是不讲道德的。前面我们谈了当代政治的合法性，合法性是怎么来的？它是建立在打动人心的基础上的，打动人心的关键就在于道德。我们为什么支持民主？不是因为民主有效率，而是因为民主是道德的。当然了，知识分子之所以是知识分子，就在于他不简单地反道德，而是能发明另外一套言辞来替代道德；对批判的声音，他说你是在搞道德绑架云云。其实，他们这样做的目的只有一个，就是掩盖其缺德的本质。所以我们不能跟着他们搞去道德化，反而要大讲特讲道德问题，把道德作为一个批判的维度重新树立起来。

某些知识分子一向在滥用他们的权力，那么，知识分子应该如何正确地运用他们手中的权力呢？我们可以结合新中国前 30 年的历史实践来简单谈谈这个问题。那个时代是很独特的，它以对知识分子不好而闻名，当然了，得罪了知识分子，那个时代的名声也就不会好，直到今天，某些知识分子还对那个时代进行着复仇，把它描述得一团黑暗。

前面说过了，新的社会需要新的文化，否则新社会的根基就不稳固。创建新的文化是不容易的，首先要求有新的知识分子，新形态的知识分子才能生产新的知识。每一种知识体系都预设和支撑一种权力结构，新知识分子的使命就是生产一种能够支撑一个平等社会的知识体系，即站在人民的立场上，站在那些被侮辱、被损害的老百姓的立场上，去建立一种有利于他们当家作主的文化，在文艺上就是把帝王将相从舞台上赶下去，让工农兵占据舞台的中央。这就是知识分子为人民服务的方式。

知识分子也是历史的产物，是吃着旧文化的奶水长大的，按照新社会的要求，知识分子也是要持续接受改造的，对知识分子的改造和对知识的改造同属一项历史工程。建国以后发生过多次针对知识分子的运动，比如让他们下乡去劳动，向贫下中农学习。这里不要有误解，不是说让知识分子真的去学怎么种地，社会是有分工的，种地是农民的事，知识分子是知识的生产者，让知识分子劳动是让他们体会劳动人民的艰辛，明白劳动人民多么不容易，把立场调整到人民群众一边。知识分子的改造主要是立场的改造。

那个时代还关注另一个问题，就是普通人要尽可能地跟知识和文化发生关系。当时有句口号是“人民群众要成为科学的主人”，目的是科学技术不要被一部分人垄断，然后把科技变成压迫他人的工具。如果这个努力真正成功了的话，人人都成了知识分子，知识分子作为一个特殊群体的界限就取消了，知识的权力属性也就可以被彻底遏制。在这个方向上取得的最显著成功是赤脚医生的出现。大家多多少少都有跟医生打交道的经历，没得过病也体检过吧，如果谈论知识和权力的关系还是觉得有点抽象的话，想想跟医生打交道的经历，道理立马就生动起来了。知识的权力属性在医生身上体现得最明显，因为他掌握身体的奥秘，这就构成了医生权力的根基。他让你怎么样你就得怎么样，他说

"脱"，你就得脱。医患关系不好处理，根源就在这里。赤脚医生的思路有什么开创性呢？大家应该看一部电影，名字叫《春苗》，1970 年代后期拍的，讲了这么个故事：在旧社会，村里有很多穷人，有地主恶霸，也有大夫，但大夫只为挣钱，没有钱就不给你看病；到了新社会，劳动人民要自己驾驭医术，春苗是村里的一个年轻漂亮的姑娘，经过一段时间的学习，掌握了基本的医疗技术，当了赤脚医生，给村里人看病。故事情节倒不复杂，但它讨论的作为知识的医术和人的关系特别重要。在一般的医生眼里，病人就是病人，或者还是生财之道，但是赤脚医生完全扭转了这个关系，因为他生活在共同体中，他面对的病人同时也是他的亲戚或者朋友，这样一来，医患关系的性质就完全不同了。这是非常值得思考的问题。

顺便说一下，大家注意一下电影里的春苗这个人物形象，跟《红灯记》里的李铁梅、《龙江颂》里的江水英一样，是特别阳光、向上的。这是那个时代文艺作品对基层群众形象塑造的一个共通点，尤其是底层女性的形象，非常的出彩。再看看现在的影视作品是怎么表现底层人的，就可以进一步加深理解，为什么文艺就是政治。在不同的人物塑造方式的背后，就是知识分子在以不同的方式运用权力。

以上我提出了两个问题，一个是知识，一个是知识分子。知识的属性，一句话，知识就是权力；权力具有公共性，知识分子就是掌握文化权力的人，所以对知识分子来说最关键的问题是怎样运用这种权力，也就是立场问题。

今天的世界，表面上歌舞升平，实际上暗流涌动、危机四伏。要改变这个时代，推进社会进步的话，还是得从改变思维方式入手。大卫·哈维就说，如果全世界的大学仍然继续教那些新自由主义的垃圾的话，那我们是没有什么希望的。各位放眼看看，大量屌丝满脑子都是高富帅的故事，被各种心灵鸡汤灌满了，如果这种状况一直持续着，这个社会是没有前途的。要改变现状，人人有责，尤其是青年学子们，应该从自己做起。

在座的各位都面临着选择，大家都是知识分子，都是有权力的人，你们将来要怎么用你们学到的知识、怎么行使权力，这是要想想的。你要选择什么样的立场，是人民的立场还是反人民的？未来大家可能从事各种各样的职业，会对社会产生影响，如果你学理科当了科学家，是像钱学森、李四光这样的老一辈那样做一个人民的科学家，还是当一个资本家利润增殖的工具？有人会考公务员，去做官，那你是要当一个贪官、昏官，还是当一个“敢与恶鬼争高下，不向霸王让寸分”的好官？有人会做法律工作，那么你的目标是通过形式主义的程序正义去追求实体正义，帮助每一个当事人感受到公平正义，还是像某些律师那样当个流氓、讼棍，又或者当个法官，吃了原告吃被告？也有人会当学者，成为最纯粹意义上的知识分子，那么你要当什么样的学者呢？是做个学霸学匪学痞学棍，做个“伪士”，还是做一个人民的知识分子？

我提出这些问题，希望大家能听得进去，好好琢磨一下，将来该做选择的时候做出自己的选择。

最后，我以一段马克思年轻时写的话作为演讲的结尾：

> 如果我们选择了最能为人类福利而劳动的职业，那么，重担就不能把我们压倒，因为这是为大家而献身；那时我们所感到的就不是可怜的、有限的、自私的乐趣，我们的幸福将属于千百万人，我们的事业将默默地、但是永恒发挥作用地存在下去，而面对我们的骨灰，高尚的人们将洒下热泪。

谢谢大家。

（本文是作者 2013 年 3 月在武汉大学的演讲稿，收入本书时，作者对原文进行了修改。）

钱学森与知识的另一种可能性

但凡一个人的离世能引起全社会的普遍回应，那么触发这种反应的就不再是这个人本身，而是与这个人相联系的一种现象。钱学森先生即是这样的一个例子。在网络上（在某种意义上代表了真正的民间）涌现的对钱先生的人品学问、音容笑貌的追思中，有几人真切地感受过他的人格，有几人能理解他毕生研究的力学理论？那么大家在追忆、在感念的是什么呢？我认为，是与30多年来主流表述所不同的对知识与政治的关系和知识分子与人民的关系的另一种阐发。

很多人说起钱学森，首先想到的是他于1950年代中冲破重重阻力、放弃在美国优越的工作和生活条件毅然回国。当然，这种举动在今天看来是稀缺的，是逆潮流的，因其少见所以珍贵。30多年来，我们见惯了的是，某些知识分子先是一窝蜂地往国外跑，寻求“更好的发展”；随着中国作为一个经济体越来越壮大，国内赚钱的机会越来越好，那些跑出去了的又调过头来一窝蜂地往回跑。跑来跑去，无非是为了摸钱，而曾几何时摸钱已经被等同于“发展”了。

对钱学森在半个多世纪前的这个选择，一般的理解是因为他爱国。没错，对这片土地的感情是支持钱先生辗转归来的重要原因。但我们也应该看到，钱先生的爱国举动也使他得到了“更好的发展”机会，即他成为“两弹一星”事业的带头人，成为“中国航天之父”（他本人反对这种说法）。虽然回国前他在学术上已经达到了很高的水准，但继续留在美国，他是无从获得那么大的施展舞台的，终老不过是众多科学家中的一个而已。道理很简单，美国政府不会让一个中国人去负责一项涉及国运兴衰的浩大工程。

有一句话流传广泛，即“科学没有国界”，但科学家是活生生的人，有国籍，有民族认同。生在一个大国是科学家之幸，而生逢一个清明且朝气蓬勃的政治环境更是大幸。“两弹一星”对这个国家的现实意义自不必重复，更重要的是，它让一个被欺压了许久的民族挺直了腰板，于是钱学森的贡献就远远超越了科学的边界而有了更深远的意义。试想，学成归来的钱学森若是赶上贪腐的国民党政府，怎会有如此大展拳脚的机会？若是不幸生在帝国主义国家，作为一个研究导弹的科学家所能做的不过是在军火公司谋个饭碗，参与杀人机器的制造，夜来独处，说不定满腔的罪恶感升腾，哪来的这份顶天立地做人的荣光？

钱先生有一句名言：我姓钱，但我不爱钱。从媒体上，我们可以看到他拒绝各种头衔、荣誉，捐献稿费、奖金的故事，知道他一直住在 100 平方米左右的房子里。人们多因此而赞扬钱先生淡泊名利，但这种从个人品格着眼的观点不足以解释他一贯的行为举止，也不足以解释为何他还顶着另一个今天看来已经不那么光亮的光环：人民科学家。我们要理解那一代许多知识分子，就必须知道另外一种关于知识的哲学思想。

“当知识和权力的关系被发现后，一切学问都成了政治学。”这是一位朋友写在书中的话，我经常引用。我们对培根的一句名言都耳熟能详，知识就是力量（knowledge is power）。但这句话至少还可以做另外一种理解，知识就是权力。这二者的关系是西方社会学研究的一个重要的主题。对于权力，最重要的问题是为谁所用。我们都习惯了“科学技术是第一生产力”的说法，接受了专利保护的概念，认同了掌握了知识就可以换取利益、当个“人上人”的事实。与此同时，另一种有关知识的哲学被扫进了历史的垃圾堆，那是一种对作为权力的知识的完全不同的认知：这种权力不能被一部分人所垄断，它应该服从更大的政治，为更广大的人民群众所掌握，为他们的利益服务。

钱学森就是持这种哲学观念的知识分子当中的一个，也许称得上是其中的代表。于是，他不去考虑自己的理论能注册多少项专利、转让的话能卖多少钱，他想的是，作为一个知识分子怎么能为国家、为人民做更多的事，怎么才能更好地服务于人民。只有从这个角度，我们才能理解，为什么他认为科学与政治一定要结合；为什么他会在晚年说，他很自豪成为了劳动人民的一分子，而且和劳动人民中最优秀的分子连在了一起；为什么他对一生的总结是：我只是在毛主席和周总理的教导和领导下，做了一点对人民、对国家有利的事。这不是愚昧，这是一种如今已难以被理解的深刻。

钱学森先生是中科院力学研究所的创始人。如今，当北京城到处散落着中科院的大楼，当某些知识分子长袖善舞、跟资本与权贵勾肩搭背，当知识的生产和传播跟普通人越来越疏远时，我们对 98 岁高龄仙逝的钱先生的追念，其实是对一段燃情岁月的怀旧，以及对这个时代腐朽气息的批判。

（2009 年）

梁漱溟的困境

梁漱溟先生在当下是颇受尊重的。我以为，这份尊重多少和他当面顶撞过毛泽东有些关系。他们二位交锋的缘起与怎么看待和处理农村问题有关，但高潮部分却跟小孩子拌嘴没啥两样了，梁后来的说法是“意气用事”。

梁漱溟谈农村，当然是有资格的，他是最早期的“乡建派”的代表人物。但不能不承认的是，与预期相比，他搞的乡建试验并无什么成效，可以说是一事无成。也有人说，是日本入侵打断了试验，历史虽然不能假设，但如果没有日本入侵，结果会是什么样的也难说。

其实，根本不用假设历史，1934 年梁漱溟就在倾诉“我们的两大难处”，其一是“高谈社会改造而依附政权”，其二是“号称乡村运动而乡村不动”。对后一点，梁认为理想状况是“乡下人动，我们帮他呐喊”，可事实上，“乡下人漠不关心，只是乡村以外的人瞎嚷嚷”。可见，当时乡建就已经陷入了深刻的困境，无论后来的时局如何，结果都不会改变的。

梁漱溟当年面临的现实困境并不奇怪，其种子已经种在他的哲学里面，稍加拆解便不难看出。梁先生认为，中国是“伦理本位，职业分立”的社会，区别于西方的阶级社会，中国的穷人只要做到勤俭二字，就有改变命运的可能性；中国文明是早熟的，因其讲求理性，中国的伦理归结起来就是“礼”，而“礼”的基础便是理性，理性又“本乎人情”。

啥叫人情，梁先生没有继续说下去，可能觉得没必要继续解释了——人情无非人之常情，有什么事摊在桌面上谈，公道自在人心。可是，是不是所有的人都有“人之常情”呢？梁先生显然不这么认为，他的困境的种子也就在这里被发现了。

梁先生认为，“士”这个群体，也就是读书人，才是代表理性的，理性来自读圣贤书，所谓“读书明理”。（理性不是“本乎人情”吗？）对农民，他做出“愚、贫、弱、私”的判断，切换到他的话语，就是说农民是没有理性的，不懂人情的。（不懂人情还可以称为“人”吗？）

这样，梁先生就以对知识的占有为标准而把人对立了起来。他是要维护这样的权力结构的，所以他虽然承认读书人是维护统治秩序的中坚力量，却只是把士和农、工、商的差别说成职业分殊，而不是阶级对立；他主张改良，拒绝革命；他想改善乡村，却得保持作为“师”的高姿态；他只肯搞些“能力建设”、资金下乡之类的事来调和，却无视大量穷苦农民在卖儿卖女。

可惜，农民不是没有理性，农民固然弱，但一点儿也不傻。当时共产党在农村已经搞得风生水起，农民积极参与，“梁先生们”却被农民当成光杆司令晾着，就足以说明了这一点。为什么两种搞农村改革的运动在效果上有这么大的差别？把梁漱溟的乡建理论和毛泽东的《湖南农民运动考察报告》对照着读一读，答案就有了。梁漱溟的困境的根子在他的哲学里面。

梁漱溟先生是个真诚的知识分子，也根深蒂固地带着毛泽东批判的知识分子的“反动性”。有学问固然是好的，由此便自认为高人一等就不对了。瞧不起人民，在人民面前跌了跟头也就没什么可奇怪的了。

如今我们有不少梁漱溟的追随者在继续他的事业。他们的哲学跟梁漱溟比，并没有什么进步，农民在他们眼中的形象仿佛也没什么改变。于是，时而我们会听到他们的抱怨，跟 80 年前梁漱溟诉说的难处差不多。

（2013 年）

重申科学的边界

当一个社会的不同人群不约而同地认定一种观念的主导地位，并几乎忘记了其他可能性，甚至自觉排斥其他可能的时候，这种观念就占据了安东尼·葛兰西所定义的文化霸权的地位。在我们的话语中，科学无疑拥有这样的特权。“科学”二字不仅仅指称一种知识体系，还夹带了价值评判的功能：当人们说一个事物是科学的，意味着它是正确的、好的、值得追求的；反之，当人们说一个事物是不科学的，则意味着它是错误的、坏的，其存在的合理性是值得怀疑的。

科学在中国享有如此荣光，已经有 100 多年了。1923 年，胡适在为著名的“科玄论战”做总结的时候就写道：“这三十年来，有一个名词在国内几乎做到了无上尊严的地位；无论懂与不懂的人，无论守旧和维新的人，都不敢公然对它表示轻视或戏侮的态度。那个名词就是‘科学’。”不唯科学如此，高举科学大旗的人也感染了轻慢的态度，“科玄论战”中科学支持者的代表人物丁文江就把他的对手蔑称为“玄学鬼”。

作为一种知识体系的科学（science）源于西方，这两个字也是一个经由日本转手进来的外来词。探究其本义，有广义的科学和狭义的科学之分。从中世纪到启蒙时代，任何一种系统化的知识体系都可以称为科学；如今，科学仅指基于科学方法获取的知识。科学方法包括若干基本准则，如：通过观察、假设、实验、再观察进行研究的经验原则；依赖精确测量的数量原则；将事物的因果关系抽象化，并使之可以重复验证的机械性原则等。根据研究方法的界定，现代科学便有了明确的边界，不使用科学方法进行研究的知识构成了“非科学”（non-science）范畴，如通常被归入人文学科的知识就是非科学的。

有些科学的支持者不甘于坚守边界，他们认为万事万物都可以用科学方法加以认识，这种倾向被称作科学主义（scientism）。美籍华人学者郭颖颐认为，科学主义者并不都是科学家或科学哲学家，所以科学主义可以被看作在与科学本身几乎无关的某些方面利用科学威望的一种倾向。1960 年代以来西方的科学哲学研究，开始着重反思科学的局限性和科学的失当，科学主义逐步演变为一个贬义词。

如今回头看 20 世纪初叶中国知识界的那场论争，我们不得不承认张君劢等人在科学与人生哲学之间划分界限的努力是正确的，而丁文江则可以被视为一个典型的科学主义者。但在“科玄论战”过去近一个世纪后，科学主义的轻慢态度和不容置疑的权威性非但没有削弱，反而在某些知识分子的身上变本加厉地延续下来，他们挥舞带有科学标签的大棒，一切与现代科学不相兼容的对世界的认知方式——如以中医为代表的传统文化——都可能遭到攻击和打压，被冠以“不科学”或“伪科学”之名。学者江晓原认为，称这些人为科学主义者是不准确的，把他们叫作“科学麦卡锡主义者”可能更恰当。

科学是靠其研究方法而获得认证的，只要稍微了解一点中医，便可知中医理解人体和治疗疾病所使用的并不是科学方法。经典中医的学习靠的不是在实验室里拿小白鼠做实验，而主要靠师徒间的口传心授和领悟；中医对人体的认识是不可实证的，如解剖学并不能证明经络和穴位的存在，但建立在这一理论之上的针灸却在实践中被证明是有效的，在中西方广受欢迎；中医处置更多基于对特定病人病情的整体把握，治疗方式故而是难以复制的。中医的精妙正是体现在对看似相同的病症的不同处置方法上，如 1957 年北京流行乙型脑炎，名医蒲辅周先生治好了 167 例，共使用 98 个不同的处方。

中医到底是科学还是伪科学？当中医面临这样的挑衅时，且让我们回到现代科学的定义，必须说，中医不是科学，它是非科学，而不是“不科学的”，更不是什么“伪科学”。中医是独立于现代科学的一种认知体系，在它的面前，科学应该止步。

可惜的是，慑于科学理念的霸权地位，如今的中医支持者在面对“科学麦卡锡主义者”的大棒时缺乏自信，往往陷入了被迫证明中医是科学的境地，从而进一步巩固了科学霸权地位。很多中医支持者没有认识到，捍卫中医最好的方式不是将中医和科学扯上关系，而是在中医和科学之间划清界限。

真正的科学精神不但相信通过科学获得进步，而且能够清醒地认识到科学的边界。科学不能解答所有的问题，正如它不涉及终极关怀，不能赋予人生意义。在科学不能解释的领域面前，它应该停住脚步，而不是企图攻城掠寨。一个真正有科学精神的人必然反对将科学意识形态化，摒弃作为利器使用的“伪科学”的说法，用更加中立的“非科学”视角看待中医等传统文化的价值。

（2007 年）

美国技术天才为什么自杀？

如果我们能够接受知识就是权力，或者知识与权力相互渗透、知识是权力的不可分割的构成要素这样的观点，那么对知识的思考必然将包括知识的公共性问题。道理很简单，权力意味着人与人的支配关系，任何形式的权力都应该具备公共性，否则便构成腐败。

权力的形式可以粗略地分为三种：通过对国家机器的控制而形成的政治性权力、通过对私人资本的控制而形成的经济性权力、通过对知识的掌握而形成的文化性权力。可以说，人类社会正处于这样一个阶段，对权力的公共性的要求仍只限于政治性权力，只有国家工作人员的权力滥用被认为是腐败，应该得到制裁。而经济性权力和文化性权力则可以合理合法地被用于私人目的，且可以世袭，由此引发的社会问题，无非是被归入“阶层再生产”的范畴而已。

这里我们只讨论知识的公共性，并简略地从两个方面看一下这个问题。

与公共性原则最明显地背道而驰的无疑是知识产权了。历史的真实发展历程表明，知识的生产被纳入专业化社会分工的轨道是资本主义的产物，服务于资本积累的需要。比如，工业化初期的很多伟大发明都源自普通劳动者，后来才出现专门从事技术创新的工程师这个行业，而知识产权理论以及国家机器对知识产权的保护是这个进程的逻辑结果。

知识产权理论自然是一套自足的体系，比如它认为只有保护知识产权，企业才有动力投入研发资金，促进技术进步。这当然是有说服力的，但是不能掩盖其深层次的本质，即资本通过投资于新知识、新技术的生产及对成果的排他性使用，达到积累经济性权力的效果。在资本主义体制下，经济性权力对政治性权力的影响力是直接的。

另外，知识产权也是国家间相互竞争的武器。19 世纪的美国就因为不尊重知识产权而被英国追着骂，但美国硬是拖了半个世纪才接受这套规则，如今呢，美国成了知识产权最积极的卫道士。

我们可以清楚地看到，作为一种知识体系的知识产权理论是服务于特定的权力等级的，维护的是制度性的剥削。当然，这一批评不限于知识产权理论，它只是一个典型代表而已。这是第一个方面。

另一个方面，被认为是全人类共同财富的那部分知识也正在逐步丧失公共性，表现为版权构筑的壁垒。一般认为，互联网技术的发展降低了获取信息的门槛，但这仅是指便捷程度，相应地，绝大多数在图书馆里免费的内容在网上却是要付费才能获得的。受这一壁垒影响最大的无疑是穷人，它增加了穷人学习的成本，“穷人恒穷”的定律由此得到了强化。

正在有越来越多的人投身于争取“信息共产主义”的运动，当然，他们也遭遇了围堵和打击。今年 1 月，26 岁的美国技术天才阿伦·施瓦茨自杀身亡，他在 2010 年 9 月利用麻省理工的网络资源下载了 480 万篇 JSTOR（存储学术期刊文章的非营利机构）文献，并计划将其在网上共享，给“被捆绑的知识”松绑。

他侵犯了“版权”，于是被逮捕，即便 JSTOR 放弃了起诉，他还是被检察官提出 13 项指控，面临 35 年的刑期。他的自杀可能是对在知识上建筑越来越高的壁垒的抗议，在这个意义上，阿伦是一个殉道者。但他的死注定不会引起“主流”的关注，他是属于未来的英雄。

让我们期待将阿伦奉为“圣徒”的时代的到来，那必将是一个更开放、更平等、更美好的时代。

（2013 年）

大学的门朝哪边开?

又到了开学的时节，又有无数的青年第一次走进大学校门，他们心里必定是怀着新奇、激动和希望的。回想我本人独自扛着一个小包袱，跋涉千里到学校报到，已是17年前。

看到一个报道，北大2013年招收的新生中，来自农村的学生比例为14.2%。就是这个14.2%，已经比上一年高1.7个百分点了。17年前情况如何？我没有那时候的统计数据，但根据切身的经验，那时北大的农村大学生比例远比14.2%要高。

放在更长的时间坐标下，城乡大学生生源比例的变化问题就显得更加突出。2009年，总理温家宝说过一句话：“过去我们上大学的时候，班里农村的孩子几乎占到80%，甚至还要高，现在不同了，农村学生的比重下降了。这是我常想的一件事情。”

越是好的大学，这个问题越严重。在一些二本学校，农村学生比例还能达到30%以上甚至更多。这是因为好大学更“进步”，更加“跟国际接轨”，自主招生的力度更大，北大的说法是向“主动多样化选拔最适合北大培养的优秀学生的战略转型”。

自主招生构成了对农村学生的体制性歧视。学生的综合素质是由教育水平决定的，教育水平又由国家投入的不均和城乡间差距决定。单纯比高考分数固然有诸多的不足，可是高考的范围明确，除个人努力程度和禀赋之外，其他因素在影响考试结果方面的作用不大，所以传统的高考形式更适合大学选拔人才的本意。而所谓的招生改革，在一定意义上不过是另一种披着进步外衣的倒退而已。

农村孩子进了大学之后呢？他们将面临一个又一个的难题。社会背景的差距一直是有的，但快速的发展变化一边拉大着差距，一边为差距的凸显源源不断地提供着条件。比如，我上大学的时候，手机和个人电脑还没有普及，大家都没有，但没过多少年，这些东西就成了大学生的必备物品了——这还不是个人消费的问题，教学方式的改进完全是以每个学生都有笔记本电脑为前提假定的。逐年在上涨的学费，加上这些开销，对农村家庭构成何种的负担，是可想而知的。

问题是现实的，也是心理的。范美忠（范跑跑）在解释他为什么会有那种惊世骇俗的观点时，就提到他作为一个农村孩子在大学期间是如何在城里长大的同学们面前感到自卑，又是如何重塑自信的心路历程。范跑跑上大学是20多年前了，现在的农村大学生们在怎么想？这个问题是值得重视的。

接下来的问题是，农村孩子大学毕业之后怎么办？温总理那一代农村大学生毕业之后，不但不用发愁找工作，而且工作之后就有能力回馈家庭。现在呢，社会全面进入“拼爹时代”，找工作成了大问题，找到工作也要面临养活不了自己的问题。日常经验足以表明，刚刚工作的学生的收入，难以支持个人在城市里的体面生活，不少城市青年工作之后还要家庭提供经济支持，农村毕业生的艰辛可以想见。

这样下去，大学将沦为彻底的阶层再生产的工具，成为阶层固化的催化剂。也许有一天，我们可以将一句俗语做这样的改编，“大学的门朝南开，有才没钱莫进来”。

大学时代本该是青春飞扬的，是可以自由畅想未来的，可是现实告诉农村大学生，你们的未来不是无限可能的，未来有多远，取决于父辈的肩膀有多厚实。

如果我们能辩证地看问题，也可以发现其中的积极因素：这样的现实、这样的大学不但能教给年轻人自由的理念，同时也在剥去自由的伪装——它时时提醒这一代年轻人不要忘记自由的分配问题。

（2013 年）

科学、技术和产品

“小时代”的一个好处是，永远不缺好玩的事。这不，方舟子和崔永元要打官司了。这两个老朋友的争斗是从方舟子组织试吃转基因玉米开始的，但很快超出了转基因的范畴。本文不打算评论二人之间的是非，只想简单谈一下转基因问题涉及的几个基本概念。

关于转基因的论战可谓多矣，最核心的话题是转基因食品到底安全不安全。正方说，从科学的角度，转基因食品是安全的，应该推广，反对者不懂科学；反方说，科学界对安全性还没有共识，所以要慎重，支持者是搞科学主义。还有人更直接地说转基因有毒害，应该禁绝。

这样的争论看似有效，实则胡闹，因为把基本概念给混淆了。什么是科学？简单地说，科学就是对客观规律的揭示。规律隐藏在现象的背后，现象每个人都看得到，但规律不是谁都懂得的。科学家是了不起的，因为他们发现了规律。谁的孩子像谁，这是谁都知道的，但什么规律在支配着这一现象呢？基因科学发展起来了，我们才明白，是由基因遗传决定的。

“反科学”的说法是不成立的。对于科学，只有懂得和不懂得的区别，没有支持和反对的区别，客观规律不会给人的主观偏好留出空间。把“反科学”当成个大帽子的人，做的事情必定跟科学无关，因此才会拿一个虚妄的东西来掩盖真实的动机。如果真的有人“反对”既有的科学认识，那么他只可能是有了新发现的科学家，这样的“反对”会推进科学的发展。

认识了客观规律，就可以利用规律去改造客观世界，创造性地解决需要解决的问题。这方面的知识或者技能，属于技术的范畴。比如，有了基因科学，就知道滴血认亲是不靠谱的，是不是有血缘关系可以通过 DNA 鉴定这项技术来确定。

转基因是基于基因科学发展起来的，是一项技术，不是科学。对技术的发展和应用，人们就可以表达支持或者反对了，因为这属于主观世界的一部分。把反对转基因说成“反科学”，属于“满嘴跑火车”的行为。实验室里也可以弄出转基因人来，但是否能这么做呢？这事绝不可以由科学家说了算。

通过技术，人们可以制造产品。转基因的玉米、大豆、西红柿等，都是产品。产品的命运由市场决定。是否接受一个产品，或者在多种产品中如何选择，完全是作为消费者的个人的自主决断。任何因素都可能成为影响个人消费倾向的因素，包括对产品代言人的态度——厂商要选择公众形象好的明星当代言人，就是这个道理。

不能不佩服一些转基因技术鼓吹者的议题设定能力，他们把是否应该接受和推广转基因食品成功地转化成了一个“科学”议题。然而，在对科学、技术与产品这几个基本概念进行了简单清理之后，就会发现在转基因问题上跟着他们的指挥棒在科学的层面纠缠，是十分不智的。

一些转基因支持者在转基因问题上的行为和言论，与科学能扯上关系的实在少得可怜。至于转基因玉米试吃会，则是个标准的市场行为，根本不是什么科普活动，因为试吃会的目的在于推广产品（转基因玉米），而不是向公众讲解转基因食品是怎么一回事。他们在这些行为中的真实身份应界定为“推销员”，而不是什么科普人士。

因此，转基因支持者有义务向公众交代他们在转基因问题上刻意混淆概念和掩盖真实身份的原因，有责任让公众了解他们的收入是否与转基因利益集团有关。民以食为天，食品无小事。我们有理由期待，通过方舟子和崔永元的官司，公众可以对此知道更多。

（2014 年）

最后一个死去的人

最近，习近平主席在访问澳大利亚期间到访了该国的塔斯马尼亚州，澳大利亚大陆南部的一个岛屿。这是我从新闻里看到的。

塔斯马尼亚！我对这个地名有深刻的印象。从新闻里听到这几个字，再次唤起了我对多年前那次阅读的感触。

那时，刚上大学不久，感到一片迷茫，不知道该干什么，也不知道就算干了些什么又能如何，有点混日子的感觉。早上不起，晚上就睡不着，于是在宿舍熄灯后跑到厕所隔壁的一间废弃的浴室去看书。在那样的环境，竟草草地翻完了好几部大部头的书，其中就有斯塔夫里阿诺斯的《全球通史》。

忘记了是在哪个夜晚，我读到了这样一段让我终生难忘的话：

> 更悲惨的是大约 2 500 名塔斯马尼亚人的命运，巴斯海

峡将他们同澳大利亚隔开，澳大利亚土著所缺乏的东西，塔斯马尼亚人也缺乏，而且情况更加严重。他们没有梭镖发射器、飞镖、渔网和其他所有捕鱼的工具。英国向塔斯马尼亚岛运送了最残酷的罪犯。1803 年，这些罪犯登陆之后，像猎杀动物一样大肆屠杀当地人。几十年内绝大多数人被消灭。最后的一个男子死于 1869 年，最后的一个女子死于 1876 年。这位女子名叫特鲁格尼尼，生于 1803 年，即白人入侵塔斯马尼亚岛的第一年；因此，她的一生跨越了其民族被灭绝的整个时期。她恳求不要解剖她的尸体，但连这一可怜的请求也得不到满足，她的骨骼被陈列在霍巴特博物馆。……

关于殖民历史的记述，那肯定不是第一次读到，但可能是因为这段文字写得太饱含感情，也可能是青春的心在夜半时分格外敏感，那一刻，我被戳中了。

我觉得我该做点什么。当时我尚有当文学青年的梦想，于是决定要以《最后一个死去的人》为题写一首诗。不过，这首诗至今也没有完成。

我到底不是块当诗人的料，只能在 18 年后以这样一篇短文来还曾经许下的愿望。

那个时候，我还没有什么独立思考的能力，甚至直到大学毕业后的几年，也都谈不上有成熟的思想体系。我也曾经受到“公知腔儿”、“民国范儿”一类东西的影响，也曾经自我认同为自由主义者，但在那条道上，我没法走得远，我本能地觉得有什么地方不对。

我会想起初次遭遇特鲁格尼尼带给我心灵的冲击，这是鉴别谎言与粉饰的一把标尺。

我想，18 岁的那个夜晚是我思想发展的过程中最重要的时刻之一。它像是思想上的一次免疫接种，让我今生都没法接受把殖民历史简单美化为“文明传播”的可耻说法，不能接受对历史的篡改。

我忘不了特鲁格尼尼和她消失了的民族，忘不了被灭绝殆尽的美洲原住民，忘不了大西洋海底埋着的数千万黑奴的累累白骨，更忘不了 1840 年以来“为了反对内外敌人，争取民族独立和人民自由幸福，在历次斗争中牺牲的人民英雄们”。

除了书写，我不能为他们做更多，但我希望用写作支持为获得尊严的弱者的抗争，颂扬人心中向善的力量，为未来而坚守历史的正义。这就是我要做一个人民的知识分子的原因。我会永远和那些被侮辱与被损害的人民站在一起，和特鲁格尼尼站在一起。

我也希望我们的人民共和国能永远和那些被侮辱与被损害的人民站在一起。如果我有机会跟习主席交流，我会建议他访问期间到霍巴特博物馆看看特鲁格尼尼的遗骸，让世界知道，什么是中国对历史的态度，什么是中国能想象的未来。

补记：本文发表后，微博网友@澳洲女学人告知如下信息：特鲁格尼尼的遗骸在塔州霍巴特博物馆展出至 1947 年；1976

年，特鲁格尼尼去世一百周年之际，澳大利亚原住民赢了与霍巴特博物馆的多年官司，她的遗骨终于能被火化，骨灰撒在Bruny Island水域；1997年，英国皇家阿尔伯特纪念博物馆归还了她的贝壳项链；2001年，英国皇家外科医学院归还了她的皮肤、头发样本。大量澳大利亚原住民遗骸被盗，被非法出口到世界各地，带澳大利亚原住民遗骸回家是一段艰苦而漫长的旅程，仍有不少博物馆科研机构拒绝归还遗骸，他们不能回家安息、灵魂解放。

这就是说，如果习主席前往霍巴特博物馆，也看不到特鲁格尼尼的遗骸了。本文作者为原文中的这一错误和未能在写作时及时了解相关信息的变动向读者致歉，并向@澳洲女学人表示感谢。

（2014年）

跋　北大南门朝西开

春暖花开的时节，未名湖边一片桃红柳绿。我特地在一个下午到湖边走了走，在一条长凳上坐了一会儿。这不过是个矫情的仪式，望着那一汪水，思绪并没有飞扬，而是脑袋空空，一如这么多年空空的人生。

自打走到这湖边，又一个十八年（马上就十九年了）已经过去了。

我还记得第一次走到未名湖边时的失落，说：这哪是什么湖啊，就是个水泡子嘛。北大百年校庆前，一群校友攒了一本《北大往事》，有个作者说到初见未名湖的感受，竟跟我是一样的，不过他到快毕业了才壮着胆儿把真实想法说出来。

可是水泡子和水泡子不一样，这个水泡子生在北大校园，就被称为湖，还有无数人将华美的词句献给它。“未名湖是个海洋，诗人都藏在水底”，比如，某个北大的校园诗人早年间就这样歌唱过。

这样的语言可以叫作诗？刻薄一点说，也可以称作话语的泡沫。北大曾经是诗的天下，但后来开放搞活了，诗歌的年代一去不复返，诗人们也都改行去写广告词了。于是，我们的生活开始到处闪烁着泡沫的七彩色。

我不喜欢话语的泡沫，倒喜欢戳破它，这像是我的本能。

我还记得背着一个包袱前往北京的情景，包袱里面装着一套被褥和几件衣服。那是我第一次独自远行，是去北大报到，可是我心中没有豪情万丈，也没有鲤鱼跳龙门的喜悦，甚至有点抗拒，有点失魂落魄。这有点不合常理，但就是那样的。不要追问我为什么，我也说不清楚。

到了北京，我遇到了一个小困扰，我转（读四声）向了。方向感是个很奇妙的东西。在北方平原上，房屋是坐北朝南的，地垄沟也是正南正北的，少有例外，在这样的环境中长大，对方向有清晰的感觉，失去方向感也会有明显的焦虑。我知道有些在不同空间环境下长大的朋友对方向是迟钝的，他们只知前后左右，不知东南西北。所以，不是所有的人都能明白我的感觉，这种感觉也不容易用文字描述。总之，我眼中的北京错位了 90 度，在我的认知里，太阳从南边升起，在北边落下，北大南门是朝西开的，天安门城楼也是坐东向西的。

一般来说，转向是到了一个陌生的环境经常会发生的事情，一旦克服了最初的陌生感，方向感就会恢复。可是我在北京生活了这么多年，仍然在转向中，怎么也调整不过来了，在我眼中，北大南门依旧朝西而开。我就在这样拧巴的感觉中生活了这么多年，以一个漂泊者的姿态，直到今天。这拧巴的感觉，或许就是我与“主流”格格不入的隐喻？

而今天，我的一些文字终于要印成一本书的样子了，这无论如何是件值得安慰的事。当然，这并不能算是一本真正意义上的“书”，它不是就某个问题进行的深入系统的研究，只是过去一些年我在媒体生涯中写下的一些或长或短的文章的集合。幸运的是，它们的生命力没有随着媒体周期的结束而完全结束，还有一点儿值得重新印刷的价值。

认真地写一本或数本书，让它们活过我，也就是说在我身后，还能有人认为它们值得阅读，是我的志愿。但这个计划的实现还遥遥无期，甚至还没有真正开始着手。

既然是写在书的后面，我想我有义务交代一下，我为什么这么写文章，为什么这么看待事物。这就要回顾一下这么多年来对我的思想成长产生影响的一些零散片段，而一回头，就愈发觉得人生的空空了。

看过一些前辈大家问学的回忆，凡有些成就的，必须要有一点儿童子功的。这是我所没有的，我没有生在书香门第，家里没有书。幼年阶段，背过一些古诗，这跟多数同龄人没有什么不同。我姐姐教我，当时她上初中，那些短的诗，她连着念上几遍，我就差不多能记住了。那本《唐诗三百首》大概是为了让我学背诗才特地买的吧。

会背诗，最大的功用是给大人们提供些乐趣。走在村子里，时不时地会被人截住，背一首诗才放行，然后他们会说，老李家这孩子可奸了。“奸”这个字在我们那儿的话里没有任何贬义，纯粹就是聪明的意思。这种情况，我父母当然是高兴的，谁不喜欢孩子被人夸赞呢？学背古诗大约在反叛意识产生之后就结束了，一旦不愿意再配合大人的要求表演，自然也就不愿意再学了。小时候的那些事儿，我自己的记忆是模糊的，我母亲和我姐姐经常会提起，对她们来说，可能对长大的我越是失望，就越喜欢想起我小时候的好处吧。

一直到上大学之前，我读过的课外书屈指可数，包括三卷本《三国演义》中的一册，冯梦龙的《警世通言》，还有一本当代文学作品的合集等，都是从亲戚家里找来的。其实在高中阶段是有机会扩展阅读面的，但我自觉地放弃了，把精力用在了功课上。这是我循规蹈矩的一面。我在青少年时代的人文教育大体上是由袁阔成先生和单田芳先生承担的。

在青少年时代，真正对我产生过影响的倒是有一本书。说出来大家可能觉得有点意外，这本书是柯云路的《大气功师》。

初中时，我有一位同学喜欢练气功，这本书就是他借给我的。好多年以后我才知道，那时候全国都在闹气功热，当年在北京小有名气的一位气功大师，在大学时代成了我的老师。他叫王青松，大二那年给我们上过行政法学课。他在课上讲过什么，我一丁点儿都不记得了，但记得他口音极重，衣着褴褛，头不梳、脸不洗。印象深的还有他开着自己的小汽车来上课，车里的座位拆了，横七竖八地放着水桶，因为他不吃自来水，时而要出城去拉泉水。后来听说他离开北大了，前两年，因为唐师曾的一篇文章我才知道，他在深山中隐居了多年。

借书给我的时候，我同学叮嘱说，对书里面说的，要信。我记住了他的话，打开书以后，我明白了他为什么这么说，因为里面讲了很多离奇的故事和道理。那是初中结束、高中尚未开始的暑假，有时候我会带着这本书去放牛，当牛四处吃草的时候，我就按照书中说的，盘腿坐在地上，想象着气在身体里的运行，努力用意念沟通天地。北方的夏天并不很热，在太阳下晒着只是觉得很温暖，四周长着青草，开着野花，耳边有蜜蜂和苍蝇的嗡嗡声，闭上眼睛，只觉得面前一片火红。我并没有找到气感，但回想起曾在天地间那般忘我的情形，还觉得美好。

该书的野心其实很大，企图做的是中西文明的比较研究，并给出了传统中国文化的整体论认识框架更优的结论。这种说法对我产生的最直接影响是，高二文理分班时，我选择了学文科。那时大家都觉得，学习好该选理科，学不好数理化的差生才学文科。如果不是因为那本书的影响，我很可能会随大流学理科，今天应该是个工程师或者技术员什么的，以写字为生的可能性不大。

这段阅读经历对我的认识方式还产生了另外一个深远的影响，那就是接触一个理论或一套说辞的时候，应该首先进入它的逻辑，搞懂它是怎么回事，然后再跳出来。如果我没有按照同学所说把那些故事当真，就不会对作者讲的道理做同情式理解，也就主动封闭了了解一个领域的可能性。如今我早就对中西文化比较、传统文化什么的不感兴趣了，但了解过总是没坏处的。我想，这就是“虚心”的意思吧，虚心意味着“使心空虚”，放下成见，才能真正了解以前所不了解的东西。在学习上，这是很重要的。比如，我不是自由派，但我大体懂得自由派们是怎么一回事，我对自由主义的批评并不是外行话，因为我虚心地了解过自由主义者讲的东西。反过来，相当多的自由派人士是完全不了解左翼的理论的，空有一个反对的姿态，他们的批评，大抵是在跟他们自己想象的对手的斗争。如果他们虚心一点，能踏实地多学习，也不至于那么蠢了。

但我当时的虚心也并非真正的“虚心”，而是因为脑袋原本就是虚空的，现在恐怕也难以做到真正的虚心了。

在北大上学期间，我选修过一门面向全校的公共课，课程就叫“中西文化比较”，授课老师是英语系的辜正坤教授。辜先生的看法跟《大气功师》里说的有几分相似，他说《道德经》是本气功书，没有对气的体验，就不能完整理解中国文化。辜先生也讲过他个人练气功的经历，听起来也是有点玄乎的。我特地在网上搜索过，没发现辜先生在其他场合以气功师的身份出现过，他讲气功都是在课堂上，所以他的话可信度是高的。

另外，东北民间生活是少不了萨满教色彩的——萨满教是人类学家的文词，我们那儿叫“跳大神”，严格地说，“跳大神”只是萨满教的一种表现形式。因为自幼接触过，有一点儿了解，所以我对把这类事物一杆子扫入“封建迷信”或者都说成“巫医骗人”持保留态度。

根源于这些经历，我对科学解释不了的以及非科学的东西保持着兴趣，也保持着敬畏，对科学主义的调调和一切打着科学名义的霸权话语都极为反感。

哦，对了，我是怎么知道北大的？全然想不起来了，大概是从村里人的口中听到的吧。万般皆下品，唯有读书高，这样的意识在老百姓的思想中是根深蒂固的。在我很小的时候，附近一个村出了一个考上清华的，多年来这是大家热衷于谈论的话题，尤其是我二叔，特别喜欢说这个，虽然他不认识那个叫张国俊的人，也不认识张家人，但说起来的时候像是在分享着荣耀。应该是在那些谈天里，我听到人们把北大和清华相提并论。

凭着一些模糊的印象，我产生了一个念头：要考就考北大，也不枉上过一回学。幸运的是，这个想法实现了。

我在大学里荒废了太多的光阴。我不知道我的同学们是带着什么样的心情到北大报到的，也许他们中有不少人带着壮志雄心，早就做好了人生的规划，清楚自己要在大学里得到什么吧。我还没有想过这些问题，于是没有方向，如果说感到迷失，也不过分。

这个状况一度发展得很严重，不光是大学生活的迷失，还有人生的迷失。人生的意义在哪里？不知道为什么，这个问题困扰了我，以至于什么正经事都做不了了。做任何一件事，就想到，人总是要死的，既然会死，那一切还有什么意义？在这个问题的困扰下，我对时间产生了焦虑，有一阵子着魔了似地写日记，而且随时可能把本子掏出来画几笔，内容都是流水账，比如此刻是哪一天几点几分、我在哪里、在干什么，好像这样就可以留住时间，或者数年以后翻开，就能完成对那一刻的重访。

我也曾经试着通过读书解答疑惑，比如读点哲学。可是，书刚翻开，老问题就来了：看书有什么意义？然后就把书扔到一边了。这个经历和后来的一些体验让我明白，读书固然重要，但人生中有很多重要的问题靠读书无法解决。如果把知识比作书，你还需要书架，“书架”是要靠悟的。

这种状态持续了一年多，大二开始，差不多大三才结束。困扰我的问题并不是得到了解决，而是可以把它搁置起来了。而回想起那时的痛苦，我是会微笑的，这就是青春吧，胡思乱想的青春。那时候，听到李宗盛唱“曾经真的以为人生就这样了，平静的心拒绝再有浪潮”，唱的简直就是我的心声。啊哈，那强作愁容的青春啊！

文科好混，这你懂的。北大的文科更好混，我们的老师们足够仁慈，仁慈到可以说有点不负责任了，一位老师上第一堂课的时候就说，这门课你们将来可能也用不上，该干嘛干嘛吧，期末考试最低分70。还有一位老师说，你们无论如何得把卷子写满啊，写满了我就好给分嘛。当时听到这些话是开心的，年纪大了才明白什么叫“艺多不压身”，知识学了总是没坏处的。

我没有埋怨老师们的意思。这种散漫，在我看来正是所谓的北大精神的核心。那是一种别样的氛围，它允许学生自如地生长，如同小树不去修剪枝丫，让人的性情不被过早地扭曲。

我用散漫，而不是自由，是不想和自由主义哲学的自由概念产生混淆，因为二者本无关联。我的一位同学写过一篇文章谈到北大精神，大意是说北大精神是对人的权利的尊重。对此我不能同意，这不过是对公知腔儿的牵强附会。北大特殊的氛围根源自老师对学生的宠爱，那是一种父母对孩子般的爱，而且有太多过度的、无原则的地方，爱也就成了溺爱。但无论如何，这跟所谓的自然权利没任何关系。

举个例子吧。大学期间我有一门课挂了，“马克思主义哲学”。是的，你没看错，我的马哲课挂掉了，重修了一遍。这太有趣了，不是吗？我不讨厌马哲，但我不喜欢马哲老太太，她是那么认真地讲课，但同时仿佛在逼迫你质疑她所讲的一切。我逃了很多次课，然后就挂科了。其实，抱着坏事变好事的乐观态度，也可以说这种授课方式内在的张力正是促使人独立思考的动力。这是题外话，对此我写过一篇博客文章，《民主社会产顺民，专制国家出反骨》，读者诸君若有兴趣，自己百度吧。

毕业的时候，每个人都会有张成绩单，有一栏是分数，还有一栏是补考分数。拿到成绩单的时候，我惊奇地发现，马哲课的补考分数被涂掉了，补考分数被挪到了前面，成了“分数”。于是，从成绩单上看，我没有过不及格重修的课程。

这是教务老师给改的，我事先根本都不知道。老师用意是显然的，怕影响我找工作。这么做显然是违规的，然而主意并非来自最有违规动机的我本人，你只能把这种违规理解为“护犊子”的行为，自家的孩子不好也是好的。

现在，你应该明白我为什么说北大精神跟自由主义没关系了吧？溺爱不好，但被溺爱着的，感觉总是幸福的。这样的爱和幸福可以化作力量，让我敢于相信一个更好的世界是可能的。

四年匆匆而过，没好好学习，也没怎么参与校园里的各种活动，学到了什么，早就还给老师了。但仍然有若干瞬间，对我的思想形成产生了关键性的影响。这些瞬间跟读书和学习有关，但又不同于知识的获取，它们更加关乎如何处理学到的知识，大概是态度、情感、立场、见识、视野一类的东西。这些比读书本身更重要。

一个瞬间发生在大一那年夜读《全球通史》的时候，那时我的消沉还没开始，只是过得比较悠哉。关于那次阅读带给我的，我写过一篇小文章谈论，也收进了本书，就是最末一篇《最后一个死去的人》，这里就不再重复了。

大三下学期，李强教授给我们开自由主义的课程。那时我刚从消沉中苏醒，对听课恢复了些热情。李老师是个有意思的人，他的研究方向是自由主义和韦伯，一谈起这两个话题来就精神百倍，大肚腩上仿佛都漾着笑意。这正是让我感到震撼的地方，原来读书可以让人这般的快乐，从这个震撼开始，我才对他讲的东西感兴趣，对自由主义的接触就是从那时开始的。

刚上大学的学生都喜欢问老师：学这些有什么用啊？据说，最酷的回答是：最大的用处就是什么用都没有，而且要吹胡子拍桌子做愤怒状。这其实是一个老师能给出的最愚蠢的回答，学习当然要明白用处，所谓用处并不一定是要解决具体问题的用处，也包括没什么用处的用处。学习的意义和生命的意义一样，都需要安置。不知道用处，就不会产生兴趣，没有兴趣的学习就成了纯粹的负担。在这个意义上，李老师是个好老师，他讲课时眉飞色舞的“身教”比“言传”更重要。

在一个课间，我向李老师提了一个问题，大概是韦伯对中国的研究是基于一些很间接的材料，而且有明显错误，那么读他关于中国的论述还有什么价值呢？当时，李老师扬着头不假思索地甩给我几个字：他有里弄啊。

李老师有西北口音，他其实说的是：他有理论。这其实有点答非所问，但那一瞬间我竟然有醍醐灌顶的感觉：理论原来这么有力量。自那以后，我不再敢以无知无畏的姿态轻视理论了。

在跟李老师的交流中，还有一次被当头棒喝的经历。那时候我已经毕业，在《中国新闻周刊》工作。因为李老师的影响，我一度算是个自由主义者，每写文章都企图从密尔什么的那里找句引语来当令箭的。不但自由主义，还有点过头，受了一些后来被叫作公知的人的影响。比如有人说台湾人民过得不错，还有民主，个人生活的幸福比国家统一重要得多云云，我当时觉得这个说法挺有道理的，就拿去问李老师。

没想到李老师竟然有点恼怒了，他仍然没有回答我的问题，而是使劲地摇头，一副大失所望的样子：唉，你怎么会问这种问题，还《中国新闻周刊》的大记者呢，唉……

也不知道为什么，我一下子就顿悟了，意识到自己错了。自打那之后，我再也不那么幼稚地看待问题了。

在新闻行业里工作，经常要面对不同的话题，以及关于同一个话题的不同说法。如果满足于把记者定位为信息的搬运工，那么这个工作是简单的。问题在于我不满足于这样的定位，所以在没有形成自己的思想时，经常性地要面对这样的痛苦：听甲专家说一套，觉得有道理，然后又听到乙学者说完全相反的一套，也觉得很有道理。可是，如果他们都对，那我岂不是成了傻瓜？

只要开始思考，就要面对各种实实在在的问题，就不难发现自由主义在解释现实世界时的无力。自由主义者总想按他们的蓝图从头创造一个新世界，而创造必然要基于既有的历史条件，如果连既有都无法解释，又如何谈得上创造？一些自由主义者适时地扮演了反面教员的角色，他们越界了，在历史方面制造了太多弱智的谎言，有时候让我觉得简直是在侮辱我的智力。尤其令人反感的是他们自以为人上人的姿态，有个别的书（就不点名了），我硬着头皮也没法读完，那字里行间的腐臭气味，实在让人受不了。

忘记是什么机缘巧合，我接触到了《天涯》杂志，并连续读了几年。那时的《天涯》杂志的批判性很强，与自由主义的基调不同。我发现我对这种立场天然地有亲近感。政治倾向大概是天生的吧。

在 2002 年的某一期上，我读到了一篇谈论中产阶级的文章，丝丝入扣的批判和优美的文笔给我留下了深刻的印象，我记住了作者的名字：程巍。两年多以后，我参与到了一份短命的报刊的编辑当中，要请人写专栏，我一下子就想到了他。

于是我结识了程老师。他在社科院外文所工作，比我大十来岁，有一段时间我经常找他聊天，一般是约在晚饭后，一聊聊到半夜。当时我的思想正在混乱当中，有太多的问题想不明白，我把所有感到困惑的问题向他提出，他一一给我解答。程老师是个健谈的人，我除了插话和提问，就负责听。程老师的思想很有批判性，但为人很温和，讲道理善于以小见大，每次跟他聊天，都有“听君一席话，胜读十年书”的感觉。也是在那段时间，我开始尝试写一些思辨性的小文章，认真地理清对事物的看法。

一步一步地，我觉得世界在我眼前变得清晰起来。我终于搞明白，比知识更重要的是立场和情感，是你的心跟谁贴近，是达官显贵，还是那些被侮辱与被损害的人民？我终于明白过来，为什么曾经觉得说着完全相反的话的人都有道理，他们的逻辑和知识都没问题，区别仅在于他们在为不同的人说话。我记得在某一个下午，我坐在书桌前为自己的茅塞顿开感到欣喜若狂：思想论争千头万绪，但千言万语归纳起来不过一句话——阶级分析，一抓就灵。

那么我的立场是什么呢？于我而言，不存在选择，我的心清楚地告诉我应该站在谁的一边。

2003 年，我参加了“《财经》奖学金”项目，回到北大，在中国经济研究中心上了几个月的课。那时候我被经济学家们忽悠得五迷三道的，他们讲的自成体系，有立场，有逻辑，有结论，虽然时而有感觉不对头的地方，但又不由得被牵着鼻子走。然而，我为什么要无条件地接受你的立场和论述的起始点呢？一旦敢于这样发问，那些曾在我眼中不可一世的话语的权威就土崩瓦解了。

我的转变是彻底的。2008 年，我参加“《财经》奖学金”十周年聚会并代表我们那届学员发言时，一开口就被主持人强行打断。我已经成了那个圈子的“异己分子”了。

在思想的成长方面，我的节奏也是跟大多数人拧着的。多数人年轻时理想主义化，年纪增长了就变得实用、庸俗或者犬儒，而我在年纪轻轻的时候曾一下子堕入虚无，随着年龄的增长才又变得理想主义化起来。也好罢，我想这样应该可以理想主义得久一点儿。

我读书少，问题意识产生得晚，思想成熟得更晚，但终于能够形成自己的观念体系，程巍老师的帮助是关键的。在这个意义上，程老师才是我真正的启蒙老师，没有与他的多次长谈，我还得在黑暗中摸索更久。在这里，我要向他表达我的谢意。

程老师对我的帮助让我认识到一个好老师的重要。当你真正开始思考问题并产生困惑时，一般是难以通过读书解决的，尤其是你的困惑关乎基础性的认识框架的时候，没有一本《十万个为什么》给你提供现成的答案。自己毫无头绪地去读书无异于直接跳进大海学游泳，学会游泳的可能性小，呛水的可能性大。

所以，有大学生请我去做讲座，我都愿意答应，而且每次讲完都是把最后一个提问题的人送走，我自己才离开。如果我能对年轻人的困惑有一点帮助，我是欣慰的，这是对帮助过我的老师们最好的回报吧。

谈到对老师们的感谢，是不能遗漏汪晖老师的。作为当代遭到攻击最多的知识分子，汪老师的大名我很早就听说过，可是我开始读汪老师的文章却很晚。当然，晚并不意味着就是不好的，恰当的时机比早更重要。开始读汪老师的文章，正是在我的思路开始清晰，但思维缺乏厚度的时候。

我读的第一篇汪老师的文章是《1989 社会运动和新自由主义的历史起源》。我应该如何描述那次阅读带给我的震撼？总之，文章的思想深度和讨论的广度让我顿时有五体投地之感，但旋即就感到一丝悲哀：这样的文章我永远也写不出来。这是我读其他书从来不会想到的。

每次读或者重读汪老师的文章，都会有无尽的收获，尝试着跟上他的思路就如同一次次思想上的极限运动。而每当汪老师遭受到无端的恶意攻击时，我感觉到的愤怒总小于这些闹剧的荒谬带给我的“欢乐”，那些只知党同伐异的先生中竟没有能理解汪老师讨论的问题的，他们中的一些人甚至把读不懂作为攻击的理由。这简直太幽默了，不是吗？拜托，大家都是吃这碗饭的，你们连人家的文章都读不懂，这一点儿也不光彩好吗？换作我，这么丢人的事都不敢拿出来说。

在现实中我跟汪老师的交往不多，因为跟他说话会觉得紧张，所以干脆躲他远点儿。这是因敬而生的畏。有一次，我跟汪老师的几位博士生一起吃饭聊天，我说我觉得我比你们更像汪老师的学生。也许本人吹牛无数，但这个牛无疑吹得最漂亮。

感谢汪老师爽快地答应为我的这本小书作序，我将此视为莫大的荣耀。

汪老师很重视媒体的作用，也身体力行，主编《读书》杂志多年。我曾经有过那样的闪念，想过跟汪老师读博士，也跟他提起过，汪老师说，以你的能力当学者也应该没问题，但媒体太重要了。

我将此视为一种期待和嘱托。

选择进入媒体工作，于我，有偶然性，但想来也像是必然的。大四开始找工作的时候，确实没有认真考虑过其他行业，那时外企比较火，也有很多外企到北大招人，但我实在无法想象在那样的环境下长期工作和生活。

我的选择很大程度上受了《南方周末》的影响，1990 年代末的《南方周末》是份好报纸，那种洋溢在纸面上的对社会的关怀让我感动，印象最深的是有一年的年终特刊，主题是“记者回家”。我当时想，如果能到南方周末报社做记者，也有机会写这样的文章，就太好了。后来，《南方周末》变得不一样了，不知道是它变了，还是我自己的改变导致了对它的感觉的改变。总之一句话，我后来的文章是不可能在这份报纸上找到发表的位置的。

我接到过南方日报报业集团的录用通知，但没去。面试的时候我问过有没有可能进《南方周末》，一位老总告诉我，《南方周末》当年不要应届生。那么，到广州去的动力就不大了，于是我选择去了中国国际广播电台，这样至少搬家要简单得多。那是我的第一份工作，是有编制的，工作证上写着“干部”，但我很快就离开了，因为在一间大办公室里有各个年龄层的同事，仿佛一眼就能把人生看到头。年轻的时候觉得这种感觉很可怕，于是赶紧逃离。

职业生涯从国际台开始，与我大学时代的一位朋友有很大关系。我们都在北大校电视台做过文字编辑，他先去了国际台工作，在我离开之后也离开了。大三需要实习的时候，我通过他的介绍去了他所在的新闻中心，后来又参加了招聘考试并被录取，一切顺理成章。我们曾经是很好的朋友，工作后一起合租做过室友，我记得有一天他下夜班回来得很晚，凌晨三四点了，这家伙咣咣砸门把我吵醒，兴奋地说去了一趟印刷厂，看着报纸从流水线上被印刷出来的壮观景象，想当默多克。

但几年前我们闹掰了，就是所谓的“绝交”了，源于在历史问题的认识上的巨大分歧。年纪大了才知道古人的话有道理，“道不同，不相为谋”，理念的差异可以让多年的朋友分道扬镳，当然，理念的相近也可以迅速拉近人与人的距离。这多少可以视作当今媒体界，甚至远一点说思想界和中国社会的撕裂的一个例证吧。

在媒体界流浪了几年后，才慢慢形成了对这个职业的自觉。2006年，我参加了德国的国际记者项目，在寄来的项目简介中，有这样一句话：“Journalists shape our perceptions of the world”（记者塑造我们对世界的认知）。这句话让我兴奋了一阵子，觉得自己在做的事挺了不起的，后来才想到它更深层的意思。就像汪老师说的，媒体不光报道现实，媒体也“创造”现实。我理解的“创造”，不仅是媒体会根据自身的取向对事实进行剪裁和歪曲，并把虚假的真实呈现给受众，也意味着媒体在设定议程，媒体召唤的东西终将成真，那些媒体持之以恒忽悠的，迟早会进入国家的议事日程。

从这个视角看媒体，媒体就是一个意识形态的战场。当今的媒体跟权力、资本、学术之间存在着深度的共谋关系，构筑起了一种牢固的主流意识形态，什么是必须被贬抑的，什么是应该被颂扬的，都有着不成文的却又清清楚楚的限定，储存在媒体人的脑袋里。媒体界的确存在着一定程度的管制，但管制并不像很多人以为的那样只来自官方，这个主流的媒体逻辑才是最大的专制力量。

当我带着思想上的自觉参与到这场斗争之中，主流的媒体逻辑就成了我首要的斗争对象。我在思想界第一次引起一些反响的发言就是把矛头对准了媒体本身，那是一份给大学生的讲座的文字整理稿，只在网上流传。而我的职务作品是不能那样写的，我只能选择进入具体的话语权力关系，做些分析、拆解、批判的工作，或是还原其本应有的面目，或者将其荒谬呈现出来。汪老师说从我的文字里偶尔能看到一丝老辣的味道，其实都是被逼的，以我的性格，我其实是喜欢口无遮拦的。

每个人获得成就感的途径不同，于我，从写作中是可以有满足感的，而且我是好论辩的。但我大概是太过沉迷于这种自我营造的感觉了，以至于忽略了生活中还有很多别的重要的事。有朋友正面评价说，难得有你这样年纪的男人，竟然毫无庸俗的气息，对此我欣然笑纳；当然，如果有人批评我一把年纪一事无成，没个正事儿，我也是要接受的。

还有一点感谢的话要说。感谢英国外交部的志奋领奖学金项目（Chevening Scholarship），该项目的资助让我能够在 2008 年到 2009 年在伦敦经济学院（LSE）学习了一年，那一年的学习对我的帮助很大，也圆了我留学的愿望。

2008 年秋初到伦敦，在英国外交部给我们举办的欢迎聚会上，我跟一位负责过南美地区的志奋领奖学金项目的官员说，这个项目是你们和平演变机会的一部分，他竟然认真地点点头，语气坚定地回答说：exactly，exactly。这坦诚真让我觉得意外。后来我跟别人开玩笑说过，英国人花在我身上的那笔钱，就算是坏账吧。

感谢《南风窗》这个平台。在这个浮躁多变的时代，这本杂志像是个异类，慢悠悠地以自己的方式发着声音。收入这本小书的文章，多数是我为《南风窗》而写的，它给了我空间让我写下这些，用海龙兄的话说，“思想性比较强”的文章。也感谢我在《南风窗》的同事们，他们很多时候并不同意我的观点，但能包容我的表述。也是因为他们的反对，逼迫我不得不更加认真地对待自己的表述。

感谢本书的策划编辑王海龙。海龙兄是一个带着使命感在工作的人，是一个靠谱的人，这样的人如今不多了。没有他的努力和坚持，我这种不讨喜的声音在当前的出版环境下难以得到结集成书的机会。

我想我还得感谢这个时代。它给批判者提供了太多的可供批判的东西，让有批判精神的知识分子不会觉得无聊。然而，批判又是那么的无力，有时连一点回声也没有。久而久之，这无力感让我有些倦怠，甚至有点心灰意懒了，有时候不禁怀疑那在批判中找到的成就感的意义。

“长铗，归来乎，食无鱼，出无车，两袖清风为谁忙，国家不用作栋梁。长铗，归来乎，无以为家，无可牵挂，十年寒窗付东流，壮志未酬归故乡。天下兴亡事，在我胸中藏，叹望世上满目苍凉，碌碌奔波空悲伤。”

我想到这首《长铗》（与《未名湖是个海洋》出自同一个作者），这首北大校园民谣流露着一种知识分子的自恋与自怜，原本我是反感的。但如今再听，却心有戚戚了。

我又想到了我的母亲。她是陕北人说的“受苦人”，一辈子把能尝的苦都尝遍了。她没机会念书，只上过几天夜校，不识几个字，儿子出了一本书，她却不能成为读者。她叮嘱我最多的，是一句凝结了普通人朴素的生存智慧的老话，“顺情说好话，耿直讨人嫌”。而我，一点儿也没有如她所期待的那样。

刚刚过去的这个年，我问母亲咋没染下头发，她说，你的头发都白了，我还染它干啥。

望着身边静流的沱江水，我感叹时光的虚掷，而时光，就要将她吞没了。对母亲，我没法说感谢，我和她从来不使用这样的语言。我让她自豪过，也让她失望。对于让她失望的，我感到深深的内疚。

夜深了，我蜷身在低矮的桌旁，在春寒中瑟瑟发抖。想说的大概都写下来了吧，我不希望在结尾处重又落到感伤的调子上，想起 2008 年 2 月 14 日过完春节乘火车返回北京的路上写下的一段话，引到这里做个结尾，既与读者朋友共勉，也激励一下自己吧。

每次出行，无论是坐汽车、火车，还是飞机，我都喜欢坐在窗边，贪婪地望着窗外。我喜欢看这一片无边的土地，平原还是高山。在夜里，我看到星星点点的灯火，心中感觉温暖，我觉得和那些屋子里的人有缘。

愿每一片土地一样肥沃，愿每一盏灯光同样明亮。这是我们每个人的国土，如母亲不会过于偏爱某一个孩子。

我在这土地上长大、生活、行走，与她骨肉相连。有一天还会归于她。就这样，我要在她的怀里一路行走，一路歌唱，没有青春，没有衰老。

我的生命上连高天，下接厚土，于行走中，便获得了永生。

李北方

2015 年春日，初稿于湘西凤凰古城；盛夏改定于北京。

图书在版编目（CIP）数据

北大南门朝西开/李北方著. —北京：中国人民大学出版社，2015.8
ISBN 978-7-300-21744-4

Ⅰ.①北… Ⅱ.①李… Ⅲ.①随笔-作品集-中国-当代②时事评论-中国
Ⅳ.①I267.1②D609.9

中国版本图书馆 CIP 数据核字（2015）第 184814 号

北大南门朝西开

李北方　著

Beida Nanmen Chao Xi Kai

出版发行	中国人民大学出版社		
社　　址	北京中关村大街 31 号	**邮政编码**	100080
电　　话	010－62511242（总编室）		010－62511770（质管部）
	010－82501766（邮购部）		010－62514148（门市部）
	010－62515195（发行公司）		010－62515275（盗版举报）
网　　址	http://www.crup.com.cn		
经　　销	新华书店		
印　　刷	涿州市星河印刷有限公司		
开　　本	890 mm×1240 mm　1/32	**版　　次**	2015 年 10 月第 1 版
印　　张	10.75 插页 2	**印　　次**	2023 年 5 月第 5 次印刷
字　　数	214 000	**定　　价**	61.00 元